バチカン奇跡調査官

ジェヴォーダンの鐘

藤木 稟

角川ホラー文庫
20876

目次

プロローグ　鐘は鳴る、奇跡の印として

フランス中央高地、ロゼール県。

セレ村は、その北部に佇《たたず》むのどかな小村だ。

村の其処此処《そここ》には白いサンザシが咲き誇り、青々とした畑からにょっきりと突き出したリュパン豆の花の穂が、白や黄色の膨らみを見せ始めている。

丘の南斜面にある牧草地では、牛や山羊《やぎ》がのんびりと草を食《は》んでいた。

葡萄《ぶどう》畑では冬眠から目覚めた裸の木々が、大量の水と養分を根から吸い上げて、枝先から「ぶどうの涙」と呼ばれる雫《しずく》を滴らせている。もうじき今年の若芽が芽吹くだろう。

そんな四月末日のこと。

村人達は老いも若きも春の訪れを祝って、聖マリー教会に集っていた。

ベージュ色の花崗岩《かこうがん》で築かれた教会の入り口には、聖水盤の置かれた拝廊があり、そこから祭壇へ向かって伸びる廊の天井はトンネルヴォールト方式で、次々と並んだ半円形のアーチがなめらかな曲面を支えている。

正面の高い窓に、聖母マリアを象《かたど》ったステンドグラスが嵌《は》まり、金箔《きんぱく》で装飾された祭壇には、天使や聖人の絵画に囲まれた磔刑《たっけい》のキリスト像がある。

祭壇の手前には、鳥と花の彫琢《ちょうたく》が全面に施された長さ一メートルほどの木の箱が置かれ

ている。上部がガラス張りになったその箱には、青い布が納められていた。

その布こそはフランス王ルイ九世から下賜された、聖母マリア縁《ゆかり》の「青き聖衣」であり、村人達の信仰の対象であった。

身廊には村人全員を収容できる、三百席ものベンチがずらりと並んでいる。

左右の壁には、イエスの生涯を描いた絵画が飾られていた。

村の女達は朝早くから花々を摘んで教会に集まり、花飾りを編んで、そこかしこに飾り付けを施していった。

男達は教会の前庭にテーブルを並べ、煉瓦《れんが》を作ってバーベキューの準備だ。そこへ農作物を積んだトラックが横付けされ、大量の食料が荷下ろしされていく。

子ども達はその傍らで、聖歌の練習を行っていた。はしゃいでいる子、緊張する子など、その表情はさまざまだ。

かくして昼過ぎには賑《にぎ》やかな祝宴が始まった。香ばしい煙が辺りに立ち込め、ワインの樽《たる》がいくつも開けられる。

風は穏やかで、雲一つない。

やがて夕日が、金色の油を溶いたように空を染めていく。

祝宴はマシュマロのように柔らかそうな月が上がる頃まで続き、薄闇に松明《たいまつ》が灯《とも》された。

するとそれを合図に、正装姿の男女二十名が立ち上がり、松明を掲げた若き神父を先頭に隊列を組むと、村の南を目指して出発して行った。

「しっかりマリア様にお祈りしてくるんだぞ」

「聖歌を間違えないようにね」

「貴方《あなた》がたに幸あらんことを」


村人達は彼らに向かって口々に声をかけた後、教会の中へと入って行く。

そうして教会では、祭りのミサが始まった。

パイプオルガンが鳴り響き、人々が高らかに聖歌を歌い始める。

一方、教会を発《た》った一団は、村の南端に広がる深い森へと行進していった。

その先には、なだらかな丸みをもった標高三百メートルほどの二つの山が聳《そび》えており、その名をエズーカ山とエスクイン山という。

森には鹿や猪、狼といった危険な野生動物が生息しているので、普段、村人らが立ち寄ることはない。それが夜間なら尚更《なおさら》だ。

殊に春の夜ともなれば、狼男ルー・ガルーや、バズブと呼ばれる死を呼ぶ大ガラス、人を惑わす妖精《ようせい》といった魔物達が跳梁跋扈《ちょうりょうばっこ》するとも噂されている。

だがしかし、この日、四月三十日だけは特別であった。

なぜなら八百余年前の今夜、エズーカ山の洞穴で雨宿りをしていたエンゾという村人の前に、聖母マリアが出現したという伝承が、村には伝わっていたからだ。

それ以来、エズーカ山の洞穴には聖母像が祀《まつ》られ、村の特別な礼拝堂となっている。

そして毎年四月三十日は、聖母出現の奇跡を祝い、選ばれた聖歌隊メンバーと神父とが、山の祠《ほこら》で礼拝を行う決まりになっていた。

当然、この特別な礼拝へ同行したいと願う村人らもいる。しかし山の礼拝堂は狭く、道中も危険である為、それを許されるのは切なる願いを持つ者のみと限られていた。

今年選ばれた村人は、全盲の少女ファンターヌと、その母であった。


一行は四キロ余りの行程を歩き、ぽっかり開いた山の祠の入り口に辿《たど》り着いた。

ピエール神父が岩の隙間に松明を挿し入れ、その火を手燭《てしょく》に移して持って、狭い入り口を潜る。残る人々は一列になって、その後ろに続いた。

入り口横手には、銅で作った大きな十字架が、岩壁に打ちつけられていた。

そのまま洞穴を暫《しばら》く進むと、登り坂の先にぽっかりと開けた空間がある。

天井近くの岩肌に蒲鉾《かまぼこ》形の窓があいていて、暗い夜空が見えていた。

ピエール神父は床燭台に火を入れた。

仄《ほの》かな明るさに包まれた室内に、青い布を身体に巻いた聖母の姿が浮かび上がる。

その顔は、煤《すす》で汚れたかのように黒い。

聖母に抱かれ、布からちょこんと顔を出しているキリストの顔も同様だ。

聖母子像の真上の天井には、小さな鐘が吊《つる》されていた。

ピエール神父は聖母の前で香炉を焚《た》きつつ、鐘を下から見上げ、溜息《ためいき》を吐いた。

（やはりこの鐘には舌《ぜつ》がない……）

最初からなかったのか、誰かが盗んだのか。古い鐘のことなので詳細は不明だが、少なくとも彼の知る限り、祠の鐘には舌がなかった。それなのに、「この鐘が鳴ると奇跡が起こる」という言い伝えだけが、村には伝わっていた。

（舌がないのだから、鳴らないに決まっているのに……。だが、気の毒なファンターヌの目は、どうにか良くなって欲しいものだ）

ピエール神父は心からそう願いつつ、床に跪《ひざまず》き、祈りの言葉を唱えた。

残りの皆も一列になって跪き、聖母に向かって両手を合わせる。それから一人ずつが順番に前へ出て、村から運んだ花や食物を、聖母の足元に供えていった。

最後に歩み出たのが、ファンターヌと母親である。二人は家から携えてきた花束や卵を聖母の前に置き、切なる祈りを捧《ささ》げ始めた。

一同は頭《こうべ》を垂れ、ファンターヌと気持ちを合わせて祈っていた。

丁度その時だ。

「なんだ、この光は！」

誰かの声に、ピエールがハッと顔を上げると、眩《まばゆ》い光に包まれた聖母像が視界一杯に飛び込んで来た。

誰かの短い悲鳴があがり、けたたましい物音が轟《とどろ》く。

何事か、と驚く間もなく、ピエールの視界は突如、暗転した。

「キャーッ！」

幾重もの悲鳴が祠に谺《こだま》する。

（なっ、何が起こったんだ!? そ、そうだ、急いで灯《あかり》を……）

ピエール神父がポケットのライターを震える手で探した、その瞬間である。

闇を割り、澄んだ音色が、そこに居る皆の鼓膜を震わせた。


カーン、カーン……


「か、鐘だ……」

「鐘が鳴っているわ」

上擦ったざわめき声が聞こえてくる。

床燭台に誰かが灯をつけたようだ。ようやく視界が戻って来る。


カーン……


柔らかな光に照らされた鐘は微《かす》かに揺れ、三度、音を発した。

微かな余韻の音が谺する中、聖母は穏やかな微笑みを浮かべて佇立《ちょりつ》している。

「奇跡よ……。まさしくこれは奇跡だわ！」

感極まった誰かが叫ぶ声がした。

「まさか……そんなことが……」

ピエール神父は蹌踉《よろ》めく足取りで鐘に近付き、上を仰いだ。

やはり先程と変わらず、鐘に舌はない。なのに、伝説の鐘は今、確かに鳴ったのだ。

人々は静かな興奮に包まれた。

誰もが目に涙を浮かべ、聖母像に手を合わせる。

ピエールも十字を切って、聖母に深く頭を垂れた。

「おお、我らの貴婦人、聖母マリアよ。我らの前にその御姿を現わして下さり、有難うございます」

ピエールは衷心から感謝の言葉を述べると、皆を振り返った。

「さあ、皆さん、歌いましょう。聖母に捧げる聖歌を」

「そ、そうだ、そうしよう」

「ええ、歌いましょう、心を込めて」

聖歌隊のリーダーが歩み出てタクトを振り、リズムを取る。

たちまち美しい歌声が祠に満ちていった。

アヴェ・マリア、恵みに満ちた方、

主はあなたとともにおられます
あなたは女のうちで祝福され、
ご胎内の御子《みこ》イエスも祝福されています
神の母聖マリア、
わたしたち罪びとのために、
今も、死を迎える時も、お祈りください

すると皆の歌声に応じるかのように、何処からか遠雷の音が響いてきた。
(聖母がお答えになられた……)
誰もがそう感じ、胸を高鳴らせた。
聖歌隊のリーダーは再びタクトを構えた。
一同は続いて、聖歌を歌い始めた。

たとい人と天使のことばを話しても
愛がなければ鳴る銅鑼《どら》のよう
また預言する力を持ち
すべての知識に通じていても
山を移すほどの深い信仰をもっていても

愛がなければ無に等しい
また持っている物をすべて施し
からだを焼かれるために渡しても
愛がなければむなしい

愛は心広く、情けあつく
愛はねたまず、高ぶらない
礼にそむかず、利を求めず
憤らず、うらみを抱かず
不正を喜ばず、真実を喜び
すべてを包み、すべてを信じ
すべてを希望し、すべて耐え忍ぶ
愛はいつまでも絶えることがない

預言は廃れ、異言《いげん》はやみ、知識は廃れよう、
わたしたちの知識は一部分、預言も一部分だから
完全なものがきたときには、部分的なものは廃れよう
無垢《むく》なる幼子だったとき、わたしは幼子のように話し、

幼子のように思い、幼子のように考えていた
大人になった今、幼子の頃の心を忘れた
わたしたちは、今は、鏡におぼろに映ったものを見ている
だがそのときには、顔と顔とを合わせて見ることになる

皆がそこまで歌った時である。
高いソプラノの声が、聖歌隊の歌声に寄り添うように聞こえ始めた。

わたしは、今は一部しか知らなくとも、
そのときには、はっきり知られているように
はっきり知ることになる

ピエールと聖歌隊の一同は驚き、顔を見合わせ、互いに声の主を探した。
すると、どうだろう。
夜だというのに一羽の鳥が窓辺に止まり、女性の声で歌っているではないか。
皆が驚きに目を見張る中、鳥は翼を広げ、聖母像の肩に舞い降りた。

それゆえ、信仰と、希望と、愛

　この三つは、いつまでも残る
　その中で最も大いなるものは、愛……
蠟燭《ろうそく》の明かりに照らされ、聖歌を口ずさむ小鳥。
その鳥の羽は、見事な青色をしている。
青い鳥は聖母の化身――それは、セレ村に古くから伝わる伝承であった。
今、この瞬間に現われた青い鳥は、まさしく聖母そのものに違いなかった。
驚嘆の吐息が辺りに満ち、一同の瞳《ひとみ》は破れんばかりに見開かれて青い鳥へと注がれた。
一際静まりかえった祠《ほこら》の中、鳥の口から聖母の言葉が発せられた。

「人の子よ、今この時、貴方《あなた》がたの罪の全てが贖《あがな》われました
　私はそれを伝えるため、祝福をしに来ました
　私に祈ることによって、全ては清められました
　誰しもが犯した罪に戦《おのの》く必要はありません
　明日《あした》から善に生きれば、主は全ての人々の傍らにおられます」
鳥はそれだけを告げると、青い翼を広げ、窓から飛び立った。
「おお、マリア様……」

「なんと有り難い祝福の御言葉でしょう」

「主キリストとマリア様に感謝を」

皆が口々に呟《つぶや》き、胸元で十字を切る中、一際高い声が辺りに谺《こだま》した。

「見える……！　私、見えるわ！」

皆が一斉にその声の主を振り返る。

そこには呆然《ぼうぜん》と佇《たたず》む、ファンターヌの姿があった。

「本当なの？　本当なのね、ファンターヌ！　おお、神様！」

母は娘の手を取り、泣き崩れた。

ピエール神父は思わず少女の肩に手をおき、じっとその目を見た。するとそれまで焦点の合っていなかったファンターヌの目が、しっかりとピエールを見詰め返しているではないか。

「神父様、私……神父様のお顔もハッキリと見えます」

ファンターヌの大きな瞳は潤み、涙が頬を伝っていた。

「ああ、神よ、聖母よ、感謝します！　なんという奇跡でしょう……」

ピエール神父もまた、この奇跡に打ち震えた。

そうして彼は思った。

一刻も早く、この奇跡を村の皆に知らせたい。そうしてバチカンの法王様にもこの喜ばしい奇跡を報告し、祝福して頂きたい、と――。

第一章　鳥と聖母

1

バチカン市国。

イタリアはローマ、テベレ川の西に位置する面積・人口ともに世界最小の独立国家。

イエス・キリストより『天国の鍵《かぎ》』を授けられた聖ペテロの代理人たるローマ法王を元首とするこの国は、全世界に十三億人近い信者を持つカソリックの総本山である。

遥《はる》か古代ローマの頃、テベレ川の西側には何も無く、アゲル・バチカヌスと呼ばれる平《へい》坦《たん》な土地と、モンテス・バチカーニと呼ばれる丘が広がっていた。

カリグラ帝の時代に、一部の特権階級がその地に別荘と庭園を造り始め、それらが悪名高き皇帝ネロに相続されると、ネロはそこに競技場を完成させ、スタジアムや公園を作ったとされている。

当時、ネロが考え出した残酷な見世物のひとつは、キリスト教徒の拷問であり、聖ペテロその人も競技場で十字架にかけられ、火刑に処された一人であった。

また別の説によれば、ペテロが逆さ十字にかけられたのは、ジャニコロの丘のモントリオとも伝えられる。

シモン・ペテロはイエス・キリストの最初の弟子であり、十二使徒のリーダー的人物であった。イエスにより、アラム語（ヘブライ語）で「岩」の意味を持つ「ケファ（ケパ）」というあだ名で呼ばれていたのが、ギリシャ語で同じ意味の「ペトロス」という呼び名で知られるようになり、ペトロ、ペテロと呼ばれるようになった。

イエスと弟子達の一行がカイサリア地方に行き、イエスがペテロに「あなたがたはわたしを何者だと言うのか」と問うて、ペテロが「あなたはメシア、生ける神の子です」と答えた時のこと。それに続けてイエスはペテロにこう言われた。

「あなたはペテロ。わたしはこの岩の上にわたしの教会を建てる。陰府《よみ》の力もこれに対抗できない。

わたしはあなたに天の国の鍵を授ける。あなたが地上でつなぐことは、天上でもつながれる。あなたが地上で解くことは、天上でも解かれる」

こうしてイエスの代理人となったペテロが、エルサレムにおいて説教を行い、イエスの名によって奇跡的治癒を行ったこと、また、その後は各地の教会を巡回し、ローマ帝国の百人隊長に教えを説いたことが、『使徒言行録』に記されている。

聖書にはそれ以降、ペテロに関する記述はない。だが、外典である『ペテロ行伝』にはローマで宣教していた彼が、皇帝ネロの手によって殉教したと記されている。

彼の遺骸《いがい》は「有力な信者であるマルケルスらの手で密《ひそ》かにバチカンといわれる所の地下

に埋葬された」という説と、「殉教の地から少し離れた場所に埋葬され、後に別の場所に移された」という説がある。

いずれにせよ、聖ペテロの遺骸の上には最初の聖堂が、コンスタンティヌス帝の手によって建てられたのである。

ところがその後、テベレ川の東に広がる旧ローマ市街は、ゴート人らの侵略によって衰退し、ペテロを祀《まつ》る聖堂もサラセン人の異教徒達に略奪されてしまう。それに対抗すべく法王レオ四世が、聖堂の周りの地区を囲み、バチカン丘の西の麓《ふもと》にまで伸びる強固な城塞《じょうさい》を作りあげた。それこそが、今日のバチカン市国の原型である。

現在のサン・ピエトロ大聖堂の左側、スイス傭兵《ようへい》の立つ鐘のアーチを過ぎ、プロトマルティリ・ロマーニ広場に出た先には、バチカンのネクロポリス（墓場）とも呼ばれる、グロッタへの入り口がある。

一九三九年、グロッタの床下にピウス十一世の墓を設置する工事を行った際、二、三世紀頃の墓室が発見されたのをきっかけに、考古学者のチームが大規模な学術的調査を行い、以後約十年間で、そこから多数の墓室が発掘された。

長さ六十メートルほどの通路の両側には、裕福な異教の徒のものと思われる、大小二十余りの廟《びょう》が東西方向に連なって並び、かつて皇帝ネロの競技場があった南向きに、通路の出入り口が認められた。墓室の床はモザイクで装飾され、壁の一部には海に投げ込まれるヨナ、よき羊飼い、漁師といったキリスト教のテーマがモザイク画に描かれていた。また、ヴォールト天井には、キリストの姿があった。

そして、考古学者によって「カンポP」と呼ばれる区画が発見される。その西側には赤い壁と、墓の上に立つ祭壇を支える二本のギリシャ式小柱の下部が残っていた。

その二本の柱の間を発掘したところ、丁寧に埋葬された男性の遺骨が見つかった。

鑑定の結果、遺骨は一世紀の人物で、年齢は六十歳代、体格の良い男性のものであり、それを包んでいたのが古代には貴重なアッキガイの分泌物で染められた紫の布であったことから、これこそがペテロの遺骨であると、パウロ六世が公式に認定したのである。

無論、科学的鑑定が行われる遥か以前から、バチカンの地下にペテロの遺骸があるということは、極めて古い伝承として残されていた。

かつて四世紀、コンスタンティヌス帝がネクロポリスの墓室を土で埋めて平らにし、使徒達の墓の上に大理石の聖堂を作ったのも、これらを保護する目的からであったし、聖堂の内側に設置されたブロンズの扉を開けば、墓と柱が見える作りになっていたという。

六世紀になると、グレゴリウス法王が、その墓と柱の上に位置する最初の祭壇を作り上げた。さらに十二世紀初めには、カリクストゥス二世によって、最初の祭壇を包み込む第二の祭壇が作られた。

そうして十六世紀になると、コンスタンティヌス帝時代の建造物よりおよそ二メートル上の土壌に、まったく新しい聖堂が建設され、第二の祭壇の上に築かれた第三の祭壇が、ベルニーニの作による壮麗なバルダッキーノによって覆われる。

この聖堂こそが今日のサン・ピエトロ大聖堂であり、主イエスが『わたしはこの岩の上にわたしの教会を建てる』と宣言した通りに、ペテロの墓の上に聳《そび》えているのである。

さて。数多《あまた》の美術品を所蔵し、日々多くの観光客と巡礼者を受け入れているバチカンであるが、その内部には公にされない秘密の事柄が多く存在している。

『聖徒の座』も、そのうちの一つであった。

『聖徒の座』とは、バチカン市国中央行政機構の内、列福、列聖、聖遺物崇拝などを執り行う『列聖省』に所属し、世界中から寄せられてくる『奇跡の申告』に対して、厳密な調査を行い、これを認めるかどうか判断して、十八人の枢機卿《すうききょう》からなる奇跡調査委員会にレポートを報告する部署である。

身分証替わりの磁気カードで出入りを許されるその場所には、世に出せない多数の禁書が保管され、古めかしい装飾が残された壁の前には、最新式のコンピューターを設置する机がずらりと並んでいる。

そこに勤める者らは皆、某《なにがし》かのエキスパートであり、それぞれの会派ごと、得意分野ごとにチームを組んで、日々、世界中から報告されてくる奇跡の調査に明け暮れていた。

パーティションで仕切られた空間で、目の前に置かれた一本の古釘《ふるくぎ》を穴が開くほど見詰めている若き日系人神父、平賀《ひらが》・ヨゼフ・庚《こう》も、そんな奇跡調査官の一人である。

釘は赤く錆《さ》び付き、頭部が四角く、その両側に突起が認められた。

長さは十六・一センチ、幅は広い部分で四・八九センチ、先端部分が二・二七センチ。

申請書によれば、以下のような奇跡があったそうだ。

フィリピンにあるアッシジ教会において、ある夜、司祭が祈りを捧《ささ》げていたところ、祭壇に輝くキリストが出現し、『磔刑《たっけい》にされた私の左 掌《てのひら》を貫いた釘が、ここにある。それを聖なる印として、バチカンに伝えなさい』と告げた。そうしてキリストが消えた後、床にはこの釘が落ちていた、というのだ。

実に驚くべき話である。

平賀は調査官になってからというもの、既に何十本もの「聖釘《せいてい》」を鑑定し、それを偽物だと判定してきた。

だが、今度の釘こそ本物かも知れない。

平賀は手袋を嵌《は》めた手でそっと釘を摘《つ》まみ、電子顕微鏡でその表面を観察した。すると、明確な結晶構造を持たない非晶質構造となっているのが分かった。

また成分分析器の分析結果には、鉄とともに、クロムとニッケルの成分が表示された。

すなわちこの釘は、クロムニッケル鋼だ。

クロムニッケル鋼が用いられるようになったのは、一八九〇年以降のことであるから、当然のことながら、これはキリストの磔《はりつけ》に使われたものではない。

酷《ひど》い錆の様子からすると、長年、雨ざらしの中で用いられたものだろう。釘の形状と合わせて考えるに、恐らくは鉄道のレールを枕木に固定する締結装置の一種「犬釘《いぬくぎ》」であろうと推定された。

そこまではすぐに分かったが、一つ分からないのは、何故、主イエスがフィリピンの司祭の前に姿を現わされ、「この釘をバチカンに」とお告げになったのか、である。

平賀は首を捻《ひね》った。

暫《しばら》く考えても答えが出ず、鈍い頭痛を覚えた平賀は、糖分補給の必要性を感じた。それでポケットからチョコレートを取り出し、銀紙をむいて一口食べた。

そのついでに時計に目をやると、昼休憩の時間を遥《はる》かに過ぎて、夕刻になっている。

平賀は遅い昼食を摂《と》ることにして、もう一口、チョコを齧《かじ》った。

チョコは効率良くカロリーを摂取できる上、席を立って食堂に行く必要もないので、大変便利である。

興味のあること以外には、とことん無精――というより、何かに熱中し始めるとそれ以外に意識を向ける術《すべ》を知らず、またその必要があるとも思わないのが、平賀という人間の特徴であった。

それにしても、と、平賀はぼんやり思いを巡らせた。主イエスの手足に打ち付けられたという聖釘は、何処かに実在するのだろうか、と。

主イエスが「釘打たれた」とする弟子達の証言は、聖書本編の中には存在しない。ただ、『ヨハネの福音書』に、「イエスの両手にできた傷」の記述があるだけだ。

平賀の知る限り、当時のローマには様々な磔刑の方法があった。磔刑に釘を用いるより、縄で縛りつけることの方が多かった、と主張する学者もいる。

ただ、二世紀頃に書かれたとされる外典『ペテロの福音書』には、イエスの死後、その手から釘が引き抜かれた様子が記されているのだ。

そうなると、やはり主イエスには釘打ちの磔刑が行われたのだろうか。

だとしても、釘打たれた場所は掌なのか、手首なのか、そこにも諸説がある。

合理的に考えれば、手首の方が構造的にはしっかりしているが……。

平賀がそこまで考えた時、パソコンのメッセージランプが点滅した。

メールを開いてみると、上司のサウロ大司教からである。

きっと新しい奇跡調査の依頼だろう。

平賀は期待に胸を弾ませ、席を立ち上がった。

＊　＊　＊

その頃、平賀の奇跡調査のパートナーであり、古文書と暗号解読のエキスパート、ロベルト・ニコラス神父は、『禁忌文書研究部』に於《お》いて、文書解読に励んでいた。

その日、彼が担当していたのは、出自不明の福音書らしきもの。しかも数頁だけの代物であった。

たとえ研究部の者であっても全てを知ることが出来ないよう采配《さいはい》されているので、数頁分だけなのだが、できれば丸々一冊分を見てみたいものだ、と彼は思った。

入手経路については信頼性が高い、とだけ説明がある。

ひとまずロベルトは利き目にモノクルをつけ、手袋をはめた。

そして目の前の羊皮紙に書かれたインクの色目、文字の装飾加減、使われている言葉、文体などを具《つぶさ》に観察した。

使われている言葉は、古ギリシャ語だ。しかも、紀元二世紀以前に用いられた文語的表現である。

しかしながら、インクの色目、文字の装飾具合は、この書が十世紀頃のものであることを示していた。綴《つづ》り間違いも何カ所もある。つまりは写本であった。

だが写本でも、その内容は稀《まれ》に見るほど驚くべきもので、ロベルトが解読するに、文書には次のようなことが書かれていた。

＊　＊　＊

貴方《あなた》がたは私の元にやってきて、誰が一番正しいのか、誰が一番偉いのかと訊《たず》ねます。

それは未《いま》だ貴方がたの目が開かれていない証《あかし》であり、主の言葉の意味を知らない証です。

主イエスが、神々との約束の印として、水を注がれた魚として甦ったあのお方が、こう言われました。

主に従う皆の頭には、命の水が価《あたい》なしに注がれるであろう、と。

そして、争うなかれ、上に立つものは、もっとも下に下るものであると。

その言葉の真の意味を、私は主に告げられた通りに話しましょう。

主は度々、イスラエルの偉大な預言者・モーセのことを讃《たた》えられ、その姿を手本とするようにと貴方がたに言われたはずです。

それが何故であるのか、私がイエスから直接聞いた、モーセの秘密を語ることによって明らかになるでしょう。

モーセが主の導きによってバァルの神殿の前で宿営を設け、その前に臨むエイラト湾に道を開かれた後も、イスラエルの頑《かたく》なな民達は、モーセの神を疑い、不平不満を口にし、事あるごとに神を試そうとしました。

モーセはこのことに心を痛め、主に相談する為にシナイの山に一人で登っていかれました。

何故なら、頑なで汚れた心を持つ民達が神を見ると、その場で命を失うことがあるからです。

モーセは山の頂きまで登り、彼の主に対して、天に向かって訊ねました。

「主よ、私を助けて下さい。

イスラエルの民達は、いつまでも内輪もめをしています。

それぞれが、自分の神こそモーセの神だと言い争い、口々に異論を唱えるからです。

その中には、私に逆らうものもいます。

モーセを見よ、彼は神に仕えているというが、彼の口は重く、神の名すら言うことが出来ないではないか。

そう言って私を嘲笑《あざわら》います。

私は彼らに何と答えたら良いのでしょう？

これ以上、どのようにしてイスラエルの民を導けば良いのかわかりません。

主よ、私に答えてください」

このようにモーセが叫んだ時、主の霊がシナイの山頂に臨まれました。

目を潰《つぶ》すような輝きが三つ立ち現れました。

そして角笛の音が響きわたったのです。

モーセは、これらを見、聞きして主を恐れ、地面にひれ伏して、顔を覆いました。

そのモーセに主は答えられたのです。

それは雷の声、大水の声、燃える炎の声でした。

『私達は天上の霊、人間は様々な名で私達を呼び、誰が最も私達に愛される優れたものであるかを競うが、誰一人、私達の本当の名を知ったものはなく、また知ってはならない。

私達の本当の名を知ると、その耳は潰れ、たちまち人は死に至るからである』

モーセは言いました。

「ですが、イスラエルの民達は、主の名を知りたがっています。私はそれに答えなければなりません」

するとと雷の声は、答えられました。

『ならば、なおのこと名を告げてはならない。また仮の名を告げてもならない。

それが新しい不和の元になるからである。

また私達の像を造ってはならない。

何故なら、私達は未だかって人が見たことがないものであり、私達の像を人は様々な形に造るが、それが私達に似ることはない。

見れば目が潰れ、たちまち人は死に至るだろう。そして人が私達に新しい様々な形を与えることによって不和の元になるからである。

私達の名を問いただすものがいれば、このようにだけ言いなさい。

私は強き者、天の雄牛、そして天の水。八つの入り口と七つの部屋を持つ宮殿に住んでいるもの。

慈雨によって恵みをもたらし、稲妻を天から投げつけるもの。

かつて、貴方がたの父であるアブラハムに約束した地、カナンにての𐤀（aleph）であり、全ての神々の父である』

大水の声は、答えられました。


『私は嫉妬《しっと》深き者、天の雌牛。三つの顔を持つ命の源、私の印として頭に水を注ぎ、甦らせる者。そして地の水であり、海を渡る大地。輝ける王達の守護者。

全ての植物を芽吹かせ、動物に初子を与えるもの。

私は処女でありながら、子を生《な》したと崇拝されるものにして、淫婦《いんぷ》として軽蔑《けいべつ》される者。

かつて楽園を造ったＷ（sin）であり、全ての神々の母にして、娘である。そしてまた娘たちは全て、私である』

燃える炎の声は、答えられました。


『私は天の子牛、若い雄牛。燃える炎のごときもの。争うものを約束によって和睦《わぼく》させ、平和をもたらすもの。また約束を違《たが》えるものを、容赦なく裁くもの。

世に起こる全てを見ることができ、善人と悪人をふるいにかけるもの。

かつて、生ける神として地上の初めての王となり、そして最後に来て王となるＸ（taw）である』

そして、再び雷の声が言われました。

『私達は互いに等しい存在。三位一体の神である。私達を別々に拝んではならない。それもまた不和の原因となるからだ。かのエジプトの王と王妃がそうしたように、あなたは私達を、一つの神としてイスラエルの民に告げるがいい』

天父と天母と天子がこのように答えられたのを聞き、モーセは主を今までより一層に崇《あが》めました。

何故なら、主は神の身でありながら、その名の尊さ、その力の偉大さを、ひけらかすことなく、その栄光を覆い隠し、人の前に謙虚さを示されたからです。

イエスが、争うことを止めなさい、常に愛情深く、謙虚でありなさいというのは、神御自身がそうであられるからです。

モーセとその主が語り終えられたとき、稲妻が落ちて、大地を砕き、二つの石が地の其《そ》処《こ》から現われました。

そして炎の声が、言われました。

『見よ、見よ、これが約束である』

天子は、炎の指で、その石にイスラエルの民達が守るべき十の教えを書き記しました。

何故なら、それは人と神の契約であり、契約は子の役目であったからです。

モーセは見ました。

天子が書き記した十戒は次のようなものでした。

『貴方《あなた》は、わたしをおいてほかに神があってはならない。

貴方はいかなる偶像もつくってはならない。

貴方の神、主の名をみだりに唱えてはならない。

安息日を決め、これを聖別せよ。

貴方の父、母を敬え。

殺してはならない。

姦淫《かんいん》してはならない。

盗んではならない。

隣人に関して偽証してはならない。

隣人の物を欲してはならない』

そして天子は、それぞれのイスラエルの民との間に交わすべき細かな契約事を、モーセに伝えられたのです。

これらのことを知って、貴方がたは恥じなければなりません。

今の貴方がたは主より傲慢《ごうまん》で、主のことを見ず、人のことばかりを見ています。

それは、イエスの教えに背く恥知らずな行為です。

𐤀𐤔𐤎𐤕。このことを忘れてはなりません。

＊　＊　＊

ロベルトは驚いていた。

こんな文書は久しぶり……いや、初めて出会ったかも知れない。異端中の異端だ。

そこに使われている𐤀、𐤔、𐤕は北西セム文字で、それに最も近いのが初期ギリシャ文字である。いずれも原カナン文字にルーツを持ち、今日世界中で用いられているアルファベットの原型になったものだ。

𐤀は角の生えた雄牛の顔を横に描いたもの。

𐤔は地平から登り来る『太陽』、『蛇章』、あるいは『山』。

𐤕は、『署名』、『約束』、『契約』などのシンボルだ。

この文書に記された言葉と、描かれた状況は理に適《かな》っている。

古代ギリシャ語で書かれた『ヨハネの黙示録』には、「王座に座っておられる方」が
「わたしはアルファであり、オメガである。初めであり、終わりである。渇いている者に

は、命の水の泉から価なしに飲ませよう」と述べる場面がある。

だがそれは後世の翻訳によって生じた誤りで、『ヨハネの黙示録』は当初「私はアルファであり、タウである」という記述だった、という説がある。アルファは現在のAに相当する「初め」の文字だが、現在のZに相当する「終わり」の文字オメガは、初期ギリシャ語には存在しなかったからだ。

その説によれば、アルファは雄牛の頭を、タウは十字架を象っているため、主イエスは自らを指して「わたしは十字架上のいけにえの牛である。初めであり終わりである」と語ったのだ、という。

であればやはり、タウは「終わり」の一文字を指すのであり、燃える炎の声が「最後に来て王となる」と語っている内容と一致する。

さらに興味深いのは、自らを「命の源」と呼ぶ、大水の声の言葉である。

福音書の語り手は、主イエスを指して「水を注がれた魚として甦ったあのお方」と呼び、大水の声は自らを「私の印として頭に水を注ぎ、甦らせる者」と語っている。

大水の声の主が命の源であり、神々の母である女神ならば、イエスを甦らせたのはこの女神の力に他ならない。

そして、福音書の最後に書かれている不思議な四文字も北西セム文字であり、R（res・頭）、M（mem・水）、S（samekh・魚）、T（taw・印）を意味している。これを素直に発音すれば、レ・メ・サマク・タウ。

十字架上のイエスが最後に叫んだといわれる言葉「エリ、エリ、レ・メ・サマク・タウニ」にそっくりである。

イエスの最後の言葉「エリ、エリ、レ・メ・サマク・タウニ」は、謎の言葉で、「わが神、わが神、どうしてわたしをお見捨てになったのですか」という意味とするのが定説だ。しかし、自らの運命をよく知っていた筈《はず》のイエスが、何故最後に、神を呪うが如き絶望の叫びをあげたのかと、長い間、論争の種になってきた。

だが、この福音書の記述に従うならば、話は至極簡単である。

「レ・メ・サマク・タウニ」とは、甦りの力を持つ女神に対する呼びかけの言葉であり、その意味は、「魚に水を注ぐがごとく、印として甦らせたまえ」となる。

福音書の語り手は、そのようにして甦ったイエスこそが、神の印を持つ救世主であることと、その教えに従う者もまた、甦りの恩恵を受けるだろう、と語っているのだ。

(これは、とんでもない話かも知れない……)

ロベルトのもてる民族、宗教、歴史に関しての知識を総動員して、その文書を読めば読むほど、それが偽書の一部などではなく、これこそが本来のイエスの教えであったのではないかと思えてくる。

一体、この文書は誰の手によって書かれた物なのか。

ロベルトが興奮と共に考えていた時、パソコンのメッセージランプが点滅した。

サウロ大司教からの呼び出しであった。

2

聖徒の座の二階には、イエズス会、ドミニコ会、フランシスコ会、カルメル会、シトー会など、それぞれの会派の責任者の部屋がずらりと並んでいる。

平賀はフランシスコ会の扉の前に立ち止まり、ノックした。

「平賀です」

「入り給え」

中からサウロの厳かな声が応じる。

「はい、失礼します」

平賀が扉を開くと、サウロはいつものように赤いベルベットの背もたれ椅子に腰掛け、デスクに肘《ひじ》をついていた。

デスクの前に立っていたロベルトが平賀を振り返り、青い瞳《ひとみ》を細めて微笑んだ。

「さて、二人とも揃ったな」

サウロはデスクに置かれた書類に目を遣《や》りながら、小さく咳払《せきばら》いをした。

「奇跡調査の依頼でしょうか」

平賀の問いに、サウロは重々しく頷《うなず》いて、書類の束を二人の方へ押しやった。

「うむ。フランスのセレ村にある、聖マリー教会からの奇跡申請だ」

「拝見します」

ロベルトが手に取った書類を、平賀は横から覗《のぞ》き見するようにして読んだ。

教会の責任者、ジャン・リュック・ベルニエ司祭がことの顚末《てんまつ》を記したレポートに、数枚の写真が添えられている。

奇跡を起こした聖母子像、お下げ髪の少女、舌《ぜつ》のない鐘の写真である。

それらにいち早く目を通した平賀は、興奮に頰を上気させた。

「奇跡の鐘が鳴り、少女の目が癒《い》やされたなんて、素晴らしいですね」

「しかも、村で聖母の化身と伝えられてきた青い鳥が、福音を告げたとは……」

書類をじっくり読んだロベルトも、驚きに目を見張った。

さらに申請書の最後には、奇跡の様子を部分的に撮影した映像のコピーを送ると書かれている。

「証拠の映像もあるのですか？」

「うむ。これだ」

サウロが差し出したDVDをロベルトは受け取り、プレイヤーにセットした。

その動画は、唐突な叫び声から始まった。

『なんだ、この光は！』

薄暗い画面に聖母像が映し出され、その御姿が眩《まばゆ》い光に包まれたかと思うと、画面はたちまち暗転した。暗闇の中にざわめく人々の悲鳴やけたたましい騒音が交錯する。

混乱の中、一際高く澄んだ鐘の音が、辺りに鳴り響いた。

『か、鐘だ……』

『鐘が鳴っているわ』

人々の囁《ささや》き声が広がっていく。

暫《しばら》くすると、画面にぼんやりとした明るさが戻ってきた。

聖母像と、その背後にある鐘が映し出される。

鐘の側に人影らしきものはない。

にも拘《かか》わらず、鐘は再び、澄んだ音を轟《とどろ》かせた。

『奇跡よ……。まさしくこれは奇跡だわ！』

『まさか……そんなことが……』

熱い吐息と、人々が跪《ひざまず》いて十字を切る姿、聖母像に手を合わせる姿が、カメラに捉《とら》えられていた。皆の興奮と感動が、生々しく伝わってくる。

一人の神父が聖母像の前に跪いた。

『おお、我らの貴婦人、聖母マリアよ。我らの前にその御姿を現わして下さり、有難うございます。

さあ、皆さん、歌いましょう。聖母に捧《ささ》げる聖歌を』

それを合図に、聖歌隊はアヴェ・マリアを歌い、続いて聖歌を歌った。その間、カメラは床を映していた。

ところが、歌の途中で、カメラが再び動き始めた。

不審げに顔を見合わせる人々の顔、何かを指差す人の腕が映る。

そうして暫く彷徨《さまよ》っていたカメラの視点は、聖母子像に向けられた。像の肩口に、揺れるように動く、小さなシルエットがある。

一羽の鳥が、聖母子像の肩に止まっているのだ。

不思議に霊妙な声が聞こえてくる。

言語はフランス語だ。だが、細かな言葉まではロベルトにも聞き取れない。

暫くすると、鳥は翼を広げて窓の外へと飛び去った。

その後は騒然とする人々の様子が漠然と映し出され、最後にカメラはおさげの少女の泣き顔を捉えていた。


「映像も音声もかなり粗いですね。ですが適切に処理すれば、映像も音声ももっとクリアにできる筈《はず》です」

動画を見終えた平賀が言った。

「確かに音質は悪かったけれど、鳥が喋《しゃべ》っていたらしいのは聞こえたね。しかもあの鳥のシルエット、オウムやインコのような喋る鳥には見えなかった」

ロベルトが呟《つぶや》く。

「ところで、少女の視力が回復したという証拠はあるのでしょうか？」

平賀の問いに、サウロはクリップで留めた書類を差し出した。

一枚目はマンド総合病院の医師による診断書だ。

三年前の六月一日。セレ村に住む十二歳の少女、ファンターヌ・バザンを診察し、各種検査の結果、第一級視覚障害（光覚弁《こうかくべん》）と診断したこと。一週間前の検査では、視覚機能が正常であったことが書かれている。カルテの写しも添えられていた。

平賀はそれらを読み、「間違いないようですね」と微笑んだ。

サウロはじっくりと頷いた。

「二人とも、奇跡の概要は分かったな。君達には早速、セレ村での調査を行ってもらいたい。出発は二日後だ」

「はい、分かりました」

平賀とロベルトは声を揃えると、村の最寄りのル・ピュイ駅までのチケットや書類の入った箱を受け取って、サウロの部屋を退出した。

「とても調査のし甲斐《がい》のある奇跡ですね、ロベルト神父」

廊下に出るなり、平賀は弾んだ声を出した。

「ああ、そうだね」

「それにしても、青い鳥がマリア様の化身というのは、どうしてなのでしょう？」

「正式な教養ではないけれど、その解釈は珍しいものではないよ」

ロベルトはさらりと答えた。

「えっ、そうなんですか？　詳しく教えて下さい」

「そうだね。調査にも関係する話だし。どうだい、話のついでに今晩一緒に食事でも」

「ええ、いいですね」

「決まりだね。じゃあ、僕の家でディナーとしよう。どうせ君のことだから、昼食だって碌《ろく》に摂《と》っていないんだろう？」

ロベルトは軽くからかうように言って、平賀の目を覗き込んだ。

「いえ、その……」

ロベルトに図星をつかれた平賀は口ごもり、慌てて目を逸《そ》らしたのだった。


終業後に待ち合わせた二人は、ロベルトの家へとやって来た。

奇跡の動画を大画面で見たいという平賀を、ロベルトがテレビのあるリビングへ案内する。

そうして彼はキッチンに引き返しつつ、週末に買ったばかりの春野菜と、捌《さば》いたスゴンブロ（鯖《さば》）の切り身を使ったメニューを、頭に思い浮かべた。

まず冷蔵庫からスゴンブロを取り出すと、その表面をキッチンペーパーで拭《ふ》き、塩、胡《こ》椒《しょう》をふった。

ドライトマト四枚は軽く洗って四つに切り、ぬるま湯で戻す。

オーブンには予熱の火を入れる。

新鮮なピゼッリ（えんどう豆）は手早く莢《さや》から取り出して洗い、ドライトマトとピオッピーノキノコと共に、スープに仕立てることにした。

人参《にんじん》を小さなサイコロ状に切り、薄くオリーブオイルをひいた鍋《なべ》で炒《いた》める。軽く色が変わったら、ピオッピーノとピゼッリを鍋に加え、戻したドライトマトと共に一分程度、混ぜながら火を通した。

そこへ水一カップとトマトの戻し汁を加え、お手製のブーケガルニを投入し、少量のコンソメを加えて、弱火で煮込んでいく。最後に塩胡椒で味を調整すれば、野菜の滋養たっぷりのスープの出来上がりだ。

続いてホワイトアスパラガスのグリルの準備にかかる。

アスパラは根元を一センチほど切り落とし、皮の固い所をピーラーで丁寧にむき、耐熱皿に並べた。上から薄くオリーブオイルをかけ、軽く岩塩を振る。あとはそのままオーブンで焼き、シンプルに素材の味を楽しもうという趣向である。

だが、それだけでは寂しいので、後で仕上げのソースも作ることにした。

メインの料理は、スゴンブロのソテー、トマト香味ソース掛けに決めた。

湯むきしたトマトの種を取り除き、サイコロ状に切ったものと、ミントの葉、刻んだパセリ、千切った赤唐辛子をボウルに入れ、ひと匙《さじ》のオリーブオイルと塩胡椒で味付けして、ソースを作る。

続いて、薄くオリーブオイルをひいたフライパンを熱し、下味をつけたスゴンブロを皮目から焼いていった。焼き色がついたら裏返し、弱火にして蓋《ふた》をし、じっくりと中まで火を通していく。

そうするうちに、オーブンが温まっている。ロベルトはホワイトアスパラを耐熱皿ごと、オーブンに入れた。

これを八分ほど加熱する間に作るのが、ビネグレットソースだ。

ワインビネガーひと匙と、マスタードをたっぷりふた匙、そして塩と胡椒をボウルに入れてよく混ぜ合わせ、オリーブオイルを加えながら、全体がもったりするまでよく混ぜれば、芥子《からし》色《いろ》のソースが出来上がる。

仕上がりに満足したロベルトは、鼻歌混じりにパンを切り、テーブルに運んだ。

その足でリビングに立ち寄って、奇跡の記録動画を夢中で見ている平賀に声をかける。

「平賀、ご飯ができたよ。手を洗っておいで」

平賀が振り向いて頷《うなず》くのを確認し、ロベルトは再びキッチンへ戻った。

ワインを選び、汚れた調理器具を洗う。

カトラリーとグラスをテーブルに並べる。

美味《おい》しそうな焦げ目のついたホワイトアスパラガスを皿に盛り付け、ビネグレットソースをかける。

両面焼き上がったスゴンブロを皿に取り、角切りトマトのソースをかける。

オーブン皿とフライパンを熱いうちに洗って水切り籠《かご》に置き、スープの味を調整して器に注いだ所で、平賀がキッチンに入ってきた。

「お邪魔します」

「どうぞ、座って」

料理の皿をテーブルに運びながら、ロベルトは答えた。

席に着き、テーブルの上を見回した平賀は、ほう、と溜息《ためいき》を漏らした。

「いつもいつも素晴らしい料理を有難うございます、ロベルト神父」

「どういたしまして。さあ、美味しく頂こう」

二人は食前の祈りを唱え、グラスに赤ワインを注いだ。

「パーチェ（平和）」

合い言葉と共にグラスを合わせる。

平賀はスープを一口飲み、「美味しいですね」と微笑んだ。

「ピゼッリのスープだよ。春の残り香がするだろう？」

ロベルトは微笑み返し、ホワイトアスパラを自分の皿に取った。

「春に味があるんですか？」

平賀が訊《たず》ねる。

「あるとも。少なくとも、春の匂いはある。味わえば分かるよ」

「そういうものですか」

平賀は眉《まゆ》を寄せてスープを飲み、アスパラを切って口に運んだ。

「どうだい、分かった？」

「……どうでしょう？」

平賀は首を傾げた。

「そのスゴンブロも春の魚だよ。春の味がするから、試してご覧」

そう言われ、平賀は素直に魚をナイフで切って口に運んだ。だが、よく味が分からず、今度は二切れ目をフォークで刺して、鼻先で匂った。

平賀の興味が食事の匂いや味に向くのはいい傾向だ、とロベルトは思った。

このまま無事に食べ進めてくれれば良いが……と、思った矢先、平賀の視線が中空の一点を見詰めて停止し、同時にフォークを持つ手が止まった。

「青い鳥がマリア様の化身というのは、どうしてなのでしょう？」

唐突に、平賀の口から質問が飛びだした。

「ああ……その話か」

ロベルトはスゴンブロを大きく切って食べ、口元をナプキンで拭《ぬぐ》った。

「はい。お話しして下さるという約束です」

平賀は童話の続きを聞きたくて堪《たま》らない子供のような表情だ。

「そうだったね。僕がこれから話すことは、お堅い聖職者から非難されるかも知れないことだけど、あくまで民俗学に基づく雑談だと思って欲しいんだ」

「分かっています。もとより私は貴方《あなた》を不信心な方だとは思っていません」

平賀の言葉に、ロベルトはじっくりと頷いた。

「では何から話そうか。例えば、キリスト教の宗教画に、ゴシキヒワがよく描かれているのは知っているだろう？　洗礼者ヨハネが幼いイエスにこの鳥を手渡している、『ヒワの聖母』という絵画なんかが有名だ」

「ええ。ゴシキヒワというと、スズメの一種ですね」

「そうさ。ゴシキヒワはアザミの種子を好んで食べる鳥だが、アザミといえば、原罪を負ってエデンの園を追われたアダムとイブが追放された荒野に生えていた不毛の象徴で、つまりは原罪の象徴だ。

従って、ヨハネがイエスにゴシキヒワを手渡すという行為は、将来イエスにやって来る受難と、そこからの救いを暗示していることになる。ゴシキヒワは原罪を食べ、苦しみを取り除く存在なのだからね。

そこからさらにゴシキヒワは、人類の原罪と苦しみを取り除く為に十字架にかけられた主イエスそのものの象徴としても、描かれるようになっていくんだ」

「成る程……。絵画には深い意味があるのですね」

平賀は感心した様子で頷いた。

「そうだよ。あと、失楽園の場面には、時にフクロウなども描かれる。彼らは夜に活動することから『淫欲《いんよく》』と、じっと枝に止まって動かないことから『怠惰』と、教会の油をなめることから『大食』と結びつき、大罪と堕落の象徴とされた」

「フクロウが堕落の象徴だなんて、とんだ誤解です。

フクロウは夜行性なので、昼間はじっとしているに過ぎません。飛ぶ姿を殆《ほとん》ど見かけないというのも、彼らの独特な風切り羽根にあるノコギリ状の凹凸が空気を拡散させることで空気抵抗を極限まで抑え、鳥類で最も静かな飛翔《ひしょう》を可能にしている為に、人が彼らの羽音に気づかないだけです」

平賀はムキになったように反論した。

「いや、まあ、確かにそうだ。ただ、昔の人達はそれを知らなかったんだよ」

ロベルトは困ったように眉を顰《ひそ》め、ワインを一口飲んだ。

「他には、そうだね、絵画には燕《つばめ》もよく描かれる。燕は、冬に閉ざされた大地から草花が生える春の訪れを告げる鳥であることから、イエスの復活を意味する鳥だ。

けど、何よりキリスト教絵画によく描かれる鳥といえば、白い鳩だ。聖母マリアの受胎告知や、イエスがヨハネに洗礼を受ける絵などに、白い鳩がよく登場する。

実際、『ルカの福音書』には、イエスが洗礼を受けた時、『天が開け、聖霊が鳩のように目に見える姿でイエスの上に降ってきた』という記述があるよね。鳩は聖霊の象徴だと、聖書にハッキリ記されている」

「ええ。『創世記』のノアの箱船の物語においても、大洪水を逃れたノアが鳩を放ち、鳩がオリーブの枝をくわえて戻って来たことで、陸地があるのを知るという場面があります。この場合、鳩は希望の象徴とでも言うべきでしょうか？」

「そうだね。鳩は希望と平和を運ぶメッセンジャーという所だろう。

平賀、知ってるかい？　紀元前五〇〇〇年のシュメールの粘土板には既に、伝書鳩の使用が窺《うかが》える記述があるという。少なくとも紀元前三〇〇〇年のエジプトでは、漁船が漁況を陸に知らせるために、鳩を使用していたらしいんだ」

「漁船から飛ばす鳩ですか。確かにノアの物語を連想させますね」

平賀は目を瞬《しばたた》いた。

「そうなんだ。鳩は空を自由に飛び、人に言葉や情報を伝えてくれる存在だ。人にもよく馴《な》れ、飛翔能力も高い。

さらに繁殖力も高いことから、鳩の生命力は豊穣《ほうじょう》の象徴ともなった。西南アジア一帯には『鳩が赤子を運んでくる』という伝承があるよ。

そうして鳩は古代メソポタミアからアッシリア全域で信仰された、豊穣の女神イシュタルとも結びついた。イラクで出土した、紀元前一八〇〇年頃の作とされるレリーフには、背中に羽の生えたイシュタルが刻まれている。

さらにギリシャのポリス間でも、鳩は通信に使われていたし、ローマ帝国においても、鳩は通信手段として広く使われていた。

イシュタルは、ギリシャにその存在が伝わると、愛と豊穣の女神アフロディテに姿を変えた。アフロディテの聖鳥は鳩と白鳥だ。神々の伝令使であるヘルメスは翼のあるサンダルを履《は》いているし、恋の矢を放って恋人達を結びつけるクピドの背中にも羽がある。ちなみに、『受胎告知』に描かれる天使ガブリエルを始め、後年のヨーロッパの宗教絵画において天使に羽が描かれるようになったのは、ギリシャの神々からの影響だろうね。なにしろ聖書には、天使の翼に関する記述はないんだから。ヤコブが見た天使などは、梯《はし》子《ご》を使って天と地を行き来していたほどだ」

「ヤコブの梯子といえば、その正体は薄明光線でしょう。確かに私も、霊的存在である天使に、翼は必ずしも必要ないと考えます。なくても飛翔は可能でしょうから。もっとも実際のところは、出会ってみないと分かりませんが……」

難しい顔で答えた平賀に、ロベルトはクスリと笑った。

「さて。話を戻していいかな。

豊穣の女神イシュタルは、同時に死と墓地を管掌する冥界《めいかい》の女神でもある。彼女はローマにおいてはヴィーナスと呼ばれ、ヴィーナスもまた愛と豊穣と冥界の女神なんだ。ヴィーナスが乗る戦車を曳《ひ》くのは白鳥で、使鳥は鳩だ。

古代ローマの詩人ウェルギリウスが記した『アエネーイス』には、ヴィーナスが息子アエネアスの冥界下りを助ける為に白鳩を使わす場面があるし、ヴィーナスの管掌する霊《れい》廟《びょう》や共同墓地は『鳩小屋』と呼ばれていた。

豊穣と死のサイクルは表裏一体なんだ。人が死んで女神ヴィーナスの許《もと》へ還《かえ》る時、その魂は鳩の姿になるものと考えられた。

要するに、鳩は現世と冥界の行き来が可能なメッセンジャーだ。そして死んだ人の霊魂も鳩となり、現世と冥界を行き来する。そんな世界観が想像できるよね。

そうしてキリスト教世界においても、やはり鳩と霊魂は結びついた。聖人の霊魂が白い鳩になって、死ぬ瞬間に口から飛び出すという古い伝承だってある。

かつてグノーシス派のキリスト教徒は、智恵の女神ソフィアが鳩に化身して、聖母マリアを受胎させたと主張した。人の霊魂が鳩になって人間の肉体に宿るという発想は、恐らくギリシャ・ローマ文化からの影響だろう。

そのようにして、鳩は神々と人間の中間の霊的存在であり伝令である天使、あるいは聖霊とも結びつけられていったんだ」

ロベルトはそう言うと、ゆっくりとスープを飲み、魚を食べた。

「大変興味深いお話です。でも鳩は青くはありません。青い鳥というのは？」

平賀がせっついて問い返す。

ロベルトは、まぁまぁと微笑みながら、答えた。

「青い鳥というのは、そもそも自然界には滅多《めった》に存在しないものだから、それが何かの象徴であるというような一般的見解は、残念ながらないね。聖母マリアのお姿と共に、青いカワセミや孔雀《くじやく》が描かれる例はあるけれど、余り一般的とはいえないかな。

美術文学史上において有名な『青い鳥』といえば、モーリス・メーテルリンクの書いた戯曲ぐらいだろう。

ああ、そういえば、聖母マリアと青色を結びつけたのは、一一二二年にフランスのサン＝ドニ修道院長となった宗教家、シュジェだといわれている。彼はフランス王族が代々埋葬されてきたサン＝ドニに、初のゴシック様式となる聖堂を建設し、酸化コバルトで着色した青いステンドグラス、いわゆる『サン＝ドニの青』を多用して、聖母やキリストをこの上なく美しく表現したんだ。

時の国王ルイ九世はその青をいたく気に入り、自ら青い服を愛用する西ヨーロッパ最初の王になった。

すると諸侯も王に倣って貴族の間に青が流行し、青色と百合《ゆり》の花が聖母マリアの象徴として諸侯の紋章にも多用され、定着していったというんだ。

それまで青色というのは、地味、もしくは不吉なイメージの色とされていたのが、ここで一気に聖母やキリストを象徴する色となり、当時の常識はまさに一変したのさ。

まあ、そのようにして聖母の象徴となった青色に、鳥という、魂とメッセンジャーの性格を持つ生き物が加わったのが『青い鳥』だ。それが聖母の化身だと考える人々がいても、不思議はないね。

ただ、僕らが行くセレ村にあった聖母は、黒いお顔をしていただろう？」

ロベルトはひっそりと声を落とした。

「やはり貴方《あなた》にもそう見えましたか。実物を見るまで断定はできないと思っていましたが、私にもマリア様のお顔が黒く見えました。

それが煤《すす》などの汚れによるものなのか、表面に銀箔《ぎんぱく》などが貼られていたのが酸化によって黒ずんだのか、元からそうなのか、早く現地へ行って確かめたいと思っていたところです」

平賀は身を乗り出して答えた。

「黒い聖母像は、スペインとフランスに多くてね、フランスには二百体以上が存在するといわれている。それもフランスの中央高地付近、すなわちオーヴェルニュ地域を中心に、その数が多いんだ」

「そうなんですか。何故です？」

平賀の質問に、ロベルトは小さく肩を竦《すく》めた。

「さあ、その答えは僕も知らないな。知っているのは、黒い聖母を祀《まつ》る多くの聖堂が、古き地母神の神殿の上に建てられたということ。それから黒い聖母が数多く作られたのが、十二、三世紀だってことぐらいだ。

中でも一二五四年、十字軍の遠征先から戻ったルイ九世が、ル・ピュイのノートルダム聖堂に、黒い聖母を寄贈した話が有名だね。

けど、黒い聖母はそれに先立つ八八〇年、カタルーニャはモンセラートの岩山の洞で発見され、様々な奇跡を起こしていたし、スペインと南仏の結びつきの強さから考えれば、黒い聖母への信仰は、もっと古い時代から存在した筈《はず》だ。

実際、ル・ピュイの聖堂にも、ルイ九世の寄贈以前から、黒い聖母像が存在していたといわれていてね、フランスの美術史家エミール・マールは、それがオーヴェルニュ特有の黒い聖母像だったことや、元は異教の大地母神であったことを示唆している。

そもそも黒が大地の色を意味し、黒い聖母が大地母神信仰と結びついているというのは、有名な話さ」

「古き地母神といいますと？」

「うーん、自然そのものの強大な力を、大いなる女神として表したもので、名前は色々にあるんだ。

君も知ってると思うけど、キリスト教が入って来るまで、今のフランス、すなわちゴール地方に暮らしていたのはケルト人だ。彼らはドルイド教信者で、樹、泉、石といった聖なる自然に霊性を認める、アニミズム的宗教観を持っていた。

今も、ル・ピュイのノートルダム聖堂の中には、『熱病の石』と呼ばれるドルメン（岩石）の一部があってね、ガリア・ローマ時代、病に苦しむ女性がこの石の上に聖母の出現を目撃し、病が治癒したという奇跡が伝わっているんだ。

キリスト教が広まった後も、そのドルメンは多くの奇跡を起こし続け、その石の上に寝転んで病気の治癒を祈願する巡礼者は、今も絶えないというよ。

ル・ピュイといえば、大ヤコブの遺骸《いがい》が眠るスペインへと続く巡礼路の起点で、フランスにおけるキリスト教の一大聖地なのに、異教の色彩が随分強いと思わないか？

そうそう。ノートルダム聖堂といえばシャルトルのノートルダム大聖堂が有名だけど、パリやルーアン、ベルギーなど各地にも存在していてね、それらを建てたスポンサーは、十字軍の遠征で金融を受け持ったテンプル騎士団だったといわれている。

そして、黒い聖母の多くは十字軍時代に製作されているんだ。騎士達はそれらを『ノートル・ダム（われらの貴婦人）』と呼んで崇《あが》めていたんだよ。

そもそもカソリック世界において聖母マリアがこれほど重んじられるようになったのは、十字軍の時代、フランスに起こった聖母信仰の爆発的な高まりが原因だ。それまで主流ではなかった聖母信仰が、騎士らの間で大流行したんだ。

けど、それは本当に聖母マリアへの信仰だったのか、それとも彼らが崇めていたのは、異教の大地母神だったのか……。

なんてね。こんな話、とても外では口に出せないだろう？」

ロベルトは肩を竦め、話を継いだ。

「ところで鳥とマリアの異教的イメージは、聖書の『黙示録』にも現われている。そこで描かれる聖母は鷲《わし》の翼を与えられたと、記されているよね」

「ええ、そうですね」

「キリスト教的解釈によれば、聖母が鷲の翼を持つ理由は、鷲が悪魔の化身である蛇を喰《く》らう聖鳥だから、とされている。

一方、ケルト文化における鷲、とりわけ禿鷲《はげわし》といえば、力と勝利と王座の象徴だったんだ。ケルトの戦士は恐ろしく勇敢で、敵将の首を油漬けにしてはその数を誇ったんだ。そうして彼らは死ぬと禿鷲によって鳥葬され、魂が天に迎えられると信じていた。

禿鷲に対する信仰は、一万二千年前に存在した人類最古の文化の痕跡《こんせき》とされるギョベクリ・テペという遺跡からも発見されている。その遺跡の石柱には、禿鷲がモチーフとして用いられている。中東の新石器時代初期の文化では、死者は敢《あ》えて野ざらしにし、禿鷲や他の死肉をあさる鳥に死体を処理させていた事実があったことから、禿鷲が魂を天に返す神聖なものとして扱われていた形跡がある。

『黙示録』の聖母が鷲の翼を持つのも、非常に古いルーツがありそうだ」

平賀は目を瞬《しばた》き、眉《まゆ》を寄せた。

彼の頭の中で、優しい聖母の面影と禿鷲の姿が葛藤《かっとう》しているのだろう。

「ロベルト、これから私達が向かうセレ村にも、ケルトの恐ろしい伝承なんかが残っているでしょうか？」

「まあ……もしそうなら僕には興味深いけど、まずその望みはないね。ブルターニュ地方を除くフランスには、最早《もはや》ケルトの影なんて殆《ほとん》ど残っていないよ。

聖母の化身は禿鷲だった、なんて伝承がセレ村に伝わっていれば別だけど、青い小鳥だなんて、愛らしいじゃないか」

「あっ、そうですよね」

「面白い伝承でもあれば、なんて思うのは、僕の職業病さ。そんなことより大事なのは、奇跡調査をやり遂げることだからね」

「はい、それは当然です。明後日《あさって》からの調査が楽しみですね、ロベルト」

平賀はニッコリと微笑み、ワインをこくりと飲んだ。

3

ローマ・フィウミチーノ空港からリヨンへ飛び、高速鉄道でサン・テティエンヌ駅まで約四十分。快速に乗り換えて、一時間半。列車はル・ピュイ＝アン＝ヴレ駅に到着した。

平賀達と共に列車を降りたのは、初老の夫婦と学生らしき二人組である。それぞれがリュックを背負い、杖《つえ》を持っているところを見ると、巡礼者達だろう。

ホームには、出迎えの神父が待っていた。

優しげなヘーゼルブラウンの目に、スポーツ刈りの短髪をした、二十代半ばの真面目そうな青年だ。

「お待ちしておりました。バチカンの神父様がたですね。聖マリー教会からお迎えに参りました、ピエール・オーリックと申します。ピエールとお呼び下さい」

ピエール神父はラテン語でそう言って、握手の手を差し出した。

「初めまして、平賀・ヨゼフ・庚です」

「ロベルト・ニコラスです。お世話になります」

平賀とロベルトが挨拶《あいさつ》をし、握手を交わす。

「バチカンの方々をお迎えできて光栄です。では、お車の方へどうぞ」

ピエール神父の先導で駅舎を出ると、赤茶色の煉瓦《れんが》屋根が続く町並みの間から、にょっきりと二つの奇岩の山が顔を出していた。一方の岩の頂きには石造りの古い教会が、もう一方の頂きには真っ赤な立像が建っている。

物珍しい光景に目を瞬いた二人に、ピエール神父が声をかけた。

「オーヴェルニュ地方は火山地帯で、奇岩が多いのです。

左手のエギュイユ岩山にあるのが、サン・ミシェル礼拝堂。十世紀、ル・ピュイの司教が初めてサンティアゴへ巡礼した記念に建てられました。右のコルネイユ岩山に建っているのは、一八六〇年に完成した聖母子像です」

「随分真っ赤な聖母子像なのですね」

平賀は素直な驚きを口にした。

「ええ。少し奇妙に思われるでしょうが、実はあれは大砲から作られているんです。像を作る材料調達に難航していたところ、ナポレオン三世がクリミア戦争でロシア軍から押収した、二百台余りの大砲を壊して鋳造させたといいます」

「そうなんですか。大砲の平和利用ですね。素晴らしいと思います」

平賀はニッコリ微笑んだ。

「像の手前に、ノートルダム・デュ・ピュイ大聖堂がありますよ。立ち寄って行かれますか？」

ピエール神父の呼びかけに、平賀は「いいえ」と即答した。

「それより早く村に行きたいです」

一行は、駅前に停まった古いミニバンに乗り込んだ。車が走り出す。

平賀は早速、メモを構えて身を乗り出した。

「質問です。過去、村で同様の奇跡が起こったことはありましたか？」

「えっと、そうですね。今から八百年前の四月三十日、エンゾという村人が山の洞穴で、聖母マリア様を見たという、古い伝承があります。それで、山の祠《ほこら》の礼拝堂に聖母像が祀《まつ》られるようになったと聞いてます」

「そうなんですか」

「ええ。ですから聖母出現の奇跡を讃《たた》える為に、毎年四月末、村の聖歌隊が礼拝堂を訪れます。病や悩みに苦しむ村人もそれに同行できるのです。そうして祠の聖母に願いをかければ、切なる望みが叶《かな》うと言われてきました。

私がセレ村に赴任する以前には、重い神経痛に苦しんでいた女性の病が癒《い》えたとも聞きました。ですがその時、礼拝堂の鐘は鳴らなかったらしいんです」

「そもそも祠の礼拝堂の鐘には、何時《いつ》から舌《ぜつ》がないのです？」

「分かりません。ずっと無かったと聞いています」

「それは妙な話ですね」

「ええ、私もそう思います。ですから二年半前、村に赴任してすぐ、あの鐘を修理して舌を付けてはどうかと、司祭様にご提案したこともあります。でも怒られてしまって」

「怒られたのですか？　どうして？」

「神の手が鐘を鳴らすその日まで、人がむやみに手を加えることは許されないということでした。その時は理不尽な話だと、思わずむっとしましたが……。まさか本当にあの鐘が鳴り、奇跡をこの目で見る日が来るだなんて」

ピエール神父は感動を反芻《はんすう》するように、しみじみと言った。

「貴方《あなた》も現場にいたのですか。詳しく話を聞かせて下さい」

平賀に請われ、ピエール神父は記憶の限りを語った。

「有難うございます。村に着いたら、聖歌隊の方からもお話を聞きたいです。あの動画を撮影したのは誰ですか？」

「聖歌隊のユベールという、十二歳の少年です。初めて聖歌隊に選ばれたのが嬉《うれ》しくて、記念にこっそり撮影していたのだとか。普通なら叱る所ですが、今回に限っては大手柄になりました」

「成る程。彼が撮影したカメラを確認したいのですが」

「カメラ内のデータは教会のパソコンにもコピーして保存しています。カメラ本体はユベールに返しました」

「分かりました。では次に、ファンターヌさんについて質問です」

平賀は思い付く限りの質問をピエールに浴びせた。

ロベルトは二人の会話を聞きながら、車窓の景色を眺めていた。

険しい山と深い森、巨大な花崗岩《かこうがん》の岩塊が転がる荒野の風景が印象的である。

そんな険しい景色が続いたかと思うと、広々とした高原地帯が忽然《こつぜん》と現われ、羊や牛がのんびりと草を食《は》んでいる。その側には素朴な石積みの家々が建ち並び、若葉をつけ始めた葡萄《ぶどう》畑が広がっている。

その先はまた、深い森だ……。

オート・ロワール県からロゼール県に跨《また》がる森と、点在する小さな村々の光景は、昔どこかで聞いた話をロベルトの脳裏に蘇《よみがえ》らせた。

そう。かつてこの一帯がマンド司教座管区であり、その森に「ジェヴォーダンの獣」と呼ばれる怪物が出没したことを――。

最初の犠牲者は、放牧の番をしていた牛飼いの少女であった。

一七六四年六月のことである。

彼女に向かって突進してきた巨大な獣は、雄牛ほどの大きさで、胸幅が広く、巨大な頭と首を持ち、鼻はグレイハウンドのようであった。黒い口の両側に二本の長い牙《きば》があり、背中には黒い縞《しま》が尾の先まで続いていたという。

少女は怪我をしつつも命は助かったが、僅《わず》か数日後、今度は十キロほど離れた村で、十四歳の少女が行方不明となり、翌日、内臓を食われた無惨な死体で発見される。

それから三ヵ月のうちに、謎の怪物による犠牲者はみるみる増えていったという。

怪物は、ベルグヌー村で十歳の少女を襲ったかと思えば、同じ日のうちに、五十キロも離れたレ・ケール村で十五歳の少年を襲うといった具合で、まさしく神出鬼没であった。

さらにその殺害方法も異常なもので、獲物の頭部を砕いたり、食いちぎって攻撃し、通常の狼などの捕食動物が狙う脚や喉《のど》を全く無視していた。

恐怖の殺戮《さつりく》を続ける怪物の噂はフランス全土に伝わり、国王ルイ十五世が動いた。フランス軍の精鋭部隊五十五名を野獣討伐隊としてこの地に送り込んだのだ。

だが怪物は発見できず、犠牲は止まなかった。

翌年二月には二万人規模の山狩りが行われ、怪物に一発の銃弾を浴びせることに成功したが、捕獲は叶わなかった。

さらに犠牲者は増えていく。

国王の軍隊に幻滅した人々は、マンド司教に助けを求めたが、司教は「この獣は神が住民の不信仰を罰するために遣わされたものである」と宣言し、静観を決め込んだという。

せめて自衛の為に銃を持たせて欲しいと、村人らは領主のジェヴォーダン伯に訴えたが、領民の反乱や暴動を恐れた領主は、許可をしなかった。

そうして九月になったある日、遂に獣は撃ち取られた。

国王が新たに派遣した射撃の名手、アントワーヌの手によって、体長一・七メートル、体高八十センチ、体重六十キロの巨大な灰色狼が仕留められたのである。

死骸《しがい》は剝製《はくせい》にされてヴェルサイユへ送られ、国王は事件の終結を宣言して、アントワーヌに多額の報奨金と称号、勲功を授けた。

ところがである。事件はまだ終わらなかったのだ。

同年十二月、ジェヴォーダンの獣は再び現われ、二人の子どもを瀕死《ひんし》にさせた。その時襲われた少年は、獣の背中に一筋の縞模様があったと証言した。

獣はさらに十二人以上の死者を出し、その知らせは国王の許《もと》にも届けられた。しかし、王は「事件は解決済だ」と、訴えを取り合わなかったという。

殺戮はさらに続き、中には刃物で切られたような遺体も続出した。

最早《もはや》、ただの狼の仕業とは思えなかった。人間の仕業か、ルー・ガルーと呼ばれる狼男の仕業ではないか、と村人達は疑心暗鬼になり、恐怖した。

一七六七年六月。地元の猟師ジャン・シャステルが巨大な獣を射殺する。死骸を見た人々が皆、「怪物だ」と語るほどの異形であったという。

この猟師は国王の許へ呼ばれることも、勲章を授かることもなかった。

国王は獣の死骸を直ちに埋めるよう命じ、その正体も明らかにならぬまま、ジェヴォーダンの惨劇は突然、そして静かに幕を下ろしたのである。

犠牲者の総数は定かでないが、確認された記録によれば、百九十八回の襲撃と八十八人の死者が出たという。また別の記録では、死者は百二十三人ともされる。

犠牲者の大半は、女性と子どもであった。土地が瘦《や》せたこの地域では、古くから林業と酪農が生活を支えており、放牧の仕事は子どもか女性の役割であったからだ。

(実に嫌な事件だ。最後まで獣の正体が分からず仕舞いなのも、司教や領主や国王の取った対応にしても、何とも後味が悪い……)

ロベルトは憂鬱《ゆううつ》な気分になった。

「どうしました、車酔いですか?」

「ロベルト、大丈夫ですか?」

ピエールと平賀の声に、ロベルトはハッと我に返った。

「すみません、大丈夫です。一寸《ちょっと》、考え事をしていただけです」

「それなら良かったです。今、ピエール神父にバチカンの話をして欲しいと言われ、困っていたんです。私よりロベルト神父の方が、何でもお詳しいので」

平賀の困り顔に、ロベルトは苦笑した。

「バチカンの話ですか。僕もさほど詳しくはありませんが」

ロベルトは前置きをして、ピエール神父に聞かれるがままに答えた。

法王様のこと、大聖堂でのミサのこと、美術のこと……。

そのうちに、車はアリエ川を越え、セレ村に到着した。

村の入り口に小さな石の十字架が立ち、その足元に花が飾られている。

夕陽に照らされた牧草地には、牛や羊を追う人々の姿があった。

石造りの素朴な家々が数軒ずつ固まり合って、緑の中に建っている。

樫《かし》やミズキの木々の間に咲き誇るサンザシが、仄《ほの》かなアーモンドのような芳香を漂わせていた。

人家の周りには、葡萄畑やトウモロコシ畑、豆畑などが広がっていて、時々、家の前のベンチに女たちが寄り集まり、刺繍《ししゅう》や編み物をしている姿がある。

全てが、お伽話《とぎばなし》に出てくる古い村そのものだった。

タイムスリップして、百年も二百年も昔に迷い込んだかのようだ。

さらに行くと、丘地になり、教会が建っているのが見えた。

「ここら辺が村の中心で、あれが聖マリー教会ですよ」

ピエール神父が、教会を指さした。

こぢんまりとした教会が見えた。

その背後には、森があった。

森の中に、小高くなだらかな斜面の山が二つ、黒く、くっきりと、浮かんでいる。

「奇跡の起こった礼拝堂は何処ですか？」

平賀が身を乗り出して訊《たず》ねた。

ピエール神父は二つ並んだ山の片方を指差した。

「あちらのエズーカ山の中腹です」

「今から登れるでしょうか」

「いえ、今日はもう無理だと思います」

ピエール神父は申し訳なげに言って、聖マリー教会の前に車を停めた。

4

教会の内部は薄暗く、ひんやりとしていた。

正面のステンドグラスから差し込む幻想的な光が、内陣と祭壇を淡く輝かせている。

「バチカンの司祭様がたをお連れしました」

ピエール神父の声に、祭壇近くにいた人物が振り返った。恰幅《かっぷく》のよい身体つきで、白い髭《ひげ》を蓄え、杖《つえ》をついた老司祭だ。

ベンチに座っていた数十人の村人達は、平賀とロベルトを見ると、小さく歓声をあげてざわめいた。

ベルニエ司祭はゆっくりと二人に近づいた。

「ようこそセレ村へお越し下さいました。お二方を歓迎します。聖マリー教会の責任者、ジャン・リュック・ベルニエです」

「温かなお迎えに感謝しております。ロベルト・ニコラスです」

「初めまして、平賀・ヨゼフ・庚です」

司祭は二人を交互に抱擁し、目を見張った。

「これはこれは、驚きました。お二方とも、随分とお若いのですね」

「若輩者ですが、宜《よろ》しくお願いします」

ロベルトがそつなく応じる。

「いえいえ、そんなつもりでは。さて、村の聖歌隊が歓迎の歌をご用意しております。どうぞお聞き下さい」

「聖歌隊というと、奇跡を目撃した方々ですか？」

平賀が横から話に割って入る。

「ええ、その者も中にはおります」

ベルニエ司祭は頷《うなず》いた。

平賀が瞳《ひとみ》を輝かせる。

「でしたら……」

すぐに奇跡の話を聞きたがるだろうと思ったロベルトは、言いかけた平賀の腕を引き、

「是非、拝聴させて頂きます。ベルニエ司祭」

と、営業用の微笑を返した。

「左様ですか。それでは」

司祭が振り返り、合図を送る。

すると、いつの間にか祭壇の前に整列していた聖歌隊が、『大いなる秘跡《タントゥム・エルゴ》』を歌い始めた。

さらに『憐れみの母よ《サルヴェ・レジーナ》』、『アヴェ・マリア』と続いた聖歌が終わった時、平賀とロベルトは大きな拍手を送った。

「素晴らしいです」

「とても心のこもった歌声ですね」

二人の賛辞に、ベルニエ司祭は満足げに頷いた。

「ここは小さな村ですが、神への信心は他に引けを取りません。古くから教会に伝わる『青き聖衣』が、村の皆の心を一つにしてきたのです」

ベルニエ司祭の言葉に、平賀の頬は紅潮した。

「『青き聖衣』といいますと、シャルトル大聖堂《ノートルダム・ド・シャルトル》にある『聖衣《サンクタ・カミシア》』のような聖遺物でしょうか？

あちらの聖衣は聖母マリア様が受胎告知を受けた時に着ておられた衣で、八七六年、禿《とく》頭《とう》王シャルル二世より献上されたものです。

一一九四年の火災でシャルトル大聖堂が焼失した時、聖衣も失われたかに見えましたが、鉄の落とし戸に守られていたお陰で、奇跡的に焼失を免れました。その出来事によって、聖衣と聖母への信仰はますます高まったといいます。

しかし、長年の間にお守りとして一部が切り取られたり、フランス革命期には略奪されたり、切り裂かれたりの被害にあって、聖衣は散逸したといいます。ですがその大部分は後に回収され、今では最大の切れ端がケースに飾られているそうです。

聖衣の生地は紀元一世紀代にシリアで編まれた、シリア産の布であると言われていますが、マリア様が着ていたものであれば、紀元前の布でなければなりません。鑑定方法に誤りがあるのか否か、真実が気になると思いませんか？　ベルニエ司祭、こちらの教会に伝わる聖衣は鑑定に出されたのでしょうか。もしまだでしたら、是非、私に鑑定させて頂きたいのです」

畳みかけるように言った平賀に、ベルニエ司祭は小さく咳払《せきばら》いをし、困ったような顔をした。

「シャルトル大聖堂の聖衣については私も存じておりますし、あれが本物のマリア様の聖遺物であると、心より信じております。

私共の教会に伝わる聖衣がマリア様のものだとは申しません。が、聖王ルイ九世から賜った、由緒ある聖衣には違いありません。何より、村の皆の心の拠《よ》り所なのです」

「鑑定はしないのですか？」

「そのような端《はした》ない行為は必要ございません」

ベルニエ司祭は硬い口調で言うと、二人に『青き聖衣』を示した。

天板のガラス越しに、折り畳まれた青い布が見える。

ロベルトはモノクルを利き目につけ、それをじっと見た。

パステルブルーに染められた、年代物の美しい手織物である。保存状態も良い。村人達と教会が大切に守ってきたことが伝わってくる。

だが当然、聖母マリアのものではなく、中世時代の織物だ。青い衣を愛用したという、聖王ルイ本人が着用した物かも知れない。

信仰深く、人格も清廉であったというルイ九世は、数々のカソリック聖堂を建設し、二度の十字軍遠征を主導するなどの功績が認められ、死後に列聖されて聖人となった。

とりわけ彼が執心したのは、聖遺物の収集だ。キリスト受難の荊冠《けいかん》や、聖十字架のかけら、聖血や墓石などを高額で購入し、それらを納める為の礼拝堂まで建設した。

その礼拝堂サント・シャペル・デュ・パレに作られた、青を基調とした壮大なステンドグラス群は、「聖なる宝石箱」との呼び名も高い、超一級の芸術品である。

また、ルイ九世が青を愛したことは、国内染色業者の爆発的繁栄をもたらした。

貴重な青色《パステルブルー》を産み出すアブラナ科の草木ゲードは、育つ土壌が限られ、布に対する染色力も弱いという、非常に扱いの難しい素材であった。

それを取り扱えたのが、トゥールーズ、アルビ、ロラゲ、カルカソンヌの職人達であり、後にロゼール県を含むラングドック地方でも、ゲードの生産が行われる。

そうして十六世紀半ばに新大陸アメリカから、安価で染色力の強いインディゴが入って来るまで、ゲードの産み出す青は、全ヨーロッパを席巻《せっけん》したのである。

ロベルトがそんな事を思いつつ、祭室のステンドグラスに視線を移すと、そこにも青いマントを羽織る聖母の姿があった。

ステンドグラスは、その特徴的な色合いから見て、十二、三世紀の年代物だ。図案は聖母の被昇天に似ており、胸の前で両手を交差させた聖母が、中空に浮かんでいる。この村に出現した聖母の姿だろうか。

聖母のマントは青で下衣は赤。背景に後光と思《おぼ》しき黄色が置かれている。頭上に十二の星と思われる白点があり、青い空に九羽の鳩が飛んでいた。

聖母の足元からずっと下方には、赤い服の聖人らしき九名の人物が小さく描かれ、その背景に、亜麻かゲードと思しき草が描かれている。

誰が描かれているのかと、ロベルトは見つめた。

二人の聖人は直ぐに分かる。

機織りに用いる杼《ひ》を手に持つのは、染色や織物の聖人、熱心党の聖シモン。弦楽器プサルテリウムを持っているのは、音楽家と盲人の聖人、聖セシリアだ。

人々が聖母に寄せてきた思いの敬虔《けいけん》さに胸打たれ、ロベルトは目を細めた。

「美しいですね、とても」

「そうでしょう。この衣は、まさに我らの宝です」

ベルニエ司祭の言葉にロベルトは頷き、聖衣に暫《しばら》く手を合わせた。

そして、今まさに、ふと思い付いたかのように顔をあげた。

「ところで、ベルニエ司祭。聖歌隊の皆さんがお集まりなのでしたら、奇跡を目撃した際のお話を伺いたいのですが」

ロベルトが柔らかく訊《たず》ねると、司祭は頷いた。

「ええ。人数は揃っておりませんが、それでも宜しければ」

「分かりました。平賀、それで良いね？」

「はい、仕方ありません。ではロベルト、通訳をお願いします」

平賀はそう言って、聖歌隊の一団の前に立った。

「四月三十日に山の礼拝堂で奇跡を目撃された方は、挙手して下さい」

平賀の呼びかけをロベルトがフランス語に訳して伝える。

すると、十名の手が上がった。

「ロベルト、お一人ずつ話を聞いていきましょう。動画を撮影したユベールという子がいたら、カメラを預かって下さい。私は準備をしてきます」

平賀は小声でロベルトに告げると、教会の隅の方へ歩いて行ってしまった。

「彼はどこへ行くのです？」

側にいたピエール神父が不安げに、ロベルトに訊ねた。

「録音とメモの準備ですよ」

ロベルトが小声で答える。

「あの、こんなに早くから聴取が始まると分かっていたら、バザンさん母娘《おやこ》や皆さんに声をかけておいたのですが……。準備不足ですみません」

「こちらこそ、すみません。調査を急ぐのは僕らの癖のようなものなので、お気になさらず。時間は明日からたっぷりあると、分かっておりますから」

ロベルトは微笑み、聖歌隊の方に向き直った。

「皆さん、改めて自己紹介させて下さい。僕の名前はロベルト・ニコラス。僕とあちらの平賀神父は、バチカンからこの度の奇跡の調査にやって参りました。先程挙手なさった方は、前に出て来て頂けますか？」

すると、十名の男女が前に進み出た。

「有難うございます。これから僕と平賀神父が、皆さんお一人ずつから話を伺います」

「どうして一人ずつなのです？」

横からピエール神父が訊ねる。

「人は集団で話をすると、他人の話の影響を受けてしまう傾向があるからです。ついつい他人の意見を聞いて、調子を合わせてしまったり、他人が言ったことを、自分も見聞きしたように勘違いすることがあります。そうしますと正確な証言がとれませんので、一人ずつからお話を聞かせて頂きたいのです。

心配なさることは何もありません。ただ、ご自分の見聞きしたことを正直にお話しになって下されば、それで充分ですので」

ロベルトの説明に、皆は納得した様子で頷《うなず》いた。

「分かりました」

「分かりましたわ」

「では最初に、動画を撮影したユベール君はいますか？」

黒い巻き毛の少年が答えた。よく日に灼《や》けた、元気そうな少年だ。

「はい、僕です」

「あの日撮影したカメラは持っているかな？」

「はい、神父様」

ユベールはデジタルカメラをロベルトに差し出した。

「有難う。暫くこのカメラを預からせて貰《もら》っても、構わないだろうか？」

「何時《いつ》までですか？」

「二、三日かな。なるべく早く返すと約束するよ」

「はい、分かりました」

「有難う。じゃあ、僕と一緒に来て、質問に答えてもらえるかな。ではピエール神父、後をお願いします」

ロベルトはそう言うと、ユベールを連れ、平賀の方へ向かった。

「撮影者のユベール君だ。ほら、カメラを預かった」

ロベルトが平賀にカメラを手渡す。平賀は電源を入れ、モニタを確認して、満足そうに微笑んだ。

「結構です。では、奇跡とその撮影について、彼が見聞きしたこと、気になったことを自由に喋《しゃべ》ってもらって下さい」

平賀はレコーダーのスイッチを入れた。

ロベルトが平賀の意図をユベールに伝え、ユベールは話し始めた。

「僕は初めて春祭りの選抜隊に選ばれて、嬉《うれ》しかったんだ。母さんも、とっても喜んでくれた。けど妹は、自分も礼拝堂に行きたいと言って泣いた。妹はメンバーに選ばれなかったんだ。だから僕、家のカメラで礼拝を撮影してやろうって思ったんだ。

あの日は特別だったな。いつもは森に入ると大人達に怒られるのに、ピエール神父が松明《たいまつ》を持って、皆でそれに従って歩いたんだ。夜の森は暗くて怖かったけど、ドキドキして楽しかった。

山の礼拝堂は思ったより広くて、青い服を着たマリア様がいらして、その上のところに鐘がぶら下がってた。神父様がお祈りをして、みんなもお祈りをした。聖歌隊の出番はその後なんだ。

それで僕がカメラを出して、こっそり衣装の下で準備してたら、テレーズさんとか、他の誰かが大声で叫んだんだよ。

びっくりして顔を上げたら、マリア様がパーッと光ってた。何だこれは、これを撮らなきゃ、って思ったけど、神父様に見つかったら怒られるし、どうしよう、って、頭の中はパニックだった。夢中で撮影してたから、あとのことはあんまり覚えてないんだ。

結局、ファンターヌを撮ってた時に、ピエール神父に見つかって、怒られるかと思ったら、凄《すご》く褒められて、聖歌隊のみんなで何枚も記念写真を撮ったんだけど……。

でも、青い鳥が歌っていたのはちゃんと覚えてる。とても綺麗《きれい》な歌声だった。青い鳥はね、マリア様の化身なんだ。あの鳥の歌を聴いて、僕も一緒に歌いながら、凄いことが起こったぞって、ドキドキしたよ。けど、あとでビデオを見たら、あんまり綺麗に撮れていなかったから、がっかりした。本物はもっともっと全部が綺麗だったんだ」

ユベールの言葉を、ロベルトは訳して平賀に伝えた。

「マリア様が光ったのは、どんな光でしたか？ 色は？ 光っていた時間は？」

平賀の質問を、今度はユベールに伝える。

「真っ白な光だった。光ってすぐ真っ暗になったから、時間は二秒ぐらい」

「真っ暗になったのは、どうしてでしょう？」

「どうしてかな。分からない」

ユベールは首を捻《ひね》って答えた。

次の証言者は聖歌隊のリーダーで、アラン・ビゼー。五十三歳。

「四月三十日は、朝からとてもよい天気でした。温かくて、丁度いい風が吹いていました。私は六時に起きて朝食を摂《と》り、身支度をして教会へ行き、手伝いの女性達と一緒に、聖歌隊の衣装にアイロンをかけました。

昼過ぎには前庭で練習が始まって、毎年恒例のバーベキュー大会もありました。私もワインを四、五杯頂きました。勿論《もちろん》、酔っ払わない程度にね。祭りの日は昼からワインをやるのが村の恒例行事なんです。

日が暮れると松明を持って、山の礼拝堂へ行きました。それは例年通りですが、今年は目の不自由なファンターヌが一緒でしたから、彼女が転んだりしないよう、皆で注意して歩いていきました。

礼拝堂に到着して皆で順に礼拝をしていると、不意に眩《まぶ》しい雷光を感じ、私はぞくりとするような霊妙な気配が、辺りに漂っているのを感じました。

それで一体何事かと思っていますと、あの鐘が鳴ったんです」

「最初に鐘が鳴った時、明かりが消えて、また灯《とも》りましたね？」

ロベルトが質問を挟むと、アランは頷いた。

「ええ、誰かが驚いて床燭《しょくだい》台を倒したんです。多分、クリストフでしょう。後で彼が蠟燭《ろうそく》に火を入れてたのを見ましたから」

「そういうことでしたか。それからどうなりました？」

「ピエール神父がマリア様の奇跡を讃《たた》えましょう、と仰《おっしゃ》いました。私が指揮を執り、聖歌隊は心を込めて歌い始めました。それで暫《しばら》くすると、遠雷が聞こえました」

「遠雷ですか？」

「ええ。この地方は雷が多いんです」

「成る程。それから？」

「聖母マリアの化身といわれる青い鳥が、いつの間にか祠《ほこら》の窓に止まっていて、私達と共に歌っていました。あれは本当に神秘的な体験でした。思い出すと、今もこの手が震えます……。そうしてマリア様は、ファンターヌの目を癒《い》やされたのです」

その後も証言者が入れ替わりつつ、聴取は一時間半余り続いた。

最後にベルニエ司祭とピエール神父がやって来た。

「お疲れ様です。お二人に差し入れを渡したいという、村人達が待ちかねております。その後は教会の宿泊所でゆっくりお休み下さい。ピエール神父がご案内します」

「ええ、分かりました」

「他に何か、ご質問はございますかな」

「バチカンから、私宛の荷物は届いてますか？」

平賀が訊《たず》ねた。ベルニエ司祭が頷く。

「ええ、昼過ぎに届きましたので、倉庫で保管しています」

「有難うございます。あと、宿泊所でインターネットは使えますか？」

「ええ、一応は。ただ、重いデータを扱う時は、教会の集会室をご利用下さい」

今度はピエール神父が答えた。

「分かりました。では、私を集会室に案内して下さい」

「ええ、こちらです」

四人が歩き出した。

身廊には村人達が集まっている。その殆《ほとん》どは老女であった。彼女らはそれぞれが持ち寄った手料理を、我先にとロベルト達に手渡した。

平賀とロベルトは丁寧に礼を言い、タッパーや鍋《なべ》に入った食事を受け取った。

それから二人とピエールは、内陣の脇にある扉から外へ出て、集会室に立ち寄った。平賀はネットの接続を確認し、バチカンのシン博士へ到着を知らせるメールを書いた。メールの送信に手間取った様子で、それには結構な時間がかかった。

その間、ロベルトは窓の外を眺めていた。教会の直ぐ裏手は墓所になっているようだ。

平賀の用事が終わると、三人は回廊を伝って倉庫へ行った。すると、大きな木箱が山積みになっている。ミニバンには一度に積みきれない量だったので、宿まで二往復しなければならなかった。

到着した宿泊所は民家のようであった。中はがらんと広く、一階にダイニングとリビングと四つの個室がある。

三人は手分けをして、奥のリビングへ荷物を運び入れ、荷ほどきを行った。

薪《まき》暖炉があり、手作りの木製家具とソファが並んだ、温かみのある部屋だ。

その中央にあるどっしりとしたテーブルに、平賀の手によって、白い布がかけられた。

成分分析器と小型の電子顕微鏡が置かれる。シャーレやフラスコ、化学反応液が入った箱が並べられると、ほのぼのとした部屋が実験室へと変貌《へんぼう》した。

それが終わると、ロベルトは割り当てられた個室へ行き、自分のスーツケースからトレース用紙、スケッチブック、紙の束、色鉛筆、定規、コンパス、辞書を取り出して、書き物机の上に置いた。

空いた木箱を隅に積み上げ、一段落すると、時刻は既に九時になっている。

一同はダイニングへ移動して、遅い夕食を摂ることにした。

差し入れの食事を温め、テーブルに並べていく。

大きな鍋に入った豆と鶏肉《とりにく》のシチュー。ソーセージ。ジャガイモのガレット。ワインと自家製のリキュールまである。豪華なディナーの準備ができた。

食前の祈りは、ピエール神父が唱えることに決まった。

「我らの貴婦人、恵みあふれる聖マリアよ、私達罪びとのために、お祈り下さい。私達の迷う魂が、主の御許《みもと》へと立ち帰る恵みを取り次いで下さい。慈しみ深き主イエスよ、あなたに感謝して今宵《こよい》の食事を頂きます。ここに用意された物を祝福し、私達の心と身体を支える糧として下さい。私たちの主、イエス・キリストによって、アーメン」

「アーメン」

平賀とロベルトが唱和する。

「頂きましょう」

ピエールの合図で、食事が始まった。

ロベルトはまず、珍しい黄色のリキュールを一口飲んだ。

「これは美味《おい》しい。牛蒡《ごぼう》のような香りと苦味がいいですね」

「気に入って頂けましたか。それはゲンチアナで作る薬草酒です」

ロベルトは続いてシチューを食べて再び、美味しいです、と微笑んだ。

「それは良かった。自然が豊かで、食べ物が美味しいだけが取り柄なんですよ。この村は」

ピエール神父はワインを呷《あお》って、自嘲《じちょう》気味に肩を竦《すく》めた。

「それは素晴らしくかけがえのない財産です」

ロベルトは本心からの言葉を述べた。

「はあ……。バチカンからいらっしゃると、そのように見えるのでしょうか。実際のところは村の過疎化が酷《ひど》くて、若者は大抵、町へ出てしまいます。この宿泊所にしても、空き家に手を入れて使ってるんです」

「そのようですね」

ロベルトは使い込まれたテーブルや家具に目をやって頷《うなず》いた。かつては大家族がここで暮らしていたのだろう。

ピエールは重い溜息《ためいき》を吐いた。

「信仰深い村の人達に囲まれて、日々の食事をこうして差し入れして頂いて、神父の身で不満を持つなんて、間違っていますよね。それは重々分かっています。私だって、かつての修道士の方々の強い信仰心や志に憧《あこが》れて、神父になったんですから。

ただ、私はここに赴任してきてから、毎日、誰かの家の屋根を直したり、畑を手伝ったりで、時々、自分が何をしているのか分からなくなっていたんです。

でもそんな時、驚くべき奇跡が起こったんです……」

ピエール神父はうっとりと目を細めて十字を切り、ワインを飲んだ。

そうして、徐《おもむろ》にロベルトを振り返った。

「ところで、お二人は明日からどのような調査をなさるのですか?」

「そうですね、まずは現場となった礼拝堂を拝見します。平賀は科学者ですので、証拠品の採取や解析などを行うでしょう」

「成る程。それであんな厳《いか》めしい機械が沢山……」

「ええ」

「では、ロベルト神父の方は?」

「僕は目撃者の聴取を続けます。ファンターヌさんにもお会いしなければ」

「私が明日、皆に声をかけて、教会に集まってもらいましょうか? それとも、一軒ずつ皆さんを訪ねて回られますか?」

「どちらかというと、家をお訪ねする方が良いかも知れません」

「でしたら、私がご案内しましょう」

「有難うございます。ただ、平賀がフランス語を話せないので、誰かが通訳につく方が良いのかも知れません。どうする、平賀?」

ロベルトが平賀に目をやると、彼は皿のスープを凝視していた。

「平賀?」

「この豆はピゼッリでしょう?」

平賀は不意に顔をあげ、大発見をした子どものようにはしゃいだ。

「ああ、そうだよ」

ロベルトが事も無げに応じる。

ピエール神父は眉《まゆ》を顰《ひそ》めてそのやりとりを見、ロベルトの耳元にそっと囁《ささや》いた。

「彼、本当に科学者なんですか？」

ロベルトは苦笑した。

「ご心配なく。彼の優秀さはすぐに分かりますよ」

第二章　謎多き道の始めに立ちて

1

翌朝。三人は早速、山の礼拝堂へ向かうことにした。

途中の森には野生動物がいるというので、野獣除《よ》けの鈴のついた杖《つえ》が用意される。

「森へ行く時は、大きな火を持つか、鈴を鳴らすんです。野生動物は、好んで人に寄りついたりはしませんから、人がいることを示してやると良いのだとか。それに、鈴には魔除けと厄除けの意味もあるんです」

ピエール神父はそう言いながら杖を二人に手渡し、自分も持った。

平賀は大きなリュックを背負い、首に双眼鏡をかけている。

一行は徒歩で村はずれまで行き、そのまま森へ入った。

風に木立が騒ぐ音が、水の流れのように聞こえている。

森の中には樫《かし》やイチイ、胡桃《くるみ》の木など青々とした木々が幾重にも広がり、複雑な切り絵のような影を作っていた。その足元にも、背の低いシダや雑草が鬱蒼《うっそう》と生えている。

進むにつれ、大気は濃厚な緑の香りを含んで、じっとりと重く、息苦しくなっていった。

緑の間を縫うように、細い小道が緩やかに曲がりながら奥へと続いている。

所々に、大小の岩が聳《そび》え立ち、あるいは転がっている。

僅《わず》かな木漏れ陽の中を歩いていると、遠くから乾いた銃声が響いてきた。


パーン、パーン……


立て続けに轟《とどろ》く音に鳥達が驚き、木々を揺らして舞い上がった。

山肌に谺《こだま》した銃声が、細く不吉な余韻を長く響かせる。

「今の音は何です？」

平賀は怪訝《けげん》な顔で訊《たず》ねた。

「シュヴィニ家の主《あるじ》が山で狩りをしているんでしょう。いつもの事です」

ピエール神父はうんざりした顔をした。

「シュヴィニ家とは？」

「この辺りの大地主ですよ。何でも昔の領主であるジェヴォーダン伯の末裔《まつえい》だそうで、村の南半分はシュヴィニ家の持ち物です。森や山もです。けど、村人の信仰篤《あつ》い山の祠《ほこら》と、そこへ行く道だけは、通行を許されているんです」

「フランス貴族の末裔ですか。どんな方なんです？」

「さあ。狩りが大好きで、教会のミサにも参加されないような方ですよ」

ピエールは嫌味っぽく答えた。

やがて三人の行く手に大きな楡《にれ》の木が見えてきた。

その幹は大層太く、枝も長く、楡は天空を突き抜けるかのように、何処までも伸びていた。

「とても立派な木ですね。樹齢千年を越えているかも知れません」

「ああ、見事なものだ」

平賀とロベルトは感心して立ち止まった。

「そこで道が二手に分かれます。エズーカ山はこちらです」

ピエール神父は右の道に入った。

「左に行くとどうなるんです？」

平賀が訊ねる。

「あちらはエスクイン山で、シュヴィニ家の別荘がありますが、立入禁止です」

三人がさらに道を進むと、山道に入った。

緩やかなカーブを描く坂道を登ると、二十分余りで岩肌に開いた穴に到着する。

「これが礼拝堂への入り口です」

穴を潜ろうとしたピエール神父の腕を、平賀が摑《つか》んだ。

「待って下さい。質問です。奇跡があった日以降、誰か礼拝堂に入りましたか？」

「いいえ。司祭が立入りを禁じましたので、恐らく誰も入っていないと思います」

ピエールの答えに、平賀は瞳《ひとみ》を輝かせた。

「なんて素晴らしいご判断でしょう。すると、中にはまだ奇跡の痕跡《こんせき》が残っているかも知れません。私が先に入って調査をしますので、お二人は外でお待ち下さい」

平賀はそう言うと、懐中電灯を翳《かざ》し、忍び足で入り口を潜った。

まず、鳥のように首だけ回して、礼拝堂の中を見回す。

入ってすぐの岩壁に、十字架が打ち付けられている。

右方向に伸びるトンネルを六十メートルほど進むと、岩をくり抜いた礼拝堂がある。

平賀はトンネルからそろりと顔を出し、中の様子を窺《うかが》った。

（さて、青い鳥はいるでしょうか？）

あの鳥が現われたのが四月三十日だけとは限らない。礼拝堂には滅多《めった》に人が来ないのだから、鳥が棲《す》み着いている可能性もある。

そう考えていた平賀は、素早く四方に目を配ったが、それらしき姿はない。そこで虫眼鏡と懐中電灯を構え、そろりそろりと床を這《は》うようにして中へ進んでいった。

足跡。糞《ふん》。羽。何でもいい。何かがあれば、あの鳥に迫る手掛かりになる。

礼拝堂の床を、隈《くま》なく見て回る。鳥が止まった聖母の肩やその周囲も慎重に観察した。

だが、期待していたような鳥の痕跡はない。

鳥が入って来たという窓の縁部分も調べたいが、脚立が無ければ届きそうにない。

次に、平賀はポケットからメジャーを取りだした。

ほぼ円形の室内は、直径四・三メートル。

天井はドーム状になっており、高さは中央部で三・三メートル、壁際で二・六メートル。

天井近くの壁にある窓は、直径五十センチ、高さ四十センチのアーチ型。そこから外の空が見える。コンパスで調べると、窓は、西から三十五度北の方角にずれた方向に開いていた。

(丁度、夏至の夕日が沈む方角ですね……。何か意味があるのでしょうか?)

平賀は首を傾げた。

そして次に聖母子像を調べることにした。

やや窓よりの室内に木製の頑丈そうな祭壇があり、顔以外は青い布でくるまれた聖母子像が置かれている。

聖母子像の高さは五十一センチ。二人のお顔は黒く塗られていた。

(煤《すす》の汚れで黒い訳ではないようですが……?)

表面を少しはがすか削るかして、成分分析器にかければ、それが黒い理由が分かる。科学調査の許可が出れば良いが、と平賀は思った。

祭壇と壁の間に立つ、五灯の床燭台《しょくだい》は、高さ約百五十センチ。

聖母子像の真上あたりの天井に、問題の鐘が吊《つる》されている。

床から鐘までの高さは二・九メートル。

鐘は緑がかったくすんだ色合いで、中を覗《のぞ》くと確かに舌《ぜつ》がない。中はがらんどうで、仕掛けも見当たらない。撞木《しゅもく》や槌《つち》など、鐘を叩《たた》く道具も見当たらない。

鐘の大きさを測る為、平賀は靴を脱ぎ、木の祭壇の隅の方によじ登った。

鐘の高さは約二十二センチ、幅十二センチ、厚みは一・一センチ。

内部構造を調査するには、ひとまずX線撮影が有効だろう。

素材や重さも詳しく調べたいが、それには鐘を下ろしたり、表面を削ったりする必要があり、教会の許可が必要だ。

（ピエール神父は許可して下さるでしょうか？）

そう思った所で、平賀は彼らを外で待たせていたのを思い出した。

洞穴を走って戻り、二人に声をかける。

「お待たせして済みません。もう入ってきて大丈夫です」

平賀の言葉を受け、ロベルト達も洞穴に入った。

ロベルトはそこに冷んやりと清浄な気が満ちているような気がした。ぞわり、と背中が粟立《あわだ》つようだ。

「朝来てみると、やはり夜見るのとは印象が違いますね」

ピエール神父はそう呟《つぶや》いて、聖母子像に手を合わせた。

ロベルトも同様に手を合わせていると、平賀が像の上方に吊《つ》り下がった鐘を指差して言った。

「ピエール神父、こちらの鐘の素材や重さを調べたいのです。一旦《いったん》、この鐘を取り外して詳しく調査し、出来れば表面を少し削らせて頂けませんか」

するとピエールは大きく破れるように目を見張り、頭を横に振った。

「まさか、ベルニエ司祭がそれをお許しになるとは思えません」

「ですが、調査の為には……」

反論しかけた平賀を、ロベルトはやんわりと制した。

「平賀、少し時間をくれないか。教会の記録を調べれば、鐘の製造法や詳細が分かるかも知れない。ベルニエ司祭にも、僕から折を見て相談してみるよ」

「分かりました。ロベルト。貴方《あなた》がそう仰《おつしや》るなら、お待ちします」

平賀は頷《うなず》くと、リュックを下ろしてカメラを構え、何も無い場所を撮影し始めた。

ピエール神父がそれを不思議そうに見守っている。

ロベルトは改めて礼拝堂を見回した。

いかにも無骨で、素朴な礼拝堂である。

ごつごつとした壁には装飾がほぼなく、部屋の四方に十字架が描かれているだけだ。

問題の聖母像が窓を背にしているのは、夕日の後光効果を取り入れる為だろう。

ロベルトはモノクルをつけ、像の顔をじっくりと観察した。

大きな目鼻立ちで、目は半眼だ。像全体のバランスから見て、顔が大きい。

黒いお顔は汚れではなく、やはり塗料による着色だ。塗りはやや粗く、所々、はがれた箇所から木目がのぞいている。保存状態は良いとは言えず、結構な欠けがある。

塗料の種類は、青みの強い発色から見て葡萄蔓炭《ぶどうづる》だろう。火鉢や鞴《ふいご》などの簡便な道具を用いて、葡萄の蔓を高温で焼成して作る植物性の黒だ。

身体部分は布に包まれていて、布の間から幼いキリストが顔を出している。

ロベルトは手袋をはめた手で、そっと青い布を捲《まく》り、像に触れた。

聖母は座姿で、真正面を向いたキリストを膝《ひざ》に置き、十センチ程度の台座に乗っている。

ロマネスク時代によく見られる構図だ。手にも細やかな表情は見られない。

これが後年の聖母子像になると、マリアがキリストを肩口近くに抱き上げていたり、横たわるキリストを悲しげに見詰めていたりと、動きや表情が出るようになる。

像は木製で、手足も黒い。襞《ひだ》のある衣は青緑色に彩色されている。

足は衣で隠されている。

塗装がはげた部分の色や木目から見て、木の種類は胡桃《くるみ》だろう。

木質が重硬で衝撃に強く、強度と粘りがあり、加工性や着色性も良いという特性から、世界三大銘木の一つに数えられる代物だ。確か、先程通ってきた森にも生えていた。

聖母の体型はがっしりと豊満で、手と顔が大きく、足が短い。美術史家エミール・マールが、「オーヴェルニュ特有の黒い聖母」と表現したのと同じ特徴を持っている。

見ていると、何やら懐かしいような印象がする造形だ。どこかで見たのか、漠然としたイメージなのかは分からない。

一般的に黒い聖母の原型は、エジプトから来たイシス神、あるいはアナトリア（トルコ）から来たキュベレーというのが定説だ。実際に聖母像を見れば、そのどちらかハッキリするのではと思っていたが、そうでもない。
聖母の頭部はベールに覆われ、そこから豊かに波打った髪が流れ出している。像の置かれた重厚な祭壇も、像と同じく胡桃製だ。

ロベルトは次に、祭壇に置かれた品々へと視線を移した。

十字架は真鍮《しんちゅう》製。香炉と高杯は、ともに陶器であった。

黄金色の陶器は、スペイン産だろう。スズ釉《ゆう》による白色陶器に銀、銅酸化物を含む顔料で絵付をし、低温で焼成することで、真珠のような光沢を生み出す技法が使われている。イタリアではマヨリカ陶器と呼ばれるものだ。

元は九世紀のメソポタミアで発案された製法で、それがヨーロッパに伝えられたのは十三、四世紀である。

ロベルトが聖母像や祭具、壁の十字架などを写真に納めていると、平賀が側へやって来た。

「すみません、ロベルト。窓の縁部分を調べたいので、私を肩車して下さい」

「窓の縁？」

「はい。そこにある筈《はず》の、鳥の痕跡を調べたいのです」

「ああ、そういう事か」

二人は窓の下へ行き、ロベルトは平賀を肩車した。

平賀は虫眼鏡で窓枠を観察したが、鳥の痕跡《こんせき》は見当たらなかった。そこで綿棒で窓の縁を擦《こす》ってビニール袋に入れた。

窓からは高く澄んだ空が見えた。視界を遮る物は何もない。

(私に翼があれば、空を調査しに行けるのに……)

平賀は残念に思った。

窓から眼下を見下ろすと、斜面に生える木々が森に繋《つな》がって、緑のカーペットが地平の遠くまで続いている。

平賀は左右の地形を確認し、窓下の斜面が窪《くぼ》んだ地形になっていることに気がついた。

窓の上は見えづらいが、崖《がけ》のようだ。

そのまま室内を振り向くと、目の前すぐに鐘がある。

(この窓から石を投げ入れて、人為的に鐘を鳴らすことは可能ですね。山上からの落石が窓枠に当たって弾《はじ》け、鐘に当たって、音を鳴らした可能性も考えられます。

それを証明するには、実際に鐘に石をぶつけて音を鳴らし、動画データと比較する方法が確実でしょうが、果たしてその実験は許されるのでしょうか?)

平賀は疑問を感じつつ、ロベルトに声をかけた。

「すみません。もう下ろして頂いて結構です」

平賀は肩から降りると、目を丸くしているピエール神父を振り返った。

「先程から青い鳥の痕跡を探しているのですが、過去、青い鳥がこの辺りで目撃されたといった情報はありませんか？」

　ピエールは首を横に振った。

「村にも森や山にも野鳥は多いですが、あのような青い鳥を見た者がいると聞いたことはありません」

「そうですか」

　平賀は顎《あご》に手を添え、次の質問をした。

「四月三十日は温かくて、丁度いい風が吹いていたという証言がありましたが、山の天候はどうでしたか？　風が強く吹いていたとか、砂が舞っていたようなことは？」

「いえ、ありませんでした」

　ピエール神父が首を振る。

「前日に大雨が降って、地盤が緩んでいたとか、落石があったようなことは？」

「いえ、なかったと思います。前日は晴れだったかと」

「雲は？」

「ありませんでした」

「あの日、鐘は初めて鳴ったのですよね」

「勿論《もちろん》、その通りです」

「当日、山で人影を見ませんでしたか？」

「いいえ」

ピエール神父は答えた後、首を捻《ひね》った。

「その質問は、奇跡と関係があるのでしょうか」

「当然です」

平賀が即答する。

「そうですか……。奇跡調査というのは、私が想像していたのと違うのですね」

「何が違うのですか？」

「何と言いますか、随分と手間がかかるのだなと……」

「はい。調査は厳密に行いませんと」

「そうは言っても、あのような奇跡が否定される訳がないでしょう？」

ピエール神父は僅《わず》かに抗議するような口調で言った。

「ええ。私も奇跡の存在を疑ってはいません。確信したいからこその調査です。今度こそ本当の奇跡に出会えるかも知れませんので、私はとても興奮しているんです」

平賀は元気よく答えた。

「はあ……」

ピエールはまだ首を捻っている。

平賀はリュックからパソコンを取り出し、床に置いた。

百回以上は見ている奇跡の動画を再生し始める。

ロベルトはその背後から声をかけた。

「ねえ平賀。眩《まぶ》しい光があって、雷の音がしたんだから、素直に考えて最初の光は雷光なんじゃないのか？」

するると平賀は首を横に振った。

「空に雲がないのに雷が起こるとは考え辛《づら》いです。それに雷の光というのは、雲に反射することによって、より明るくなるのです。雲がなければ、こんなに輝かないでしょう。それに、雷によって鐘は鳴らないと思います」

「そうか……。君はまだ暫《しばら》くここに残るだろう？」

ロベルトの問いに、平賀は顔を上げずに「はい」と答えた。

「通訳が必要でもなさそうだし、僕とピエール神父は村に帰って聴取を続けようと思うんだ」

ロベルトはそう言いながら携帯を取り出して見た。電波は飛んでいない。

「携帯で連絡を取り合うのは無理そうだから、日暮れまでに君を迎えに来るよ」

「はい」と、平賀は頷《うなず》いた。

ロベルト達が去った後、平賀は映像と礼拝堂を見比べながら、あの日、この場所で起こったことを、頭の中でなるだけ正確に再現し始めた。

2

ロベルトとピエールは山を下り、森を抜けた。

村の入り口付近に、白や黄色の花が大量に咲いている。

「あれはバザンさんの豆畑です。家へ寄って行かれますか？　ファンターヌは学校ですから、二時過ぎまで戻らないと思いますが」

ピエールの言葉に、ロベルトは首を横に振った。

「でしたら、他の家から回りましょう」

「分かりました。ここから近いのは、クリストフ・ギベールの家です」

ピエールは左の畦道《あぜみち》へと進んだ。

二人は大きな窓にレースのカーテンが揺れている家に到着した。

前庭でアヒルが放し飼いにされており、薪《まき》を積んだ山の上で猫が眠っている。

「おはようございます、教会のピエールです。クリストフはいますか？」

開いたままの玄関から中へ声をかけると、巨漢の男性がのっそりと現われた。

「ピエール神父、どうも。ああ、そちらが噂のバチカンの神父様ですか」

バリトンの朗々とした声だ。

「初めまして、ロベルト・ニコラスです」

ロベルトが差し出した手を、クリストフはぎゅっと握り返した。

「クリストフです、どうも。貴方《あなた》がたは村中の噂の的ですよ。中へどうぞ」

「お邪魔します」

一同が家に入ると、すぐにキッチンがあり、老女が満面の笑みで出迎えた。

「おはようございます、ピエール神父、ロベルト神父。昨日のカスレ、美味《おい》しく食べて頂けました？」

言われてみると、老女は昨日の鍋《なべ》の差し入れ主である。

「ご馳走《ちそう》さまでした。とても美味しかったです」

ロベルトが答えると、老女は手を打ってはしゃいだ。

「それは良かった。また今晩、お持ちしますわ」

「有難うございます。ですが、ご無理はなさらずに」

「無理だなんて。私の喜びですわ。私、シャルロットと申します。お見知りおきを」

シャルロットは少女のように身軽にお辞儀をした。

「さあさ、神父様がた。どうぞお座り下さい。お茶を淹《い》れますわ」

シャルロットに言われ、ロベルト達が着席する。

カフェオレボウルにたっぷりのコーヒーが運ばれ、雑談が一段落したところで、ロベルトが切り出した。

「クリストフさん、奇跡の日に礼拝堂で見聞きしたことや、記憶に残った出来事を自由に話して頂けますか」

「わ、分かりました。あの夜は驚きの連続でしたが、一番驚いたのは、やはりファンターヌの目が癒《い》やされたことです。あの子と二人の姉のことは、彼女らが生まれた時から知ってます。なんせ近所ですからね……」

　クリストフはとつとつと語った。

　奇跡の場面を語るクリストフに、ロベルトは一つの質問を挟んだ。

「その時、もしかして貴方は燭台《しょくだい》を倒されましたか？」

　するとクリストフはバツが悪そうに頭を掻《か》いた。

「え、ええ。ファンターヌとバザンさんが祈り初めた時、ピカッと空が光って、雷が落ちる、と思ったら、慌てて燭台を倒しちまったんです」

　その隣でシャルロットが大きな溜息《ためいき》を吐いた。

「この子ったら、図体《ずうたい》はこんなにでかいのに、雷が苦手なんですよ」

「誰だって苦手なものぐらい、あるだろ。それに燭台を倒す直前、まるで亡霊のような大きな影が目の前にふっと見えたんだよ。

　そしたら咄嗟《とっさ》に嫌な事を思い出してさ。ファンターヌはいい子だとは思うけど、ほら、例のバ……」

　クリストフは母親に言い訳をしかけて、不意に口を噤《つぐ》んだ。

「何です？」

　ロベルトは眉《まゆ》を顰《ひそ》めた。

「いいえ、何でもありません」

「気にしないで下さい」

クリストフとシャルロットは同時に言って、そそくさと話を切った。

何か隠し事がありそうだ。

「とにかくあの時はまずい、と思ったんで、手探りで燭台を起こして、ライターで火を点《つ》けようとしたら、後ろで鐘が鳴ったんです。急いで火を点けて、振り返ると、もう鐘は鳴っていませんでした。

俺は空耳かなと思ったけど、皆が奇跡だと口々に言ったので、やはり聞き間違えじゃなかったんだと思いました。

それからリーダーが指揮を始めたんで、気持ちを切り替えて歌い始めました。すると、今度は不思議な高い声が聞こえてきたんです。青い鳥が俺達と一緒に歌ってたんですよ。もう心臓が止まりそうで、とても信じられなかったです。

でもやっぱり一番驚いたのは、ファンターヌが『見える』って言ったことです。彼女の目が治るなんて、奇跡は本当にあるんだと思いました」

クリストフは興奮して拳《こぶし》を握り締めた。

＊　＊　＊

クリストフの家を後にした二人は、次に教会近くへと足を運んだ。

広場に面した家の前に、花壇と丸テーブル、洒落《しゃれ》たパラソルが並んでいて、六人ばかりの老人がワインを飲んでいる。

そのテーブルの間を素早く動き回っている、四十代ほどの派手な花柄の服を着た女性をピエールは指差した。

「あの人がテレーズ・ジャダン。ソプラノのリーダーです。ご夫婦でビストロを経営なさっています」

テレーズは二人の視線に気づき、よく響く声で言った。

「まあ、神父様がた、いらっしゃいませ！」

「テレーズさん、私達はお客じゃないんです。バチカンからいらしたロベルト神父が、奇跡の目撃証言を集めておられるのです」

ピエールは気まずそうに咳払《せきばら》いをした。

「あら、そうでしたの。でももうすぐお昼ですわよ。お腹が空《す》きません？」

テレーズはしれっと応じた。

「お忙しい時にお邪魔してすみません。折角ですから、お昼を頂きましょう」

ロベルトの言葉に、テレーズはにっこりと微笑んだ。

「まあ、いい男ですこと。ロベルト神父、昨日は教会へお迎えに行けなくてすみません。仕事の方が忙しくて。お飲み物はワインですか？　それともお水？　今日はアヒルのフォルミュル（ランチセット）がお勧めですよ」

テレーズはテーブルを拭《ふ》き、椅子を引きながら早口で言った。

「では、そのお勧めと、水を下さい」

テレーズは一度、奥に引っ込んでから、水を持ってテーブルに戻って来た。

「承知しました」

「私、思うんですけど、この奇跡が正式に認められたら、うちの村も観光客で盛り上がるでしょうね。最近、フランスの田舎町が世界的ブームになっているのをご存知かしら。『フランスの最も美しい村』っていう協会がありましてね、それに選ばれるには、二つの遺産か遺跡が必要なんですけど、一つはほら、教会に『青き聖衣』がありますでしょう。それと奇跡のマリア様。ねっ、素敵じゃないですか。

うちは一人娘が都会に行って、空き部屋ができたし、ここが美しい村に認定されたら、本格的に宿をやろうと思ってるんですよ。今も実験的にネットで広告を出しているんですけど、なかなか難しい事もありますわね」

滝のように喋《しゃべ》るテレーズの言葉が途切れたところで、ロベルトが口を挟んだ。

「ところで、テレーズさんがご覧になった奇跡の様子を教えて頂きたいのですが」

「あら、そうでしたわね。あれはもう、奇跡としか言えませんわ。なにしろマリア様が眩《まばゆ》く輝いたかと思ったら、鐘が鳴って、青い鳥のお姿になって出現されたんですもの。そうして私達に祝福を下さったの」

テレーズは十字を切り、指を組んだ。

「他に何か、気づいたことはありませんか？」

「そうねえ……。明かりが消える直前かしら、シルクで肌を撫《な》でた時みたいな、不思議な感触がした気がするの」

「シルクの感触ですか？」

「ええ。明かりが消えてた時だったから、幽霊にでも触られたのかと怖かったわ。だけどその後、実際に現われたのは綺麗《きれい》な青い小鳥だったから、良かったわ」

「ふむ……」

ロベルトが考えこんだ時、テーブルに食事が運ばれて来た。

「どうぞ。アヒルのグリルのレーズンソースです」

料理を運んで来たのは、エプロンを着けた五十代の男性だ。

「こちら、夫のフランクよ。フランク、こちらがバチカンのロベルト神父様」

テレーズに紹介されたフランクが「どうも」とお辞儀をする。

「今回の奇跡がバチカンに認められたら、うちの宿も繁盛するって、話してたの」

テレーズが勝手なことを言うと、フランクは顔を顰めた。

「旅行客なんて碌《ろく》なもんじゃねえ。俺は宿屋には反対だぞ、テレーズ」

「いいじゃない。だって、前は賛成してたじゃない！」

「それは昔の話だ！」

放っておくと、夫婦喧嘩《げんか》が始まりそうだ。

「何か旅行客にトラブルでもあったんですか？」

ロベルトは思わず口を挟んだ。

テレーズとフランクが喧嘩を止め、顔を見合わせる。

「まあ一寸《ちよつと》……。情けない話ですが、先日、宿代を踏み倒されまして」

フランクは小さく肩を竦《すく》めた。

ロベルト達が食事を済ませ、残る五人の聖歌隊の証言を集め終わると、時刻は三時を過ぎていた。

二人は最後の目撃者であり、奇跡の当事者、ファンターヌ・バザンの家へ向かった。

3

畑の畦道《あぜみち》の先に石造りの家と木造の小屋が並んで建っている。

小屋の前で乾草《ほしくさ》を積んでいる男性に、ピエール神父が声をかけた。

「こんにちは、バザンさん」

すると四十代後半の生真面目そうな男性が振り返り、帽子を取って挨拶《あいさつ》をした。

「これはどうも」

「こちらはバチカンのロベルト神父です。ファンターヌの目の件で話を伺いたいと」

「どうぞ」

バザンは言葉少なに応じると、前を歩いて母屋《おもや》の戸を開けた。

「おおい、グラシアーヌ。神父様がたがお越しだ」

するると奥からバタバタと足音がして、四十代の女性と二人の少女が現われた。三人ともが美しい金髪で、整った顔立ちをしている。

「ようこそ、おいで下さいました。ファンターヌの母、グラシアーヌ・バザンです。さあ、貴方達《あなた》も神父様がたに御挨拶するのよ」

グラシアーヌが薔薇色《ばらいろ》の頬をした二人の娘に言うと、娘達はスカートの端を両手でつまみ、膝《ひざ》を折って挨拶をした。

「初めまして神父様、長女のバベットです」

「初めまして神父様、次女のイベールです」

「バチカンから来ました、ロベルト・ニコラスです。奇跡のお話を伺えればと、村の皆さんを回らせて頂いています」

ロベルトは丁寧に会釈を返しつつ、ファンターヌの姿を目で探した。

「さあどうぞ、中へお入りになって」

グラシアーヌに言われ、ロベルト達はリビングに通された。

火の入っていない大きな暖炉があり、家族写真が飾られている。テレビの前にはクッションョン。そして食卓テーブルが部屋の中央に置かれている。

食卓の上には籠《かご》に入ったジャガイモや野菜が山と積んであり、料理の下拵《したごしら》えをしていたのだろう、まな板や包丁が三人分、置かれていた。

「あらあら、散らかしていてすみません。すぐに片付けますわ」

グラシアーヌと二人の娘がそれらをキッチンへ運んでいく。

(さて。ファンターヌ嬢は何処なんだ?)

ロベルトが辺りを見回し、何気なく開いた窓の外に目をやった時だ。

裏庭の楡《にれ》の木陰に佇《たたず》む小柄な少女が、吸い寄せられるように視界へ飛び込んで来た。

少女は長い赤毛を風に靡《なび》かせ、どことも知れない遠くを見詰めている。

その足元に牧羊犬が蹲《うずくま》り、小鳥が肩に止まっていた。

不思議なオーラを纏《まと》った少女だ。

華奢《きゃしゃ》な身体からすっと伸びる長い首。白磁のような肌。微笑《わら》っているような泣いているような、不可解な表情を浮かべた幼げな顔立ち。

まるで森に佇む妖精《ようせい》の絵画でも見ている気分になる。

ロベルトがそう思っていると、少女に気づいたイベールが窓に駆け寄り、声を発した。

「ファンターヌ、そこにいたの! 早く戻って来なさい。神父様がお見えよ!」

するとファンターヌは驚いた顔で振り返り、小さく頷《うなず》いた。

イベールはロベルトを見上げ、困り顔をした。

「あの子、昔から一寸変わった妹なんです。失礼をお許し下さいね、神父様」

「およしなさい、イベール。そんな言い方、するものじゃなくてよ」

長女のバベットは落ち着いた声で妹を窘《たしな》めていた。

ファンターヌがリビングにやって来、バザン一家の全員が揃った。

グラシアーヌが改めて会釈をする。

「この子が三女のファンターヌです。さあファンターヌ、御挨拶しなさい」

「こんにちは」

ファンターヌはそれだけ言うと、菫青石色《きんせいせきいろ》の大きな目でピエールとロベルトを見た。澄んだその瞳《ひとみ》が十日余り前まで見えなかったなどと、誰が想像できるだろうか。

「ファンターヌ、あれから目の具合はどうだい？」

ピエール神父が問いかける。

「良いです」

ファンターヌは細い声で答えた。

「さて。では、いくつか質問をさせて頂きます。まず、ファンターヌさんの失明の件ですが、三年前の五月二十五日に視力を無くしたのは間違いありませんか？」

ロベルトが訊《たず》ねる。ファンターヌは無言で頷いた。

「ええ、間違いありませんわ。ファンターヌはそれ以来、三年間も休学していました。当初は慣れなくて、家の中を歩くのもままならない程でしたが、そのうち杖《つえ》を使って、家の中と庭だけは自由に動けるようになったんです」

グラシアーヌが横から答えた。

「ファンターヌさん、目は全く見えなかったのですか？」

「はい」

ファンターヌが頷く。

「明るいか暗いか、その程度は分かりましたか？」

「微《かす》かに分かるぐらいでした」

「失明の原因は？」

「……」

黙り込んだファンターヌに、グラシアーヌが横から口を出した。

「お医者様の診断書にある通り、原因は不明なんです。村へ回診に来るお医者様にも、マンドの大きな病院のお医者様にも、そう言われました。名医と評判のお医者様を頼って、一度はリヨンにも行ったんですよ。ですけど、そこでも何も分からず仕舞いでした。誰も娘を救ってくれなかったんです」

「それは大変でしたね」

「そうなんです。でもようやく、マリア様がこの子を癒《い》やして下さいました」

グラシアーヌは嬉《うれ》しそうに言った。

「ご家族のどなたでも結構です。ファンターヌさんの失明のきっかけに、心当たりはありませんか？　どんな小さな事でも構いませんよ」

ロベルトの質問に、家族一同は困ったように顔を見合わせた。

リビングに、奇妙な沈黙の時が流れた。

(何かあるのか……？)

ロベルトは不審に思いつつ、バザン家の人々を見回した。

次女のイベールはそわそわと家族の顔を見回し、何かを話したがっているようだ。

長女のバベットは口を結んで俯《うつむ》いている。

グラシアーヌは夫の耳元で何かを囁《ささや》いていたが、バザン氏は首を横に振っていた。

ファンターヌは眉《まゆ》を寄せ、困り顔をしていた。

とうとうイベールが腕を伸ばし、グラシアーヌの肩をついた。

バベットがそれを押し留《とど》める。

「本当に何でも結構ですよ。イベールさん、どうですか？」

ロベルトはイベールに問いかけてみた。

するとイベールは、背筋を伸ばして咳払《せきばら》いをした。

「実は神父様、ファンターヌの目はバズブに盗まれたのかも知れないんです。バズブというのは森にいる大ガラスの魔物で、会うと攫《さら》われて命を取られるの」

「えっ？」

その言葉が余りに唐突過ぎたので、ロベルトは思わず声を発した。

バベットとバザン氏は天を仰ぎ、呆《あき》れたような溜息《ためいき》を吐いた。

「だって、神父様に隠し事はいけないわ。お話ししないと」

イベールは家族に言い訳する口調で言った。

ロベルトは、ケルト神話でバドゥブやバズブ・カサと呼ばれる、戦場で死を予知する神のことを思い出した。その元になったのは、翼開長が百五十センチにも及ぶワタリガラスだと言われている。

さっきクリストフが言いかけた「バ……」は、バズブのことだったのだろう。

「イベールさん、そのお話、もう少し詳しく聞かせて下さい」

「はい、神父様。妹のファンターヌは失明する前日に、森でバズブに攫われかけたんです。攫われてしまうと、命を取られるんですけど、攫われかけただけだったから、目だけを盗《と》られたんじゃないかって、暫《しばら》く村の噂になりました。

でもこの話は私より姉の方が詳しく知ってます。そうでしょ、姉さん」

イベールがバベットを見る。バベットは諦《あきら》めたような表情で頷いた。

「私が知っているのは、あの日、ファンターヌが森に迷い込んだのをブライアンが助けてくれて、背負って家まで送って来たことだけです。

私が家にいると、ブライアンが扉を叩《たた》いて、『ファンターヌがバズブを見たんだ。大変だ』と言いました。肝心の妹は、その時、彼の背中でうとうとしてました。ですからきっと夢でも見たんだろうと、私は思ったんです」

「でもね、姉さん」

何かを言いかけたイベールを、バベットは目線で制した。

「その、ブライアンというのは？」

ロベルトが訊ねる。

「ブライアン・ダリューという、当時の私のクラスメイトです」

バベットが答えた。

「有難う、バベットさん。ファンターヌさん、そのことは覚えてますか？」

ロベルトの問いに、ファンターヌは自信なげに目を伏せた。

「……バズブを見たのは、何となく……記憶してます……」

「そうですか。バズブはどんな姿でしたか？」

ロベルトが紙と鉛筆を差し出すと、ファンターヌは翼を広げた黒い鳥を描いた。

「有難う、ファンターヌさん。他にもお話のある方はいらっしゃいませんか？」

ロベルトはイベールの様子を窺《うかが》ったが、彼女は視線を逸《そ》らした。

他の皆も黙っている。今はこれ以上の答えは出て来そうにもないと判断し、ロベルトは質問を変えることにした。

「では次に、目が見えるようになった時の話を伺います。ファンターヌさん、覚えていることを何でもいいので話して頂けますか？」

するとファンターヌは二、三度瞬《まばた》きをし、薄く目を閉じた。

「私……。あの時、空に浮かんだマリア様が輝いているお姿を瞼《まぶた》に感じました。そうしてこの耳に、マリア様の不思議なお声が聞こえてきました……。なんだか身体が温かくなって、まるでマリア様のケープに包まれているようで……。何処からかいい香りが漂ってきて、身体がふわりと軽くなったようで……。

そうしますと、真っ暗だった世界に、マリア様の青い衣と青い鳥の姿が……ぼんやりと浮き上がるみたいに、柔らかく光って見えたんです。

それから少しずつ、その周りのオレンジの明かりや、色んな色が感じられ、形が分かってきました。冬の朝、霜で曇っていた窓ガラスが温まって、外の景色が見えてくるみたいに……。母さんの顔や、神父様のお顔、聖歌隊の皆さんの姿が……見えたんです」

ファンターヌは霊妙な声と言葉で、静かに奇跡の瞬間を語った。

大袈裟《おおげさ》に誇張するでも、興奮するでもない。感情を堪《こら》えた調子で、堪えてもなお抑えきれない声が僅《わず》かに震え、頬が微かに上気している。

嘘を吐いているようには見えないと、ロベルトは思った。

「有難う、ファンターヌさん。よく分かりました」

「ええ、本当に。こうしてファンターヌから話を聞くと改めて、私達は素晴らしい奇跡に巡り会えたんだと思います。良かったね、ファンターヌ」

ピエール神父はそう言うと、目にうっすらと涙を浮かべた。

バザン夫婦も肩を寄せ合い、涙ぐんでいる。

バベットがそっとファンターヌの手を握り、微笑みかけた。

イベールは少し拗《す》ねたような顔をして、ロベルトを見た。

「ファンターヌのことは良かったと私も思うけれど、私達家族みんなのことだって祝福して欲しいわ。ロベルト神父様にお願いできないかしら」

「イベール、やめなさい。神父様にご迷惑よ」

バベットが小声で妹を咎《とが》める。

「いえ、構いませんよ」

ロベルトは小さく咳払いをし、祝福を唱えた。

「主イエス・キリストの恵み、神の愛、聖霊の交わりが、あなたがたバザン家と共にありますように、祈ります」

願わくは　主があなた方バザン家の人々を祝福し
あなた方を守られるように
願わくは　主が御顔《みかお》をもって
あなた方を照らし、あなた方を恵まれるように
願わくは　主が御顔をあなた方に向け、
あなた方に平安を賜るように
父と子と聖霊の御名によって、アーメン

「アーメン」

頭《こうべ》を垂れて手を合わせていたバザン家の人々が、ゆっくりと頭を上げる。

「有難うございます」

バザン氏がしみじみと言った。

イベールも満足そうに微笑んでいる。

「神父様がた、宜《よろ》しければこの後、うちで夕食を召し上がって下さいな」

グラシアーヌの申し出を、ロベルトはやんわりと微笑んで断った。

「今日はお気持ちだけ頂戴《ちょうだい》します。この後、まだ少し行く所がありますので」

「まあ、そうなんですか。またいつでもいらして下さいね」

一家に見送られ、ロベルトとピエールはバザン家を後にした。

4

「いやあ、ファンターヌってあんなに喋《しゃべ》れる子だったんですね。彼女はよく教会に連れられて来てたんですが、無口で地味で、哀れな子だと同情していたんです。けど、今日はまるで聖女みたいに輝いてました」

森へ入り、周りにひと気がなくなると、ピエール神父が感動覚めやらぬ様子で言った。

「それだけ、目の見えない頃はお辛《つら》く、落ち込んでいたのでしょう」

「ええ。今思えばそうだったんでしょうね」

「ピエール神父。森にバズブがいるという噂は、ご存知でしたか？」

「ええ、まあ。森にバズブや狼男や精霊なんかの魔物がいて、危険だとは聞いていました」

「狼男や精霊までいるんですか？」

不謹慎とは思いつつ、好奇心が鎌首を擡《もた》げるのをロベルトは自覚した。

「ええ。祠《ほこら》のマリア様におすがりする方の中には、魔物に出会った者も少なくないと聞きます。ただ、ファンターヌがバズブに会ったという話は、私は初耳でした」

「成る程」


パーン、パーン……


猟銃の音が響いてきた。二人は眉《まゆ》を顰《ひそ》め、顔を見合わせた。

「ところでロベルト神父、聴取は全て終わりましたが、明日からどうされます？」

「ひとまず明日は教会の資料を調べようと思います」

「ああ、そうでした。鐘の構造をお調べになりたいんでしたね」

「ええ。平賀の調査に必要ですから」

＊＊＊

その頃、平賀は祠の礼拝堂の外に立ち、双眼鏡で周囲の森を観察していた。

夕暮れが近くなったので、夜の鳥が活動を始めるかも知れないからだ。

夜、活動する鳥は珍しい。フクロウやゴイサギ、トラツグミ、ヨタカといった夜行性の鳥は存在するが、映像で見た青い鳥はその類《たぐい》ではない。

しかも歌い、喋る鳥だ。

そのような鳥の種類のデータは、平賀の辞書になかった。

よって、この地方の特有種である可能性が考えられる。

マリア様の化身とはいえ、動画を見る限り、あの鳥には実体があった。実体があるからには、再び祠近くに飛来する可能性は大きいと考えられた。

現場の礼拝堂と映像を比較した結果から、鳥の全長は約四十センチと割り出すことができた。それ以上の情報を得るには、シン博士に依頼した画像解析結果を待つしかない。

平賀はあの青い鳥に会いたかった。

可能であれば捕獲したいとも思っていた。

その為、平賀はバードウォッチングの道具と捕獲網を持ってきていた。

とはいえ無理な捕獲はしたくない。鳥に会えた時、ラテン語で話しかければ、捕まえさせてくれるだろうか、と平賀は思った。

餌はやはり鳥なのだから、果実などが好物だろうか。

あれこれ考えてもまるで見当がつかなかった。データが不足し過ぎていた。

せめてひと目、見ることができれば、そこから得られる情報は膨大に違いない。

平賀は双眼鏡を握る手に力を込めた。

「平賀」

声と共に肩を叩《たた》かれ、平賀はハッとして双眼鏡から目を外した。

側にロベルトとピエールが立っている。

「平賀神父、何をしてらっしゃるんですか？」

ピエールが訝《いぶか》しげに訊《たず》ねた。

「鳥を探しています」

平賀は素直に答えた。

「ですが、あの青い鳥は、地上に降臨されたマリア様の化身なのですよ」

そこら辺を飛んでいる筈《はず》がないでしょう、とピエールは続けようとした。

「ええ、そうです。ですから是非、お会いしたいのです。ピエール神父もあの鳥にもう一度、会ってみたいとは思われませんか？」

「あ、ええ……。それはまあ、出来ることならば、はい」

「では、私と同じ気持ちですね」

ニッコリと微笑む平賀に、ピエールは毒気を抜かれた顔になった。

「平賀、それはいいけど、日没後の山や森は危険だよ。今日はもう帰ろう」

そう言ったロベルトを、平賀はくるりと振り返った。

「ロベルト。私は今日、祠の中を隅々まで探索しましたが、熊や狼の糞《ふん》や毛などの痕跡《こんせき》は見つかりませんでした。ですからたとえ夜でも、祠の中は安全かと思われます」

「えっ、君、まさかここで夜を過ごすつもりなのかい？」

「いいえ、そうは言っていません。私は帰ります。祠の中にセットしたカメラを確認してきますね。その後で下山しましょう」

平賀は礼拝堂の中へ入って行き、リュックを担いで戻って来た。

三人は暮れかけた森を抜け、村へと辿《たど》り着いた。

やがて宿へと向かう分かれ道で、平賀が立ち止まった。

「お二人は先に戻っていて下さい。私は教会へ寄って、メールを確認します」

平賀は一人、教会の方へ歩いて行った。

集会室へ行き、パソコンを立ち上げてネットに接続する。するとバチカンにいる平賀の補佐役、チャンドラ・シン博士からデータが届いていた。

昨日入手したユベール少年のカメラの中には、デジタルカメラが自動的に加工を行う前の生データ、つまりローデータが保存されていた。平賀はそれをシン博士へ送り、鮮明化をお願いしていたのだ。

届いたデータを開いて見ると、暗く不鮮明な影が蠢《うごめ》くばかりだった動画が、見違えるほど綺麗《きれい》になっている。僅《わず》かでも光量がある場面は、まるで昼間の出来事のように、人々の動きをハッキリと見ることができた。音声もクリアである。

（流石はシン博士です。レンズが捉《とら》えていない映像についても、改善された音を聞き込めば、新たな事実が分かりそうです）

平賀は画面を見ながらニコニコした。

モニタの中では、ピエール神父が聖母像の前に跪《ひざまず》いている。

『おお、我らの貴婦人、聖母マリアよ。我らの前にその御姿を現わして下さり、有難うございます。

さあ、皆さん、歌いましょう。聖母に捧《ささ》げる聖歌を』

青い鳥の登場は、いよいよこの後だと思った時、映像がぷつりと切れた。

平賀は再生を繰り返したが、やはり動画はそこで終わっている。

（おかしいですね）

平賀はシン博士にテレビ電話をかけた。四度の呼び出し音の後、頭に白い布を巻き、白いマスクをつけた博士の顔がモニタに映る。

「こんばんは、平賀です」

『こんばんは、チャンドラ・シンです』

シン博士は眉一つ動かさず応じた。

「今、博士が送って下さった動画を見たのですが、鐘が鳴り終わった所までしか映っていないのです。通信トラブルと思われますので、データの再送をお願いします」

『それは通信トラブルではありません。今日お送りしたデータの全てです』

「でも、青い鳥がいませんね」

『そうでしょうね。冒頭のみですから』

「どうして冒頭のみなのですか？」

平賀は首を傾げた。

『平賀神父。貴方《あなた》は今、鳴らない鐘を調査されているのでは？』

「はい。それと、青い鳥の調査もしています」

するとシン博士の眉がピクリと動いた。

『昨夕の貴方のメールには、「明日は鐘を調査します」と書かれていました。ですから私は気を利かせ、大急ぎで冒頭のデータを高解像化してお送りしたのです。

私のメールを読みましたか？「冒頭のみお送りします」と書いてあるでしょう』

平賀はそう言われ、博士のメール本文を見た。そして早く動画を見たい一心で、本文を読み飛ばしていたことに気が付いた。

「あっ、本当ですね、本文にそう書いてありました！」

『……』

「博士、残りのデータはいつ頃、頂けるでしょうか」

『なるべく急ぎますが、できれば二日ほど猶予を頂ければと思います』

「ええ、分かりました。あと、私が今日撮影した、祠《ほこら》の内部の写真が多数あるのですが、ご入り用ですか？」

『勿論《もちろん》、そのようなデータがあれば非常に助かります。高解像化の際には、AIプログラムを用いて画像の補完を行う必要があります。人物などの場合は推測に基づく計算が成り立ちますが、固有の背景などに対しては計算が成り立ちませんので、再現には非常に苦労するのです』

「でしたら私の写真がお役に立てそうですね。後ほどお送りします」

平賀はニッコリと微笑んだ。

『昨夕の時点でそれを頂いていれば、尚良《なお》かったのですがね』

シン博士は小さく呟《つぶや》いた。

「博士、今、何か仰《おっしゃ》いましたか？」

『いえ、何でも。さて、私は所用が立て込んでおりますので、これで失礼します』

通話を切ろうとしたシン博士を、平賀は呼び止めた。

「待って下さい。一つお伺いして宜《よろ》しいでしょうか」

『はい、何でしょう』

「先程、鮮明化された映像を見ていたところ、三度目に鐘が鳴った時、鐘が揺れているのが分かりました」

『ええ、私も見ましたが、それが何か？』

「鐘はどうして揺れたのだと思いますか？」

『はて。風のせいではないでしょうか』

「ところが、風は吹いていなかったという証言があるのです」

『ならば、私には分かりかねます。私に分かっているのは、あの「カーン」という音が鳴った時、同時に鐘が揺れ、振動していたという事実です。そこから成り立つ推測は、まるで鐘の音の如くに聞こえていた「カーン」という音が、まさにあの鐘が発した音である、と断定してもよさそうだ、という事ぐらいです』

「ええ、そうですね。私も全く同意見です」

平賀は嬉《うれ》しそうに頷《うなず》いた。

『貴方は鐘の内部構造を、お調べになったのですか？』

「それを調べたいのですが、鐘を天井から下ろすのにも許可が必要で、思うように進みません。今日私が撮影したデータを使って、これから画像解析するつもりです」

『成る程。では、あの鐘の内部に、揺らせば音が鳴るような仕組みがあれば、問題解決ですね。そのような不思議な仕掛けをわざわざ作る意味は分かりかねますが、舌《ぜつ》のない鐘を作るよりは、いくらか合理的ですから』

「でも博士、もし、そんな仕組みがなくても鐘が鳴ったとしたら、どうです？」

平賀の問いに、シン博士はハッ、と鼻で笑って応じた。

『そのような蓋然性《がいぜん》の低い仮定に基づく考察を行う暇がおありなら、鐘の内部構造をしっかりお調べになることです。それでは』

通話のオフスイッチに手を伸ばした博士を、平賀は再び呼び止めた。

「待って下さい。話はまだ終わっていません」

『……そうですか。ではどうぞ』

「あの祠の構造において、舌のない鐘を鳴らす方法として、暗闇に乗じて何者かが床燭《しょく》台《だい》で鐘を叩《たた》く方法、或《ある》いは、窓の外から石のような物を投げ入れ、鐘に当てる方法が存在すると思うのです」

『いずれも大変野蛮な方法ですが、鐘は鳴るでしょうね』

「はい。今の私には、それぐらいしか思い付きません。それで次の一手としましては、実際にあの鐘を床燭台で叩いたり、石をぶつけたりして鐘を鳴らし、その際に出た音と、記録された音を比較し、検証したいと思っているのですが」

『そうですか。どうぞご自由に』

シン博士はそう言うなり、素早く通信を切った。

「あ、博士。今日は動画を有難うございました」

平賀の発した声は、黒いモニタ画面に空しく反射した。

シン博士へ

今日は冒頭のみの動画を送って頂き、有難うございました。　平賀

平賀は感謝のメールと共に、大量の写真データを博士に送り、集会室の席を立った。

第三章　悪しき霊らの為業

1

翌朝、ロベルトがシャワーを浴びに自室を出ると、リビングに平賀が座っていた。

シャワーを終えても、平賀は同じ姿勢でパソコンを見ている。

ロベルトは昨夜《ゆうべ》のうちに作成した、目撃証言のレポートを持って、平賀に声をかけた。

「やあ、おはよう、平賀」

「おはようございます、ロベルト神父」

「どうだい、調査の方向性は摑《つか》めたかい？」

「それなんですが」

と、平賀は困り顔でロベルトを見上げた。

「ロベルト。祠の鐘の資料は、いつ頃頂けるでしょうか？」

「多分、今日の昼頃かな」

「分かりました。それまで我慢します」

「何を我慢するんだい？」

「いえ」

短く答えた平賀は、ロベルトの手にあるレポートに目を遣《や》った。

「それは証言のまとめでしょうか。調査のヒントになりそうです。拝見しても？」

平賀が伸ばした手の先から、ロベルトはレポートを取り上げ、遠ざけた。

「朝食の後で見せてあげるよ。顔と手を洗って、ダイニングにおいで」

「分かりました」

平賀はむっとした顔で頷き、席を立った。


朝食後、ロベルトとピエールは平賀を宿に残し、教会へ向かった。

ピエールが図書室の鍵《かぎ》を開く。

室内は物置の如き有様であった。三列並んだ書架には、ジャンルもサイズもそろっていない本が適当に詰め込まれ、床には段ボール箱の山がある。

「ご覧の通り、人手不足で碌《ろく》に整理もできていないのです。手伝いが必要ですか？」

ピエールが小声で訊《たず》ねる。

「いえ、大丈夫です。後は自分で調べます」

「そうですか。では、御用があればお呼び下さい」

ピエールはどこかほっとした顔で、図書室を出て行った。

ロベルトは、早速、本棚をチェックした。

まず発見できたのは、教会の教区簿冊と収支記録が並ぶ一角だ。

教区簿冊をぱらぱらと捲《めく》ってみる。

するとバザン家の長姉、バベット・バザンの洗礼記録に並んで、「ブライアン・ダリュー」の文字があった。

（ファンターヌが失明する前日、森で彼女を助けたという少年だったな。時間ができれば会ってみよう）

ロベルトは、ダリュー家の住所をノートに書き取った。

次に、日誌を手に取った。

山の礼拝堂について触れている筈《はず》の、春祭りの記録を追ってみる。

去年の春祭りに選ばれて、礼拝堂へ行った村人の名は、エリック・カロンとオービーヌ・カロン。急死した十歳の息子の安息を祈るため、とある。

その前年に選ばれたのは、心臓疾患を抱える老人だ。残念ながら、彼は半年後に死亡したが、安らかな最期であったと追記されている。

その前年は子どもを授かりたいと願う若夫婦で、一年後に子を授かったとある。

（ふむ……。これらを奇跡と認めるかは微妙だな）

ロベルトはさらに頁を繰った。

その前年は、重い神経痛に悩むアニエス・ベネトーと、その夫ジョセフが選ばれ、間もなく彼女の病が快癒したとあった。

(確か、これはピエール神父からも聞いた話だ。この一件も、聖母が起こした奇跡といえそうだ。調べる価値はあるだろう)

ロベルトは、アニエス・ベネトーにも会ってみようと思った。

また、八年前の記録には、「妖精《ようせい》に追いかけられている」という悩みを訴える、ドナルド・コランのことが記されていた。

「祠《ほこら》のマリア様におすがりする方の中には、魔物に出会った者も少なくない」というピエール神父の言葉を、ロベルトは思い出した。

ただ、コラン氏の悩みが解決したかどうか、日誌に追記はされていなかった。

(なんだい。気になるじゃないか)

ロベルトは眉《まゆ》を顰《ひそ》めた。

気を取り直し、記録を遡《さかのぼ》る。

三十余年分を調べて分かったのは、今年以外には、祠の礼拝堂の鐘が鳴ったことも、そこに青い鳥が現われたこともない、という事実である。

また、村人から寄せられたほとんどの訴えは、心情的悩みとその心理的解決についての内容で、奇跡の証《あかし》とするには弱いという印象があった。無論それは奇跡調査官としての見解であって、悩める信者の心を救うのが教会の役割なのは当然である。

その他にも、意外なことが分かった。

春祭りの日、選ばれた信者が祠のマリアへ詣《もう》でるという形が定まったのは、ほんの二十五年ほど前からであった。

　それ以前は春祭り以外の日に祠へ詣でた人の記録が、ランダムに残っている。今回の奇跡には関係のない話だが、少々気になる所だ。

（いけない。夢中で日誌を読んでしまった。それより、鐘のことを調べないと）

　ロベルトは頭《かぶり》を振り、改めて教会の建設記録を探し始めた。

　聖マリー教会の建設記録と図面の写しは間もなく見つかった。一二一六年から幾度もの中断を繰り返しつつ、一二三五年まで建築工事が行われたこと。後に何度も改修工事が行われた記録が残っている。

　だが肝心の、山の礼拝堂や鐘に関する資料が見つからない。

　教区簿冊や日誌のようなものも探してみたが、そもそも一七九〇年以前のものがない。最も古い日誌には、一七九〇年、フランス革命を機にマンド司教区が廃止され、それまでの教会領が国有化されて、当時の司教が追放されたこと。その後、フランシスコ会の司教が今の聖マリー教会を再興したと記されている。

　再興にあたって、山の礼拝堂についてはたった一行、「エズーカ山には、古くから村人の信仰篤《あつ》き聖母像を納めた祠の礼拝堂がある」と、触れられているだけだ。

　書架にはそれ以外の資料が見つからないので、段ボールの中を探すしかなかった。

　ロベルトは一つずつ、箱を開いていった。

　だが、出てくるのは信徒から寄付された一般書や、イベントのチラシの余りなど、見当違いのものばかりだ。

ロベルトは溜息《ためいき》を吐き、図書室を出た。

ピエール神父を探して聖堂へ行くと、彼は祭壇の掃除をしている所だった。

「図書室にあるより古い資料は、どこかに保管されているでしょうか？」

ロベルトの問いかけに、ピエールは首を捻《ひね》った。

「図書館以外にあるとすれば、倉庫でしょう。鍵はかかっていませんので、自由にお入り下さい」

「そうですか。では、倉庫を探してみます」

立ち去りかけたロベルトの背中に、ピエールが声をかけた。

「ロベルト神父。もし掃除道具が必要でしたら、集会室にありますよ」

「え？　ええ」

ロベルトはひとまず倉庫の扉を開けて中へ入った。

広い庫内は明かりを点《つ》けても薄暗く、奥へ行くほど空気が淀《よど》んで埃《ほこり》っぽい。

部屋の片隅には埃をかぶり、蜘蛛《くも》の巣だらけの鉄製ラックが並んでおり、その棚に古そうな木箱が置かれている。

(恐らくこれだ……。確かに掃除用具が必要だな)

ロベルトは集会室から雑巾《ぞうきん》とバケツ、はたきを取って倉庫に引き返し、埃だらけの木箱を一つずつ、開いていった。

2

奇跡の鐘が鳴った時、鐘に落石がぶつかっていないか、石の欠片《かけら》が飛び散っていないか。

平賀は何度も映像を確認したが、その形跡を見つけることはできなかった。

とはいえ、窓から石が飛び込んできたとすれば、角度的には鐘の裏側に当たった筈であり、画面に映っていない可能性が高い。

さて、では次に何をすべきだろう。

ロベルトがまとめた証言レポートにはいくつか気になる点があったが、それを検証するには、シン博士から届く映像を待たなければならない。

奇跡の謎が気になってしょうがない。

そわそわと、何十度目かの視線を時計にやると、時刻は午後十二時二十五分を指している。平賀は勢いよく席から立ち上がった。

ロベルトが持ち帰る鐘の資料を待っていたが、もう待つのも限界だ。自分に出来る限りの方法であの鐘を調べようと、平賀は決意した。

可能であれば、あの鐘を天井から取り外し、CT装置で分析してみたい。だが、背の高い三脚を用いれば、直接X線撮影を行うことも可能と思われた。

平賀はポータブルX線発生装置とFPDと三脚を背中に担ぎ、マイクやレコーダーを持って、宿を出た。

森を抜け、山の礼拝堂に到着すると、平賀は天井を見上げた。

鐘の真下に、聖母像を置いた祭壇がある。脚立を立てる場所はその上しかない。だがそれには、聖母像を別の場所へ動かさねばならなかった。

平賀は聖母像に頭を下げ、指を組んだ。

「マリア様、すみません。私はバチカンから来ました、平賀・ヨゼフ・庚です。今から貴方《あなた》の頭上にある、奇跡の鐘を調査させて頂きます。少しの間、ご不自由をおかけしますが、別の場所でお待ち下さい」

聖母像に語りかけた平賀は、そうっと像を持ち上げ、祠の隅へ運んだ。

祭壇の上の飾り物も像の側に置き、祭壇の上をカラにする。

そうして靴を脱いだ平賀は祭壇に登り、虫眼鏡で鐘をしげしげと観察した。

古い鐘は、くすんだ色をしていた。緑がかっているのは緑青のせいだ。

外側には目立った傷や、へこみは無い。

内側を覗《のぞ》き込むと、中は当然、がらんどうである。

続いて平賀は祭壇に三脚を立て、FPDを鐘の内部にセットして、外側からX線カメラで撮影を行った。

何度も角度を変え、鐘を一周しながら撮影を続ける。

これで鐘の外身の撮影は終了である。

三脚を祭壇から下ろした平賀は、マリア様が祭壇にいない今なら可能な実験を試みることにした。

録音装置を祭壇にセットしておき、祠の外に出る。長い枝を探して手に持ち、平賀は祠の窓の上部辺りを何度も何度も叩《たた》いた。

するといくつもの石が山の斜面を転がり落ち、そのうちいくつかは窓の縁に当たったが、うまく鐘に当たって音を鳴らす確率は低いように思われた。

そこで平賀は小ぶりな石を拾って祠に入り、やにわにそれを鐘に投げつけた。

小さく鐘が鳴る。

平賀は次に床燭台《しょくだい》を抱え持ち、それで軽く鐘を打った。

やはり小さく鐘が鳴る。

これで音の実験も終了だ。

平賀は録音を停止した。

床に落ちた石やゴミを拾って片付け、祭壇にマリア像と十字架などを置き戻す。

そうして一晩撮影していたカメラの録画メディアを新しいものと交換し、昨夜《ゆうべ》の祠の様子をパソコンのモニタで確認することにした。

暗視モードを三倍速で再生する。その結果、昨夜は青い鳥が祠に来ていないことや、雷が鳴っていないこと、何の動きも異常もないことが確認できた。

そうしているうちに、日が暮れ始めた。

赤い西日が窓からさしこみ、聖母像を背後から照らし始める。

「今日は有難うございました。どうか私に、真実を見抜く力をお与え下さい」

平賀はマリア様に感謝と祈りを捧げると、夜が来る前に機材を担いで下山した。

その足で教会の集会室に直行し、メールを確認する。

シン博士からのデータは届いていない。

そこで平賀は、ネットで奇跡当日の気象を調べることにした。ロベルトのレポートには、雷を聞いたという証言が複数記されていたからだ。

ネットの天気図は、あの日の天気が晴天であると示していた。それは証言通りだ。

だが、山間《やまあい》の天気は変わりやすい。聖歌隊らが祠《ほこら》に入った後、突然、天候が変わった可能性はゼロではない。天気予報やニュースに上がらないような局地的な積乱雲が発生して、雷が鳴る事も、珍しいことではない。

平賀は村の周辺地域で雷や発光に似た現象が目撃、または録画されていないか、翻訳サイトを駆使しながらネット検索を試みた。だが、求める情報は、得られない。雷は雷雲を伴う筈《はず》だが、それらしき観測情報も見つからない。

やはり、あの日起こった現象は天界からのメッセージ、奇跡なのだろうか。

ヒントを求めて気象庁に電話をかけたが、受付時間は終了していた。

平賀は今日の録音データや撮影データにロベルトのレポートを添え、シン博士宛に送ると、荷物を担いで宿へ帰った。

3

玄関を開くと、ダイニングではロベルトが、七十代ぐらいの女性とお茶を飲んでいた。

「お帰り、平賀。凄《すご》い荷物だが、また山へ行ってたのかい？」

ロベルトが話しかけてきた。

「ええ。今日は有意義なデータが取れました」

平賀は微笑んで答えた。

「それは良かった。こちらのご婦人はシャルロット・ギベールさんだ。昨日も今日も夕食を差し入れして下さって、今も興味深いお話を聞かせてもらってたところさ」

「いつもご馳走様《ちそうさま》です、ギベールさん」

平賀は、英語なら通じるだろうと、英語で挨拶《あいさつ》し、荷物を床に下ろして、ぺこりと彼女に頭を下げた。

「そうだ、平賀。あの鐘の設計図を見つけたよ」

ロベルトがノートを開いて平賀に差し出す。

「有難うございます。では、奥でゆっくり拝見します」

平賀はノートを受け取り、荷物を担ぎなおして、奥のリビングへ向かった。

荷物を下ろしてノートを見る。

一枚目はロベルトがトレースした図面だ。

ごく一般的な鐘の図面で、きちんと舌《ぜつ》も描かれている。

「鐘の設計時には、舌が存在していたんですね」

平賀は独り言を呟《つぶや》いた。

鐘の素材は銀と鉛と錫石《すずいし》に、若干の銅が混ざったものと書かれている。中世でよく用いられた、錆《さ》びにくい合金である。鐘の重さは、十・二キロ。

ロベルトが書き写した教会記録によれば、鐘は元々、エズーカ山の頂きに建築予定だった教会用に鋳造された代物だ。ところがその計画が中断され、村の中央に今の聖マリー教会が建てられた、とある。

それ以外の情報は、何も書かれていなかった。

何故、建築計画が中断したのか。何故、鐘だけが山の礼拝堂に取り付けられたのか。その時に舌はあったのか、無かったのか。一番知りたい所が分からない。

だが、分からないなら、仕方がない。

平賀は撮影したX線写真データをパソコンに移し、モニタに表示した。

そうして一枚ずつ、鐘の外身の写真を丁寧に見ていったが、どこにも揺らせば鐘が鳴るような、特別な仕掛けは存在していない。

平賀が次に取りかかったのが、音声解析だ。

奇跡の際に鳴った鐘の音と、今日実験的に石をぶつけた際の音の波形を見比べる。

両者は明らかに違うタイプの音であった。

たとえ石がどんな形、どんな大きさだったにせよ、奇跡の際の音の波形には近づきそうもない。第一、波形の立ち上がりが違う。つまりあの鐘を鳴らしたのは、落石では無いということだ。

床燭台の実験結果も、石と同様であった。金属が触れ合う際に発する異音が、奇跡の際には記録されていない。

(鐘を打った物が、石でも金属でもないとしますと……)

平賀は暫《しばら》く考えたが、新たなアイデアは思い付かなかった。

次に彼は、昨夜の祠を撮影した動かない動画をチェックすることにした。

三倍速で、今度はサーモグラフィのモードにして再生してみる。

すると、サーモグラフィが意外な事実を映し出した。

画面中央にある聖母像の下方。てっきりただの木製の祭壇だと思っていた物の内部に、木とは異なる熱伝導率の塊が映り込んでいるのである。

深夜の時間帯に最も低温を示したのは鐘で、その次に冷たいのが岩壁と、祭壇内部にある、長方形の何かである。

(何でしょう？　岩壁に近い材質というと、コンクリートか岩の塊でしょうか。祭壇内の何らかの仕掛けが、天井の鐘を鳴らした可能性も考えられますね)

明日は祭壇をX線カメラで撮影しなくては、と平賀は思った。木材の隙間から内部を観察することは、恐らく可能だろう。

平賀が頬杖《ほおづえ》をついて考えていると、ロベルトが部屋に入って来た。

「どうだい。調査は捗《はかど》ってるかい？」

「ええ、ロベルト。あの鐘の外身には、揺らせば音が鳴るような仕組みは作られていませんでした。そしてあの鐘が鳴ったのは、石がぶつかったからでも、燭台で殴られたからでもないことが分かりました」

平賀は振り返り、元気よく答えた。

「……………そう。どうしてそれが君に分かったのか、僕は聞かないでおこう」

ロベルトは小さく呟いた。

「あと、祠の祭壇の内部に異物を発見したんです。幅百十センチ程度、高さ八十センチ程度の直方体のようなのですが、これ、何だと思います？」

平賀が示したモニタを、ロベルトは覗《のぞ》き込んだ。

「ふむ。材質が石なら、小型のドルメンのように見えるね」

「ドルメンとは？」

「ブルトン語で『石の机』を意味する、墓石や石碑のようなものだ。新石器時代から青銅器時代に、祭祀《さいし》や礼拝の為、あるいは天文台として使われたという。フランスの中央高原には、メンヒルとかモノリスと呼ばれる直立巨石が数多くあるんだ。

そうした巨石建造物を作ったのは、ケルト民族より古くに繁栄したイベリア系民族と考えられるが、石碑文化を受け継いだゲルマン諸族も後年、ルーン石碑なんかを作ったね」

「それってつまり、ストーンヘンジのような物ですか？」

「まあ、その類《たぐい》だ」

「実はですね。あの祠の窓は、夏至の夕日が沈む方位になってるんです。本当にストーンヘンジかもしれません。ストーンヘンジといえば、レイ・ライン上に存在する、特別なエネルギーを持つパワースポットなんですよね？」

食いつき気味に言った平賀に、ロベルトは眉《まゆ》を顰《ひそ》めた。

「ああ、そういう説を唱える者もいる」

「その未知のエネルギーが、祠の鐘を鳴らした可能性もありますよね？」

「ふむ……」

ロベルトは腕組みをし、数秒、考えた。

「僕の知る限り、フランスのレイ・ラインはもっと北の、モン・サン＝ミシェル付近から、スペインの聖地サンティアゴ・デ・コンポステーラに至る巡礼路辺りを通っていたと思うけど……。

とにかくだ。僕が言いたかったのは、パワースポットのことじゃなくて、今君が見ている謎の物体が、岩を切り出すなりして作られた石碑のようなものじゃないか、ってことさ」

するとと平賀は、ハッと我に返った顔をした。

「確かに。今はまだ全てが不確定です。実地調査をするのが先決です」

「そうして調べてみてもごくシンプルな、ただの岩かも知れないけどね。僕が思うに、エズーカ山のあの祠《ほこら》の原形ができたのは、恐らく先史時代だ。そして古代人は基本的に太陽信仰だった。

彼らは当初、生活の為に掘ったあの岩穴に、やがて礼拝の為の『石の机《ドルメン》』を作り、西向きに開けた窓から、沈み行く太陽を拝んでいたのかも知れない」

「ああ、成る程……」

平賀は窓から差し込んだ西日が、聖母像を背後から照らしていた様子を思い出した。

「その後、長い長い年月の間に何が起こったのか、僕には分からない。

だがある時、この地方に住み着いたキリスト教徒は、山の祠を見、それが古代人の聖地であることを知った。そうして彼らは自らの信仰する聖母を、その場所に祀《まつ》ったんじゃないだろうか」

「ええ、ありそうな話ですね」

平賀は腕組みをして頷《うなず》いた。

その時、ロベルトは何かを思い出したように手を打った。

「そうだ、話を戻そう。さっき僕はギベールさんから、興味深い話を聞いていたと話しただろう？」

「ええ」

「実は彼女、あの鐘の舌を盗んだ犯人を知っていたんだ」

「えっ！　犯人は誰なんです？」

平賀は肘《ひじ》置きを両手で摑《つか》み、身を乗り出した。

「村の言い伝えによれば、その犯人はね、精霊だった」

思いがけないロベルトの言葉に、平賀は目を瞬《しばたた》いた。

「精霊……ですか？」

「伝承だから、確かなことは分からない。続きを聞くかい？」

「是非、教えて下さい。気になります」

ロベルトは「分かった」と、小さく咳払《せきばら》いをした。

「大昔から、エズーカ山には良い精霊が、エスクイン山には悪い精霊が住んでいたそうだ。村人エンゾがエズーカ山でマリア様を目撃した後、マンドから大司教がやって来て、山の頂きに教会が作られると決まった。その時、良い精霊達は喜んだという。

そして大工と村人達は、教会を建てるのに必要な資材をエズーカ山へ運んで行った。ところが次の朝になると、資材はすっかり山の麓《ふもと》まで下ろされている。山の上へ運んでも運んでも、やはり翌朝には麓に下ろされてしまう。

それは教会の建築を邪魔する、悪い精霊達の仕業だったんだ。

とうとう人々はエズーカ山に教会を建てるのを諦《あきら》め、麓の村に建てることにした。けど、山の中腹まで運び上げ、一旦《いったん》祠に置いていた鐘だけは、悪い精霊達も手を出さなかった。そこであの鐘は、祠に飾られることになったんだ。

そうして祠の天井に鐘を吊《つる》す工事が行われたが、その夜、やはり悪い精霊達がやって来て、舌《ぜつ》を盗んで行ってしまった。何度つけても舌を盗まれるので、もうあの鐘に舌をつける者はいなくなったという。

その悪い精霊を操っていたのは、エスクイン山に住むジェヴォーダン伯だったらしい。伯は精霊を使役する力を持っていて、逆らう村人は攫《さら》われたり、石にされたりしてしまうそうだ」

「とても不思議なお話です。昔はあの山に、多くの精霊がいたんですね」

平賀はきらきらと瞳《ひとみ》を輝かせた。

「ああ、僕もこんな話に出くわすとは思わなかったよ。それに、精霊の生き残りは、まだいるのかも知れない」

ロベルトの言葉に、平賀は首を傾げた。

「昔話ではなく、今もですか？」

「ああ。裏付けを取るまではと思ってレポートに書かなかったけど、ファンターヌの視力が無くなったのは、悪い魔物のせいだって噂もあるようなんだ」

「ロベルト、それは非常に気になる話ですし、奇跡調査にも拘《かか》わる問題ですよ」

「分かってる。近々、関係者から話を聞いてみるつもりさ」

「ええ、お願いします」

「君も山へ行くなら気をつけて、魔除《まよ》けを忘れるなよ。あと寄り道なんかせず、明るいうちに下山すること」

「子ども扱いしないで下さい。分かってますよ」

「ごめんよ」

ロベルトは肩を竦《すく》めた。

「ところでロベルト。ジェヴォーダン伯というと、シュヴィニ家の先祖なのでしょう？　彼らが精霊使いだというのは本当でしょうか？」

「どうかな。教会記録によれば、聖マリー教会を建てたのは伯爵家だし、村人達が大切にしている『青き聖衣』をルイ九世から賜ったのも、伯爵家なんだ」

「そんな立派な家柄なのに、精霊使いだなんて悪い噂が立つのは不思議ですね」

「ああ……。それなりに複雑な事情があったんだろうな」

「事情といいますと？」

ロベルトは『ジェヴォーダンの獣』伝説や、領民が領主に抱きがちな憎悪や嫉妬《しっと》について平賀に説明すべきか否か、少し迷ったが、やめることにした。平賀には科学調査に熱中していてもらいたいし、自分の調査もまだ途中だからだ。

「おや、そろそろピエール神父が戻る頃だ。僕は夕食の用意をして来るとしよう」

ロベルトは大袈裟《おおげさ》に時計を見上げて、立ち上がった。

4

翌朝。森の入り口で平賀と別れたロベルトは、ブライアン・ダリューの家へ向かった。

森にほど近いなだらかな丘に、数十頭の牛が放牧されている。

丘の下には寄り集まった家々が建っていた。その半分ほどは空き家らしく、玄関や窓に板が打ち付けられている。

ロベルトは道端で遊ぶ子どもにダリュー家を教えてもらい、玄関を叩《たた》いた。

「すみません。こちらはダリューさんのお宅でしょうか」

すると窓のカーテンが開き、中から白髪の老人がロベルトをちらりと見た。

室内で言い争うような声がして、玄関扉が細く開かれる。

玄関に現われたのは、ひょろりと背が高く、気弱そうな顔つきをした青年だ。

「ダリューですが、何か御用でしょうか」

「突然、失礼します。僕はバチカンの神父で、ロベルト・ニコラスと申します。ブライアンさんはご在宅でしょうか」

「えっ、ええ、ブライアンは僕ですけど……」

「これは初めまして。実は今、僕らはこの村の奇跡を調査中なのです。先日、ファンターヌさんの事で」

ロベルトの言葉の途中で、青年は「しっ」と唇に手を当てると、きょろきょろと茶色の目を動かした。

「だったら、後ほど外でお話しします。何処か静かな場所はありませんか」

ブライアンは声を落とし、早口で言った。

「では、教会の宿泊所はご存知ですか？　僕らもそこに泊まっているんです」

「ピエール神父の家ですね。後で伺います」

そう言うと、ロベルトの目の前で扉がバタンと閉じられた。

訳ありの匂いはするが、本人から話を聞けるのは幸いだ。

ロベルトは急いで宿へ引き返した。

すると間もなく、ブライアンがやって来た。ロベルトが扉を開く。

「中へどうぞ。わざわざ来て下さって有難う」

「い、いえ……」

ブライアンは落ち着きなくシャツの裾《すそ》を弄《いじ》った。

「どうぞ、どこでも好きな席に座って。お茶でも淹《い》れようか」

ロベルトは緊張をほぐすように柔らかく言った。

ブライアンが席に着く。

「コーヒーと紅茶、どっちが好きかな？」

「ど、どちらでも」

「何なら、ワインもあるけど」

「あ、じゃあ、ワインを下さい」

ブライアンの言葉に、ロベルトはクスッと笑ってワインをグラスに注いだ。

自分のカップにはカフェオレを入れ、ブライアンの前に座る。

ブライアンは出されたワインを一口、ぐっと飲んだ。

「き、聞きたいことって何ですか？」

ブライアンは緊張した声で言った。

「僕はこの村で起きた聖母の奇跡について、色んな人から話を聞いて回っている。バザンさんから話を聞いたんだが、ファンターヌが失明する前日、君は彼女を背負ってバザン家に行ったたね。そしてバベットに会った」

ロベルトの言葉に、ブライアンはコクリと頷《うなず》いた。

「その時、『ファンターヌがバズブを見た』と君は言ったそうだね」

「え、ええ……」

ブライアンは再びワインを一口飲んだ。そしてテーブルに肘をつき、両手で頭を抱えると、思いきったように口を開いた。

「神父様、マティアスを知ってますか」

「マティアス？　いや、初耳だ。誰だい？」

「マティアス・ベルモンです。奴は村の厄介者でした。親父はアルコール依存症で、マティアスも怒ると手が付けられない、僕にとっては誰より恐ろしい先輩だったんです。

マティアスはあの日、僕を無理矢理、森に連れて行ったんです」

ブライアンは声を強張《こわば》らせ、記憶を辿《たど》りながら話し始めた。

＊　＊　＊

「面白い物を見せてやる」

マティアスはいつものように自信満々の顔つきで、ブライアンの腕を引き、森の中へと入っていった。

ブライアンは心底嫌な気分だったが、なすがままにされていた。マティアスを怒らせると、もっと嫌な目に遭うのが分かり切っていたからだ。

以前にもマティアスに連れられて、エスクイン山の麓《ふもと》へ連れて行かれたことがある。

そこには奇妙な石がいくつも立っていて、「この一つ一つの石は、元は人間だったものが、精霊に攫われて石にされたんだ」と、マティアスは笑ったのだ。

そんな恐ろしい場所に好きこのんで足を踏み入れ、笑い飛ばすような彼の神経が、ブライアンにはつくづく理解できなかった。

今日もマティアスは、大きな楡《にれ》の木のある分かれ道まで来ると、左に折れ、エスクイン山へと続く一本道を進んで行った。

（又、墓場に連れて行かれるのか。早く帰りたい……）

学校帰り、マティアスに出会ってしまった不幸を嘆いていると、マティアスがぐっと腕を引っ張った。

「おい、ほら、見てみろよ！」

マティアスが指差す先には、ファンターヌの後ろ姿があった。

ファンターヌはいつものように赤毛をおさげにし、ふわふわと弾むような足取りで、どんどんエスクイン山の上の方へ歩いていく。

「ど、どうして彼女がこんな所に……」

ブライアンはぶるり、と身体を震わせた。

森には狼男ルー・ガルーや、バズブと呼ばれる死を呼ぶ大ガラス、人を惑わす精霊といった魔物がいると聞かされているのに、怖くないのだろうか。

「ファンターヌはああやって時々、森をうろついてるんだぜ。なあ、おかしいと思わないか？　俺の親父が言ってたが、赤毛の女は魔女なんだってな。だからあいつの跡を付けて、魔女の正体を見てやろうぜ」

マティアスはニヤッと笑った。

「い、嫌だ！」

ブライアンは全力でマティアスの手を振り解《ほど》いた。

「もう帰ろう、マティアス。ぼ、僕は帰るぞ」

するとマティアスは不敵に笑った。

「何を怖がってやがんだ。この根性無し野郎！」

マティアスは殴りかかるふりをした。ブライアンが思わず両手で頭を抱えると、マティアスは楽しそうに笑った。

「じゃあ、お前はここで見張りになれ。シュヴィニ家の奴らが来たら、大声で俺に知らせるんだ。俺も奴らに見つかって、銃で撃たれるのは真っ平だからな。

俺の言うことを聞かないとどうなるか、分かってるだろうな」

マティアスは力こぶを見せながらすごんだ。

「わっ、分かった……」

ブライアンが頷くと、マティアスはファンターヌを追っていった。

ファンターヌの姿も、マティアスも、間もなく木々の向こうに消えてしまう。

恐ろしいマティアスが居なくなった安堵《あんど》より、一人で呪われた森に取り残される恐ろしさに、ブライアンは震えた。

周囲を見渡すと、魔獣やら怖い精霊やらが、木立の陰から一斉にこちらの様子を窺《うかが》っているのではという思いが頭の中を駆け巡る。

逃げたかった。

でも、今逃げ出せば、明日マティアスに何をされるか分からない。

逆らうと、マティアスは火を吹くように怒って、狂暴になるのを知っている。

かといって、何もせず、ただ森に立っているのは恐ろしく耐えがたい。

(どうしたら……どうしたらいいんだ……)

ブライアンは時計を見ながら、ひたすら時を数えた。

(や、やっぱり我慢できない。逃げたい。ずっと遠くへ逃げて、もう二度とマティアスに会わずにすむようにしたい。それができたら、どんなにいいか……。

そ、そうだ。十分間だけ待って逃げよう。それでマティアスには明日、結構長く待ったんだって言い訳すれば……)

湿った風が吹きつけ、ごうごうと葉を揺らせ始めた。

それに混じってひゃらひゃらと、魔物の笑い声が聞こえて来る。

何だか頭がおかしくなってしまいそうだ。

ブライアンは両手で肩を抱き、目を閉じ、頭の中で楽しいことだけ考えた。

そうしてかなりの時間が経ったと思ったのに、目を開けて時計を見ると、まだ五分しか経っていない。

(あと五分もこうしてなきゃいけないのか……)

溜息《ためいき》を吐いて、もう一度目を瞑《つむ》る。

突然、大きな葉擦れの音が頭上から聞こえてきた。顔をあげると、黒い獣の影がちらりと、木々の間に垣間《かいま》見えた気がした。

(な、何だ、今のは……)

バサバサと、大きな羽音も響いてくる。

(あれは大ガラスのバズブの羽ばたきだ。見つかると攫《さら》われて石にされてしまうんだ)

ブライアンはバズブに見つからないよう、ぎゅっと身を縮めた。

ひたすら耐えに耐えたが、我慢の限界が刻々と近づいてくるのが分かった。

もう心臓が破裂しそうだ。

ブライアンは頭《かぶり》を振って立ち上がり、村に向かって早足で歩き出した。

すると下の道からも、人影がこちらへ向かって来るではないか。

(やったぞ、人だ！)

滅多《めった》に人の通らない森で、誰かに会えるのはラッキーな事だった。

勿論《もちろん》、この道を通るのはシュヴィニ家の関係者だから、間違いなく自分は不法侵入を怒られてしまう。

だが、これ以上、一人で怖い思いをするのは我慢できなかった。

怒られる方がずっといい。

(あの人に精一杯謝って、許しを乞《こ》おう。もう二度と森へは来ませんって言うんだ)

そう決意すると、少し勇気が湧いてきた。

ブライアンはその人影に向かって足を速めた。

人影も次第に近づいて来る。

だが、その人影の輪郭が明らかになった時、ブライアンの足は竦《すく》んだ。

(まさか、あれは……？)
折れそうに華奢《きゃしゃ》な手足と、おさげの赤い髪。青い目に、真っ白な肌。
見間違えようもない。その人影は、ファンターヌ・バザンであった。
(今さっき山の上の方に歩いていたのに……？)
ブライアンはぞっと背筋を凍らせた。
ファンターヌの足どりは蹌踉《よろ》めいて覚束《おぼつか》ない。普段から白い顔が、本当に蠟《ろう》のようだ。
「フ、ファンターヌかい？ 大丈夫か？」
ブライアンはおそるおそる声をかけた。
ファンターヌはその途端、ふらりと地面に倒れ込んだ。
思わず駆け寄り、小さな身体を抱き起こす。
「バズブがいた……見られた……見られた……」
ファンターヌは魘《うな》されたように何度も繰り返した。その身体がガタガタと震えている。
きっとバズブに会ってしまったせいだ。
(早く家に連れて帰ってやらないと)
ぐったりしたファンターヌを背負い、ブライアンが立ち上がった時だ。
頭の中に危険信号が鳴り響いた。
(待てよ……。じゃあ、さっきマティアスが追っていったのは……何なんだ？)
全身の産毛が逆立つような恐怖が全身を貫いた。

ブライアンは弾《はじ》かれたように走り出し、一目散に村を目指した。

マティアスのことは気になったが、とても引き返す勇気などない。

全力で走って走って、バザン家の扉を叩《たた》いた。

「開けて下さい！　ファンターヌが大変です！　バズブに会ってしまったんです！」

＊　＊　＊

そこまで語ると、ブライアンはほうっと溜息を吐いた。

そしてワインを一口飲んだ。

ロベルトは呆然《ぼうぜん》としたまま、暫《しばら》くかける言葉が見つからなかった。機械的に一口飲んだカフェオレは、ぬるくて不味《まず》かった。

「バズブは娘の姿に変化できるとも言われてるんです。でもうちの祖父《じい》さんは、ファンターヌは魔女だから近づくな、名前も呼ぶな、って言うんです」

ブライアンはぼそぼそと、呟《つぶや》くような小声で言った。

「それで……その、マティアス・ベルモンはどうなったんだい？」

ロベルトは一番気になることを訊《たず》ねた。

ブライアンは力なく首を横に振った。

「わ、分かりません。彼は煙のように消えてしまったんです」

「何だって？」

「……とても信じられない話ですよね。ぼ、僕も未《いま》だに信じられない。けど、本当なんです。警察も調べに来たんですが、警察犬だって途方に暮れてたって話です。マティアスの親父がうちへ殴り込んで来て大騒ぎになって以来、村のタブーになった話です。僕の近所の家々も、その時の騒ぎが元で引っ越していきました」

（そういう事か……）

ダリュー家の周りに空き家が多かったのを、ロベルトは思いだした。

「でも昔から、バズブに攫われる村人は多かったそうです。エスクイン山には、攫われて石にされた村人達の墓があるんです」

ブライアンは声を震わせた。

5

その頃、平賀は礼拝堂の祭壇内部を調べる為、中を覗《のぞ》ける箇所を探していた。

床と祭壇の間に隙間を見つけ、ファイバースコープのレンズチューブを差し入れる。

カメラの液晶画面で内部を観察すると、異物の表面には不規則な凹凸があり、石英の結晶が見て取れた。材質は壁や床と同じ岩のようだ。

ロベルトの言うとおり、ただの『石の机《ドルメン》』なのだろうか。

平賀はX線カメラで祭壇を四方から撮影し、動画も撮った。

念のため、聖母像にもカメラを向けた。

それが終わると、昨晩の礼拝堂を撮影していたメディアを新しい物と差し替える。

そして、パソコンで昨夜《ゆうべ》の礼拝堂の様子を観察した。

昨夜も青い鳥は来ていず、雷も光っていない。動きはなく、異常もない。

続いて平賀は双眼鏡とカメラを首にかけ、エズーカ山を登ることにした。

見晴らしの良い場所からなら、青い鳥が探しやすいかも知れないし、精霊を見ることだって出来るかも知れないからだ。

山頂への道はすぐに途切れ、平賀は道なき道を進まなければならなかった。

藪《やぶ》を掻《か》き分け、木々の枝に摑《つか》まりながら進んでいくと、不意に森が途切れ、広場のような場所へ出た。

足元は岩盤がむき出しで、そこに三十余りの巨石が転がっている。

ほぼ真四角の岩や、柱状の岩、平らに近い割れた岩々には、明らかに人の手が加わった痕跡《こんせき》がある。

ドルメンの残骸《ざんがい》だろうか。

平賀はそれらをカメラに納めた。

残骸の近くには、立派な枝ぶりの樫《かし》の古木が聳《そび》えている。

「とても見事な木ですね。私が登りたいと言ったら、許して下さいますか」

平賀は木の幹に触れながらそっと呟くと、やにわに木を登り始めた。

天辺《てっぺん》近くの大きな枝を跨《また》いで座ると、眼下には森や村の見事なパノラマが広がった。エスクイン山の頂きに建つシュヴィニ家の城も見通せる。

深呼吸をして双眼鏡を構えた平賀は、目に付いた物体に首を傾げた。

（おや、あれは……？）

＊　＊　＊

ブライアンが立ち去った後、ロベルトはコーヒーを淹《い》れ直し、溜息《ためいき》を吐いた。

ファンターヌが視力を無くした理由のヒントにでもなれば、と軽い気持ちで聴取をしたが、訳の分からない話を聞いてしまった。

彼の話を信じるならば、ファンターヌに化けたバズブがマティアス・ベルモンを攫《さら》い、遅れて森にやって来たファンターヌに呪いの術をかけたのだ。

「まさか……だろう」

ロベルトは中指の関節でこめかみをぐっと押した。

そうして一つの可能性に気が付いた。

ブライアンの証言に何度か出て来た風の音、そして「バズブの羽音」という言葉。

恐らくそれはラングドックに特有の強風が、木々の枝や葉を鳴らす音だ。

確か、その名を「オータン風《ル・ヴァン・ドタン》」といい、セヴラックがピアノ曲を書いている。

不安な気持ちで森にいたブライアンも、何らかの理由で森に来たファンターヌも、不気味に荒れる嵐のような強風を、魔物の羽ばたきだと感じたのだろう。

（そうしてファンターヌは、魔物に呪われたと信じた……）

強い不安がストレスになり、病状を引き起こすという可能性が考えられた。

ロベルトは忘れないうちにブライアンの証言をレポートにし、己の推測を一行、書き添えておいた。

一息ついた後、ロベルトは聖母に祈って神経痛が快癒したという、アニエス・ベネトーからも話を聞くことにした。


宿を出たロベルトが、住所を確認しつつ、人に訊ねながら歩いていくと、村の西端近くにぽつんと建つベネトー家が見つかった。

ロベルトは扉を叩き、爽《さわ》やかな声をかけた。

「失礼します。アニエス・ベネトーさんはご在宅でしょうか」

暫く待ったが返答がない。

家の背後に目を遣《や》ると、葡萄《ぶどう》畑があった。

石だらけのこの地方では、点在する小さな畑で昔から葡萄や豆や家畜飼料の混作が行われてきた。比較的温暖な気候のお陰で、葡萄を植えっ放しでも、普段飲むのには申し分のないワインができるのだ。

今も畑には十人ばかりの村人達の姿があった。

ベネトー夫人もあの中にいるだろうか。

ロベルトは葡萄畑へ向かい、摘芽作業をしている若者に声をかけた。

「すみません。アニエス・ベネトーさんを探しているのですが」

「これはこれはバチカンの神父様。今探してきますので、お待ち下さい」

若者が畑の向こうへ走って行って暫くすると、五十代の痩《や》せた夫人がやって来た。

「こんにちは。バチカンから来た神父様ですわね。噂は聞いていますよ。私がアニエス・ベネトーです」

アニエスは帽子と軍手を外し、ロベルトに握手を求めた。顔立ちは骨っぽく、どこか凜《りん》とした風情がある。

「初めまして。僕はロベルト・ニコラス。エズーカ山の聖母が起こした奇跡を調査しています。貴方《あなた》の病が癒《い》やされたお話を伺いたくて参りました」

ロベルトは微笑んで、握手に応じた。

「ああ、そのことですか……。立ち話も何ですので、私の家へいらっしゃいませんか」

「ええ、喜んで」

アニエスはロベルトを家に招き、リビングへ誘った。

赤と緑の刺繡《ししゅう》が施されたテーブル掛けに、固い座り心地の背もたれ椅子。

ロベルトが座った場所からは、陶器のマリア像が飾られた祭壇があるのがよく見えた。

アニエスは、紅茶の茶器を運んできて、ロベルトの対面に座ると、ゆっくりと紅茶をカップへと注ぎ始めた。

香り立つ紅茶の匂い。

この場面、このリビング、この香り。そして目の前の婦人を見たことがあるような、不可解な感覚がロベルトを襲った。

(何だ、僕は……。何だかおかしいぞ)

アニエスがロベルトに紅茶を差し出す。

ロベルトは会釈して紅茶を一口飲み、小さく頭《かぶり》を振った。

「さて。早速ですが、確認させて下さい。アニエスさんは四年前、祠《ほこら》の聖母に祈ってご病気が治ったと聞きました。間違いありませんか」

ロベルトの言葉に、アニエスはコクリと頷《うなず》いた。

「ええ、間違いありません。私は長らく神経痛を患っていました。当初は足だけの痛みだったのが、やがては全身が痺《しび》れて力が入らなくなり、最後は寝たきりのような状態でした。山道を歩くなどとても無理で、夫に背負って貰《もら》って礼拝堂へ行ったのです。

そうして祠のマリア様に祈った翌日のことです。あれほど私を悩ませていた痛みが、すっかり消えてしまったんです」

アニエスは穏やかな、悟りを開いた人のような声で答えた。

「歩けないほどの重い病が癒えたのですね」

「ええ。エズーカ山のマリア様は昔から不思議な力をお持ちだと聞いていましたが、そのことを身を以《もっ》て知りましたわ」

アニエスは胸元で十字を切って手を合わせた。

「失礼ながら、症状を詳しく教えて頂けませんか」

「手足には針で刺されるような痛みがあって、徐々に脱力感が全身に広がりました」

「それは大変でしたね。医者は何と？」

「最初は過労だろうと言われ、後には年のせいだと言われました。私が病を得た時は、まだ四十代だったといいますのにね。医師はせいぜい痛み止めのお薬を出して、『安静に』と言うばかりでしたわ」

「四十代で発症したのですか？」

「ええ。今から十一年前の話です」

「原因に何か、心当たりは無かったのでしょうか」

訊《たず》ねたロベルトをじっと見て、アニエスは黙った。

何か言いたげなのは分かる。

「話しづらいことなのでしょうか……」

ロベルトはそっと窺《うかが》うように問うた。

アニエスは暫《しばら》く黙った後、ふうっと息を吐き、目を細めた。

「私、不思議な気分なんです。ずっと昔、ロベルト神父とどこかでお会いしたような」

ロベルトはドキリとしたが、平静を装った。

「他人の空似でしょうか」

するとアニエスは、ふっと微笑んだ。

「いいえ、もしかしたら別の国でお会いしたのかも知れませんわ。

これも何かのご縁でしょう。貴方には本当のことをお話しします。おかしな女だと思われるから他人には話すなと、夫からキツく言われているんですけれど」

アニエスは言葉を切って、一息つき、話を継いだ。

「私を病にしたのは、恐ろしい木の精霊なんです」

アニエスは十一年前、自分に起こった出来事を語り始めた。

＊　＊　＊

その日、アニエスはジャムにする野苺《のいちご》を探して、エズーカ山に入った。

朝早くから摘み始め、籐《とう》の籠《かご》が一杯になったのは夕暮れ前だ。

日が落ちる前に急いで帰ろうと、樹木の間の小道を歩き出した時だ。

突然、空に黒雲が広がり、激しい風が吹き始めた。

大粒の雨がばらばらと降ってくる。

アニエスは慌てて大木の陰に入り、激しい雨をやり過ごすことにした。

雨雲の天幕で覆われた森はみるみる暗くなる。今にも魔物が這《は》いだして来そうだ。

こんな時、一人で森にいるのは良くないとアニエスは思った。

少し迷った後、彼女はずぶ濡《ぬ》れになるのを覚悟して、酷《ひど》い雨の中に足を踏み出した。

冷たい服が身体にはりついて気味が悪い。

(早く家に帰りたい……)

そう思った時、突然、白い霧が辺りに立ち込めたかと思うと、アニエスの行く手に大きな木が壁のように立ちふさがった。

木の枝が生き物のように蠢《うごめ》き、触手を伸ばして、アニエスの身体に巻き付いてくる。

アニエスの身体は、あっという間に、中空に持ち上げられた。

何とか身体を捩《よじ》って下を見ると、木の幹に浮かびあがった巨大な魔物の顔が、大きな牙《きば》をむいて迫って来た。

「キャーッ！」

アニエスの身体はめりめりと音を立てながら、木の魔物に飲み込まれた。

それから、どれほど時間が経ったか分からない。

アニエスが意識を取り戻すと、辺りは暗闇に包まれていた。

何も聞こえず、何も見えない。

(私……死んだの……？)

アニエスはそっと身体を起こした。

周囲にぽつり、ぽつり、と蛍のような明かりが灯《とも》っている。

くすくすくす

子どものような笑い声が、彼方此方《あちこち》から聞こえて来た。

「誰かいるの？　いるなら返事をして頂戴《ちょうだい》」

アニエスの呼びかけに、蛍のような瞬きが彼女の側へやって来て、目の前を横切って行った。

そうして二、三度瞬き、彼女のすぐ近くでじっとしている。

それからまた、逆側からすうっと目の前を横切って、ピカピカと瞬いた。

まるで「こっちだよ」と、彼女を誘っているようだ。

アニエスはその光に導かれるようにして、歩き始めた。

いつしか彼女の周りには、光の粒が集まり始め、満天の星のように輝き出した。

輝く光が照らす先には、緑の木々のトンネルがある。

（あそこへ行けば、元の世界へ戻れるの……？）

アニエスは木々の絡まるトンネルの中を進んで行った。

その突き当たりには真っ白な扉が、アニエスが来るのを待っているかのように、薄く開いている。

アニエスは夢現《ゆめうつつ》の気分で扉の把手《とって》に手をかけ、それを開いた。

眩《まばゆ》い光に包まれたかと思うと、次の瞬間、彼女は一面の花畑の中に立っていた。

風にそよぐ色とりどりの花に、甘い香り、そして明るい空。

太陽も月もないのに空はどこまでも青く、花々は色とりどりに鮮やかだ。

遠くに石造りの家々が建ち並び、十数人の人影が動いている。

振り返ると、木のトンネルも光の扉も消えている。

アニエスは不思議に思いながらも、人影に向かって歩いて行った。

小川に架かった橋を渡ると、一人の少年がアニエスに気付き、手を振ってきた。

「アニエス！」

にっこり笑いながら手を振るその声に、覚えがある。

「アルド兄さん？」

アニエスは目を丸くして、少年に駆け寄った。

少年は両手を広げてアニエスを抱き留めた。

アニエスは目を擦《こす》り、じっとその顔を見た。十四歳で病死した、兄に間違いない。

懐かしさと喜びと、兄が死んだ時の悲しみが、一気に胸に押し寄せる。

「本当に兄さんなの？　会いたかったわ！」

「僕も会いたかったよ、アニエス」

「でも兄さん、こんな所で何をしているの？　それともこれって私の夢かしら」

「夢じゃないさ。ここは常若の国《ティル・ナ・ノーグ》なんだ」

「常若の国？」

「そうさ、人の魂と精霊が住んでいる場所さ。ほら」

アルドが指差した先には、羽のある精霊達が飛び交っていた。

くすくすくすくす

子どものような笑い声が聞こえてくる。

目を凝らすと、草花の間にも、木の上にも、精霊達の姿があった。

アニエスは目を丸くした。

「兄さんや私は生きてるの？　それとも死んでるの？」

「それはどっちでもいいことなんだ」

アルドは肩を竦《すく》めると、アニエスの手を引き、小川の側へ連れて行った。

「ほら見てごらん、自分の姿を」

そう言われ、アニエスは川面《かわも》を見た。

驚いたことに、そこには少女の頃の自分が映っている。

「ここでは誰もが、自分の一番好きな時でいられるんだ」

アルドが言った。

「不思議な場所だわ」

「それよりアニエス、母さんや父さん、お祖母《ばあ》さんやお祖父《じい》さんが待ってるよ」

「みんなもいるの？」

「勿論《もちろん》さ。ここには大勢いるんだ」

二人は手を繋《つな》ぎ、赤い屋根の家へと向かった。

それは懐かしい、もう亡くなった両親の家だ。

家の前にロッキングチェアがあり、そこで両親と祖父母が眠っている。

「おおい、アニエスが来たよ」

アルドが叫ぶと、両親と祖父母は次々と目を覚ました。

アニエスは皆からハグをされ、頭を撫《な》でてもらい、満ち足りた気分になった。

「今日はお祝いのパーティね。アニエスの好物を沢山作りましょう」

母は歌うように言って、くるりと回った。

その日の食卓には、たっぷりのチーズを使ったオムレツやカスレ、苺とサクランボのクラフティが並んだ。

それらは昔食べた味そのままで、アニエスが何度試しても再現できなかった味付けのものだった。アニエスはそれから毎日、母や祖母と一緒にキッチンに立ち、色んな料理を教えてもらった。

兄には魚釣りのやり方や、木工細工の作り方を教わった。

父や祖父は昔話を教えてくれ、特にアニエスが生まれた時のことを嬉《うれ》しそうに話した。

家の中は昔とそっくり同じで、子どもの頃にいた年寄り猫のマヤもいた。

その世界には昼も夜もなく、熱すぎる夏や寒すぎる冬もなく、雨も降らなかった。

様々な精霊達がリンゴをたわわに実らせたり、鶏に卵を産ませたり、羊の毛を刈ってもすぐに生やしたりと働いていた。

アニエスは村に住む人達ともすぐに親しくなった。年の近い友達も出来た。

村の女達からは、麻から糸を紡いで機織りをする方法を教わった。

そんな穏やかな日々は永遠に続くかと思われた。

ただ、アニエスには一つだけ、不気味に感じる物があった。それは村の中央に聳《そび》えている大時計だ。文字盤が四つもあって、それぞれ違う時間を指している。

「ばらばらの時間を指してる針がピタリと重なると、あることが起きるんだ」

アニエスは兄からそう教わった。

(嫌な感じがするけど、きっと私の気のせいね……)

アニエスはなるべく時計を見ずに暮らすことにした。

それから年に一度のお祭りを八回したので、八年は経っただろう。

やがて本当に四つの時計の針が重なる時が来た。

その日は村人全員が時計台のある広場に集まって輪を作った。そして二十名ばかりの村人が輪の中に進み出て、地面に跪《ひざまず》いた。

アニエスの祖父母もアニエスをぎゅっと抱きしめた後、輪の中に跪いた。

「お祖父さんやお祖母さんはどうしたの？」

アニエスは兄に訊《たず》ねた。

「もうこの世界ですることがなくなったから、卒業するんだ。これはめでたいことなんだよ、アニエス」

アルドはそう言ったが、アニエスは不安だった。

いよいよ四つの時計の針が重なった瞬間だ。鐘の音が鳴り響き、時計台の真上の空が眩《まばゆ》く輝いたかと思うと、空から小さな天使達が舞い降りてきた。

天使が跪いた人達に触れると、その人の身体は無数の光の粒になって、空へ舞い上がっていく。一人、また一人と、人が光に変わっていった。

(待って！　お祖父さんとお祖母さんを連れて行かないで！)

アニエスが心の中で叫んだ。その時だ。

一人の天使がくるりとアニエスを振り返り、太い男の声が頭の中に響いた。

どうしてお前がここにいる
そして次の瞬間、アニエスの立っていた地面が波打ち、真っ黒な木の根のようなものが、アニエスに向かって伸びてきた。

「きゃっ！」

アニエスは悲鳴をあげて飛びずさった。

「兄さん、母さん、助けて！」

必死で叫ぶが、兄や両親や村人達には何も聞こえていない様子だ。

木の根は蛇のようにのたうち、耳を劈《つんざ》くような金切り声を発しながら、アニエスを執拗《しつよう》に追って来る。

アニエスは力の限り走ったが、足が絡まり、もんどりをうって地面に転がった。

真っ黒な木の根がアニエスの両足を摑《つか》んだ。

じん、と痺《しび》れるような感覚がアニエスを貫いた。

木の根はあっという間にアニエスの全身を覆い尽し、彼女の身体はめりめりと音を立てて地面にめり込んでいった。

視界が真っ暗になる……。

＊　＊　＊

黙り込んでしまったアニエスを、ロベルトは窺《うかが》うように見た。

常若の国といえば、アイルランド神話に描かれる楽園だが、そこへ行った者の体験をじかに聞くのは、初めてである。

やはりこの村の森には不思議な力があるのでは、という実感を伴う思いと、またこんな幻想じみた話を聞いてしまった、という後悔に似た気持ちとが、ロベルトの頭の中で絡み合っていた。

「それで……どうなったんです？」

ロベルトは息を呑《の》んで訊ねた。

「気づくと私は元の森にいて、野苺《のいちご》の籠《かご》が側に転がっていました。夢現《ゆめうつつ》のまま家へ帰りますと、心配顔の夫が出迎えてくれました。そして野苺を摘みに行った私が丸一日、行方不明だったと言われたのです。

私はあちらの国で八年も過ごしたのに、こちらの世界では半日しか経っていないのかと驚きました」

「それが病の原因だと？」

「ええ。あの時、黒い木の根に摑まれた足が動かなくなりましたから。それだけなら、まだ悪夢だと笑い飛ばせたかも知れません。けど、私の足には木の根が絡んで締め付けた赤黒い痕《あと》が、暫《しばら》く消えずに残っていました。それは夫も見て、よく知っています」

アニエスは引き出しからデジカメを取り出し、画面を示した。

それを見たロベルトは顔を顰《しか》めた。何とも不気味な木の根模様が肌を這《は》っている。

「ご協力、有難うございます。僕には貴方《あなた》が嘘や冗談を言っているとは思えません。ただ、余りに不思議なお話だったので……少し戸惑っています」

　ロベルトは正直な気持ちを述べた。

「そうでしょうね。でも私、あの国で見聞きしたことはきちんと覚えていて、あれから母の味を再現できるようになりましたし、今も機織りや魚釣りが出来るんです」

「つまり、単なる夢や気のせいではないと……」

　ロベルトは唸《うな》った。常識ではとても考えられない話だ。

「ええ、そうなんです」

　アニエスは吹っ切れたような笑みをみせ、話を継いだ。

「思えば昔から、あの森には不思議な話が多いんです。猟師だった夫の父は、森で大きな猪を見つけ、確かに仕留めた手応《てごた》えがあったのに、猪が倒れた場所に行ってみると、何も無く、血の痕すら無かったと言います。きっと猪に化けた精霊だったんでしょうね」

「そう……なんですね」


　あの森にはやはり、人智を超えた何かが存在する……のか……

　ロベルトはくらり、と眩暈《めまい》を覚えた。

第四章　墓標と少女

1

宿に戻ったロベルトは、アニエスの話をレポートに纏《まと》めた。

そして大きく伸びをした。

明日は日曜日だ。教会のミサで講話をして欲しいと、ベルニエ司祭から頼まれていたのを思い出す。その原稿も用意しなければならなかった。

だが何やら混乱して、落ち着かない気分である。

ひとまずロベルトは、マティアス・ベルモンの失踪《しっそう》事件の真偽を確かめるべく、警察に向かうことにした。

最初にネットで一番近い公立図書館を調べ、教会の車を借りてそこへ向かう。

『セレ村で野犬被害か。五月二十四日、セレ村の森でマティアス・ベルモン（十九歳）が消息不明に。野犬の仕業か。国家警察が調査中』

地方紙の片隅に載った小さな記事を発見して、コピーを取る。

これで事実は確認できた。次は国家警察だ。

山道を抜け、国道を走ること約一時間。

ホテルのビルや工場が見えてきたかと思うと、車はマンドの町に入った。

石畳の上品な町並みに沿ってマロニエの街路樹が植えられ、赤いテントのコーヒーショップやマーケット、アパートなどが建ち並んでいる。

町の中央には古い聖堂があり、警察署はその近くにあった。

がらんとした署内に人の姿は少ない。

ロベルトは受付に座る女性警官に、身分証を見せながら声をかけた。

「バチカンの神父、ロベルト・ニコラスといいます。少し協力していただきたいことがあって来ました」

身分証を見た女性警官は、眠そうだった目を大きく見開いた。

「バチカンの神父様ですか！　どういったご用件でしょう？」

「実は三年前、セレ村で起こった事件について知りたいことがあるのです」

「セレ村ですか。どんな事件です？」

ロベルトは地方紙のコピーを示した。

「実はこちらの事件が、法王様から命じられた調査に大いに関係するのです」

ロベルトの言葉に、女性警官は息を呑んだ。

「分かりました。すぐに担当官を探します」

女性は慌てて電話の受話器を取り、内線であちこちに連絡をし始めた。

暫くすると、シャツ姿の若い男が奥から走り出て来た。

「初めまして、神父様。刑事のリシャールです」

「ロベルト・ニコラスです。貴方が事件の担当者ですか？」

「いえ、担当のカルビィン警部が今日明日は休暇を取っておりまして、月曜日に改めてご連絡するというのでも……大丈夫でしょうか」

リシャールはロベルトの顔色を窺うようにして言った。

「勿論《もちろん》、大丈夫です」

「ご足労頂いたのに、申し訳ありません。またご連絡しますので」

「ええ、お願いします。資料を郵送して頂いても結構ですよ」

ロベルトは携帯番号と宿泊先の住所を書いて、リシャールに手渡した。


車を飛ばして村の宿へ戻ったロベルトだったが、まだ頭の中は混乱していた。

マティアスの失踪が事実と分かった今、ブライアンの証言が何処まで真実なのかが気にかかる。アニエスの証言にしても同様だ。

ひとまず資料を待つしかないし、講話の原稿を書く必要がある。それは分かっているのだが、机に座っても頭が働かない。そればかりか、ズキズキと頭痛がしてきた。

気持ちを切り替える切っ掛けを求め、彼はキッチンへ足を向けた。

こんな時は、料理に熱中して気分を切り替えるのが一番だ。

籠に入って吊《つる》されたジャガイモ、人参《にんじん》、ニンニクが目に入る。

テーブルの上には乾燥したバゲット。

冷蔵庫に卵と牛乳とチーズにバター、二種類の瓶詰め豆とベーコンがある。

腕まくりしたロベルトは、猛然と調理道具を洗い始めた。

玉ねぎ、人参を皮付きのままよく洗い、土汚れの部分だけを切り落として、丸ごと鍋《なべ》に入れる。水とワイン少々を鍋に入れ、弱火で三十分。沸騰させず煮込んで、黄金色のスープストックを作る。

一口大に切ったジャガイモをグリルで焼き、焦げ目を付ける。出汁《だし》を取った後の茹《ゆ》で玉ねぎと人参と、最後にフライパンで焼いたベーコンと共に盛り合わせ、手作りのニンニクマヨネーズをかければ、前菜風の一品になるだろう。

マヨネーズを作るのは少し手間がかかるが、気晴らしには持って来いだ。

ボウルに卵黄一個を入れ、すり下ろしニンニクを足し、塩胡椒《しおこしょう》を入れてよく混ぜる。そこに少しずつオリーブオイルを足しながら、混ぜ続ける。レモン汁を足してさらに混ぜ、固さが出れば出来上がりだ。

新しい玉ねぎ二個を薄切りにし、オリーブオイルをひいた鍋で飴色《あめいろ》になるまで炒《いた》める。スープストックとコンソメを加え、塩胡椒で味を調える。後ほどトーストしたバゲットにこれをかけ、チーズを載せ、オーブンで焼けば、オニオングラタンスープになる。

新しい人参とジャガイモを賽《さい》の目切りにして炒め、賽の目切りのベーコンと数種類の豆を加え、白ワインを足して水気を飛ばし、軽く塩を振る。それをボウルに移し、卵と牛乳を加えてよく混ぜ、塩胡椒で味を調えて耐熱皿二つに注いでおく。後はオーブンで三十分、こんがり焼けば、あっさり味のキッシュが出来る。

（これで良し……）

下準備を済ませ、汚れた調理器具を洗った頃には、かなり頭がスッキリしていた。

ロベルトは部屋へ戻り、講話の原稿を書き始めた。

日が落ちる頃、ロベルトはキッシュとグラタンスープを一皿ずつ焼き、ギベール夫人の家へ届けた。

夫人は大層驚き、丁度作っていたチキンソテーを半量分けてくれた。

宿に戻ると、間もなくピエール神父が帰って来た。

平賀はそれから三十分後、土と落ち葉で汚れた神父服姿で帰って来た。

「どうした、平賀。森で何かあったのか？」

ロベルトは心配になって訊《たず》ねた。

「いえ、奇跡調査を少々」

平賀はきりりとした顔つきで答えた。

「それはそうだろうけど、服が凄《すご》いよ。何かあったんじゃないのか？」

「あ、本当ですね。着替えて来ます」

平賀はそそくさと奥の部屋へ去った。

どうやら理由を話すつもりはないらしい。

だが、あんな顔をした時の平賀は、何か重要な手がかりを見つけた時なのだ。それを追求しようとしているに違いない。

確信がなければ平賀は話をしない。それは彼が、憶測でものをいうようなことがない科学者である証拠だ。

彼の思索の邪魔をしてはいけない。

ロベルトはそう思い、夕食の準備を開始した。

ダイニングのテーブルに夕食を並べていると、ピエール神父が鼻をひくつかせてやって来た。

「やあ、美味《おい》しそうです。今日の夕食は洒落《しゃれ》てますね」

「キッチンの食材を適当に使わせて貰《もら》いました。事後承諾ですみません」

ロベルトの言葉に、ピエール神父は目を瞬《しばた》いた。

「もしかしてこれ、ロベルト神父の自作料理ですか?」

「ええ、何品かは。メインのチキンは頂き物です」

「いやあ、凄い。凄いです。まるでレストランみたいですね」

ピエールはうきうきした様子で席に着いた。

着替えた平賀も黙って席に着く。

三人は食前の祈りを唱え、夕食を開始した。

平賀のフォークの進み具合は普段通りだが、ピエールが満面の笑みで「美味しい」を連発しているのが、ロベルトにとって救いであった。

「ああ、そうだ。明日のミサにはお二人とも、参加して頂けますよね」

ピエールの言葉に、ロベルトは「ええ」と頷《うなず》いた。

平賀はハッと驚いた顔をした。

「もう日曜ですか。私も出席した方がいいですか？　他にやりたい事があるのですが」

「えっ……。そうなんですか？　まあ、平賀神父がどうしてもと仰《おっしゃ》るなら」

困り顔で応じかけたピエールの言葉を、ロベルトは遮った。

「いや、平賀、君も参加したらどうだい？　忙しいのは分かっているけど、僕らは一応、バチカンの名代なのだから」

「そう言われるとそうなのですが、私はフランス語も出来ませんし」

するとピエールが「大丈夫です。無理強いはしません」と、助け船のように言った。

「良かったね、平賀。では、明日は僕が一人で行くことにしよう」

「有難うございます、ピエール神父、ロベルト神父」

平賀はニッコリと微笑んで、キッシュをぱくりと食べた。

2

午前五時。部屋の外で物音がして、ロベルトは目を覚ました。

リビングに出ると、平賀の机の上にメモが置いてある。

『調査に行って来ます。平賀』

机の上には他にも、折れた枝や土、木くず、石などが入ったバットが並んでいたり、分析結果と思《おぼ》しき、数字が並んだ長い紙が巻かれて置いてある。鳥のスケッチ画、というより模式図形のような物もあった。

（ふむ。見てもさっぱり分からないな。彼は一体、何を調査してるんだ？）

ロベルトは白み始めた窓の外を見た。

（まだミサの準備には早いな……）

ロベルトは、ベッドに戻って二度寝を決め込んだ。

午前九時。司祭の礼服に着替えたロベルトは、ピエールと共に聖マリー教会へ赴いた。

聖堂はびっしりと人で埋め尽されている。

「凄い人気ですね、ロベルト神父」

ピエールは嬉《うれ》しげだ。

二人は側廊を祭壇の方へ向かった。その先にベルニエ司祭が立っている。

「よくお越しくださいました。講話のご準備の方は？」

「ええ。この村に起こった奇跡に纏《まつ》わるお話をしようかと思います」

ロベルトは下書きの原稿をベルニエに渡した。

ベルニエは頷きながらそれを読み、にっこりと微笑んだ。

「流石でいらっしゃいます。では私が先に出て、貴方《あなた》のことを紹介します」

そう言うと、ベルニエは教壇の前に立った。

がやがやと話をしていた人々の声が、ぴたりと止む。

「皆さん。今日は、セレ村で起こった輝かしい奇跡を調査しに来られた、バチカンの司祭にご登壇頂きます。ロベルト・ニコラス神父です。どうぞ」

ベルニエの合図でロベルトは教壇に立ち、会釈をした。

村人たちは真剣な顔と瞳《ひとみ》を、壇上に向けている。

「ご紹介頂きました、ロベルト・ニコラスです。

今日は、セレ村に起こった奇跡に関係するお話をさせて頂こうと思います。青い鳥、そして聖歌についてのお話です。

皆さんは、メーテルリンクの『青い鳥』という話をご存知でしょうか？

チルチルとミチルという幼い兄妹《きょうだい》が、『病の小さな娘を幸福にする為に、青い鳥を探してくれないか』と頼まれ、色んな国を旅する物語です。

兄妹は『思い出の国』や『夜の御殿』、『幸福の花園』などを訪ねますが、青い鳥を手に入れることはできません。

ところが二人がベッドで目を覚ますと、以前に父親が捕まえていたキジバトが青くなっていて、それが本物の青い鳥だったと、二人は気づくのです。

これは『幸せは初めから身近にあったんだよ』という意味のお話なのでしょうか。

そもそもこの鳥は元から青かったのに、幼い兄妹が気づかなかっただけでしょうか。

それともチルチルとミチルが冒険から帰って来た時、青く変化したのでしょうか。

ある哲学者は、こう言います。『鳥は元々青かったのでも、後で青になったのでもなく、チルチルとミチルが帰って来た時に、「元々青かったことになった」のだ』と。

それはどういう意味なのでしょう？

『ルカの福音書』には『エマオの道』という一節があります。

主イエスが十字架にかけられ、死を遂げた三日後の夕暮れ、二人の弟子がエマオという村に向かって歩いています。

二人はイエスと出会い、この人こそが希望の光だと信じて弟子になったのですが、肝心のイエスが無抵抗に捕らえられ、惨めに十字架にかけられて死んでしまったので、とてもがっかりしていました。

イエスの墓が空っぽだったと、イエスに付き添っていた女性達に知らされても、女性の言うことだから取るに足りないと、疑っていました。

そんな二人が歩いていますと、いつの間にかイエスが側に来て一緒に歩いていました。

ところが二人は、それがイエスだと気づきません。イエスは二人の道連れとなり、聖書を解説してくれるのですが、彼らはまだイエスの死を嘆いていました。

二人はその人を食事に招くほど親しくなりますが、やはり正体に気づきません。

しかし、その人がパンを取り、賛美の祈りを唱え、パンを裂いてお渡しになった時、彼らにとってイエスではなかったその人が、主イエスであったことを知るのです。

その時、二人は道すがらに聞いていた聖書の意味を理解し、イエスに付き添った女性達の言葉を受け入れたのではないでしょうか。『道で話しておられるとき、また聖書を説明してくださったとき、わたしたちの心は燃えていたではないか』と、二人は語ります。

それまで彼らの目は開いていても見えていず、耳は聞こえていても聴いていず、心は燃えていたのに、それに気づかなかったのです。真実に気づいた時、主は『彼らからは目に見えないものになった』と、聖書は言います。

そして二人は変わりました。今度はもう、主の姿は見えなくとも、真実が主の御言葉《みことば》と共に、自分達の側にあると知ったからです。二人の目は本当の意味で開かれました。

さて。それでは一体、主の語られた真実とは、何だったのでしょうか？」

ロベルトは言葉を切って、会場を見渡した。

場内は水を打ったように静まりかえっている。

「エズーカ山の礼拝堂で奇跡が起こった時、聖歌隊の皆さんが歌っていた聖歌の中に、その答えはあります。

皆さんもご存知のように、あの歌は、使徒パウロ（サウロ）がコリント人へ向けて書いた手紙を聖歌にしたものです。そこにはこんな物語がありました。

ギリシャのコリントは、古来交通の要衝として栄えていましたが、多くの問題を抱えていると、パウロは耳にします。

町の人々は派閥に分かれて争い、混乱していました。『神の声を聞いた』と語る者達が混乱を起こしていたのです。

しかし、それを聞いたパウロは、不思議に思います。

主の教えにおいて、神の声や天使の声を聞くことは否定されていません。ですが、それが本当に聖なるものの声ならば、それによって争いや混乱が起こる筈《はず》はないと、パウロは考えたのです。

そしてパウロは様々な問題を抱える町の人に対し、『主イエス本来の教えである、愛に立ち返りなさい』と諭しました。皆の諍《いさか》いの元は、愛の欠如に他ならないのだ、と。

ここで言われる愛とは、アガペーの愛です。

それがどのような愛か、パウロはこう続けます。

『愛は寛容であり、愛は親切です。また人をねたみません。

愛は自慢せず、高慢になりません。

礼儀に反することをせず、自分の利益を求めず、怒らず、人のした悪を思わず、不正を喜ばずに真理を喜びます。
すべてを我慢し、すべてを信じ、すべてを期待し、すべてを耐え忍びます。
愛は決して絶えることがありません』

これこそ聖歌で歌われている言葉です。

そうです。主イエスは罪人とも友となり、どこへでも出かけて行って、病の人々を癒《い》やされました。そして見返りの報酬を求めることなく、質素に暮らされました。

しかし不正には明確な対決姿勢をとられ、常に父なる神の御心に従うことを喜びとされ、十字架の死にまで従われました。

そしてまた弟子達を愛し、彼らに託す未来を信じました。

人は、自分にとって好ましい者の為なら、命を捧《ささ》げることも惜しまないものです。しかし、そうでない者、憎むべきものの為に自らを犠牲にすることは困難であり、その犠牲に対して見返りを求めないことは、更に大きな困難です。

主イエスはそれらを成し遂げられました。自らを罵倒《ばとう》して嘲《あざけ》り、鞭打《むちう》つ民に対してさえ、怒ることなく忍耐され、苦しみの末に死に至らしめた人々のことも愛し、自らの命を犠牲とされました。

ですからどうか皆さん、主の愛の教えを、いつも忘れずにいて下さい。そして自らの隣人を愛して下さい」

ロベルトが講話を終えると、大きな拍手が湧いた。

ベルニエ司祭も手を叩《たた》きながらロベルトに近付き、固く抱擁をした。

ベルニエが教壇に立ち、皆に呼びかける。

「皆さん、ロベルト神父にもう一度、盛大な拍手を」

すると会場は再び沸いた。

ロベルトは会釈をして壇上から降り、側廊に用意された椅子に座った。

続いてベルニエ司祭の講話が始まる。

大役を終えたロベルトは、喉《のど》の渇きを覚え、そっと側廊の脇から外に出た。

中庭へ出ると、若い母親と十歳ぐらいの赤毛の男の子が井戸の側にしゃがみ込んでいた。

男の子は具合が悪そうに空えずきを繰り返し、母親がその背を心配げに撫《な》でている。

ロベルトは二人に近づき、声をかけた。

「どうかなさいましたか？　具合が悪そうですが」

すると驚いた様に振り向いた母親は、ロベルトを見て涙を浮かべた。

「ああ、神父様、助けて下さい」

「急病でしたら、教会の車を出しましょうか」

「いいえ、違うんです。この子が精霊の……精霊の呪いにかかってしまったんです」

母親の顔は真剣そのものだ。

「その子に何があったんです？　僕に話して下さい」

「それは……」

母親は涙ぐみ、息を詰まらせた。話を急かすと、過呼吸を起こしそうだ。

ロベルトはぐったりした男の子を抱え、母親をそっと誘導して、近くのベンチに二人を座らせた。自分も子の隣に座る。

暫《しばら》く荒い呼吸をしていた母親は、ようやく落ち着いた様子で話し始めた。

「私はコリーヌ・コランと言います。この子はエディンです」

コリーヌはハンカチで涙を拭《ぬぐ》い、エディンの頭を撫でた。

「先程、教会の中でこの子が、光る精霊を見たと言ったんです。そしたら急に具合が悪くなって……」

「そうなのかい、エディン？」

ロベルトはエディンの目を見て優しく訊《たず》ねた。

「あの……ね、神父様。さっき僕が見たのは、ぴかぴか光る小さな精霊なんだ」

エディンは小さな声で答えた。

コリーヌは青ざめ、ううっ、と嗚咽《おえつ》を漏らした。

ロベルトはそれを気にしつつ、エディンに訊ねた。

「精霊を見たのは初めてかい？」

「ううん、前に一度見たよ。牛が草を食べてるのを見てたらね、肩の所がぎゅーっと重くなってね、そしたら、小さな緑色の精霊達が一列になって、きらきら光りながら走って行ったんだ。僕、気分が悪くなって、たくさん吐いちゃった。あれは見ちゃいけない物だったのかな……」

エディンは不安そうだ。

（一体、どういう事なんだ）

じっと考え込んだロベルトを、コリーヌは縋《すが》るような瞳《ひとみ》で見た。

「助けて下さい、ロベルト神父。この子が言ってるのは嘘なんかじゃありません。この子の叔父《おじ》にあたるドナルドも、そっくり同じ事を言ってましたから。ドナルドは私に、精霊の写真も見せてくれました」

「写真を？」

ロベルトは息を呑《の》んだ。そう言えば、「妖精《ようせい》に追いかけられている」という人物の訴えを、教会記録で見たのを思い出す。その名は確か、ドナルド・コランだった。

「それで今、ドナルドさんは？」

「ドナルドは精霊を見て一年もしないうちに、川で溺《おぼ》れて亡くなりました。エディンも同じ運命かと思うと、私……私……」

コリーヌはわあっと泣き崩れた。

「コリーヌさん、しっかりして下さい。まずは、エディン君を医者にきちんと診てもらうことが大切ですよ」

ロベルトの言葉に、コリーヌはぼろぼろと涙を流した。

「でも！　ドナルドは医者に診てもらったけど、駄目だったんです。ですからお願いします、お願いします、神父様」

「……分かりました。僕なりに解決方法を探してみます。ですがコリーヌさん、医者にもきちんとかかって下さい。医学は日進月歩ですから、新しい治療法が見つかる可能性だってあるんですよ」

ロベルトはコリーヌの背を撫で、優しく何度も言い聞かせた。

そうしてこの親子の悩みについてだけは、早く平賀に相談しなければ、と考えたのだった。

3

日曜ミサは聖歌隊が美しい合唱を響かせて終わった。

後片付けを手伝い、教会を出たロベルトは、物陰から出て来た人物に腕を摑《つか》まれ、たたらを踏んだ。

振り返ると、派手なメイクの美人が立っている。聖歌隊のソプラノでビストロの経営者、テレーズ・ジャダンだ。

「ロベルト神父、たってのお願いがあるんです」

テレーズは切羽詰まった顔で言った。

「え、ええ。何でしょう？」

「うちの宿代を踏み倒した客の話、覚えてらっしゃいます？」

「ええ、まあ」

「実は、それが一寸《ちょっと》ばかりおかしな話になってるんですの。

昨夜《ゆうべ》、パリの雑誌社から店に電話があったんです。『ウィリアム・ボシェ氏は宿泊してますか』って。『その人なら、うちに一泊したけど、宿代踏み倒して逃げました』って私が答えたら、『それはおかしい』と……。

ボシェさんは雑誌の契約ライターだったらしいんです。雑誌社の方が言うには、セレ村の伯爵家に取材に行くと言い残して、ずっと連絡が取れないんですって」

「伯爵家というと、シュヴィニ家のことですか」

「ええ、それしか考えられません」

「ボシェ氏はいつ、宿泊されたんです？」

「四月二十九日です」

「でしたら、もう二週間になるじゃありませんか。つまりボシェ氏は行方不明という訳ですよね。しかもエスクイン山で……」

ロベルトの脳裏に、バズブの話が蘇《よみがえ》った。

「テレーズさん、警察に捜索願いは？」

ロベルトの言葉に、テレーズは首を小さく横に振った。

「もしかして、ボシェさんはまだ、シュヴィニ家に滞在してるのかも知れませんわ。私がそう言ったら、雑誌社の方が『確かめて欲しい』って、私に仰《おつしや》ったんです。けど、シュヴィニ家といいますと、村からの連絡もまともに取り合ってくれない方達で、私なんかが行っても相手にされないに決まってます。

その点、ロベルト神父なら、バチカンの神父様ですし、お話もとってもお上手だし、あの人達ともうまく話ができると思うんです。

ロベルト神父、今から私と一緒に、エスクイン山へ行って頂けませんか？」

テレーズは指を組み、ロベルトを見上げた。

ロベルトはどこかおかしな話だと思った。が、いずれエスクイン山には行こうと思っていた所だ。それにシュヴィニ家の者なら、山で行方不明になったマティアス・ベルモンの事件について、情報を持っている可能性もある。

丁度いい機会かも知れない、とロベルトは考えた。

「分かりました。僕もご一緒しましょう」

「ああ、良かった。有難うございます」

二人は森に向かって歩き出した。

「知らない方からの頼みに応《こた》えてあげようだなんて、テレーズさんは親切な方ですね」

ロベルトが何気なく言うと、テレーズはぺろりと舌を出した。

「だって……ボシェさんが記事を書き上げたら、うちの村が雑誌に載って、有名になる訳でしょう？　それに雑誌社の人が約束してくれたんです。『ボシェ氏と無事に連絡が取れたら、世話になった貴方《あなた》の宿のことも、きちんと記事に書かせます』って」

　どうやら商売っ気たっぷりなようだ。

「成る程、そういう事ですか」

　ロベルトは苦笑した。

「ところでボシェ氏はシュヴィニ家に、何を取材に行ったんでしょう？」

「分かりません。私には何も仰いませんでしたから」

　二人は教会から森へ向かった。

　楡《にれ》の木を左に折れ、エスクイン山へ続く一本道に入ると、森が一層密度を増していく。

　森の奥に行くにつれ、世界を包み込んだ影が一段と深くなっていくようだった。

（確かにこの森には、漠然とした悪夢の塊のようなものが漂っていそうだ……）

　ロベルトがそう感じた時だ。

　　パーン、パーン……

　また銃声が響いてきた。

　テレーズは怯《おび》えた様子で、ロベルトの腕をそっと摑んだ。

「この森で三年前、マティアス・ベルモンが行方不明になったそうですね」

ロベルトは軽く話を切り出した。

「あら……お聞きになってしまったのね」

テレーズは少し困った顔をした。

「警察犬が探しても、遺体も見つからなかったんでしょう?」

「ええ。狼の仕業ですってよ。靴が片方だけ、見つかったんですって」

「マティアスの父親はどうされているんです?」

「アルコールで肝臓を悪くなさって、隣町の療養所に入ったのだけど、一年ほど前に亡くなったと聞きました」

「そうですか……」

「ボシェさん、ご無事だといいわね」

テレーズはぽつりと呟《つぶや》いた。

暫《しばら》く進むと、右手の木々の間から奇妙な岩々が垣間《かいま》見えた。

「あれは何です?」

「昔、石にされた人達のお墓です。呪われるから、見ない方がいいですよ」

テレーズは逆方向に顔を逸《そ》らした。

ロベルトがちらりと見た限り、それらはメンヒルのようである。近づいて調べてみたいが、今は寄り道できそうにない。

その辺りから、道が急な登り坂になる。エスクイン山に入ったのだ。

二人は一本道をひたすら登った。

頂上近くから見下ろすと、竜の鱗《うろこ》のような緑が大地を包み込むように広がっている。

やがて森が忽然《こつぜん》と途切れた。

そして二人の目の前には高い石塀で囲まれた小城が聳《そび》え立っていた。くすんだ薄桃色の外壁には、暗い色の蔦《つた》がびっしりと絡みついている。

「うわあ、不気味……」

テレーズが呟いた。

がっしりとした鉄の門扉の脇には、呼び出しベルのような物は一切ついていない。

だが、門扉の間から、庭先で下草を刈っている庭師の姿が見えた。

ロベルトは男に声をかけた。

「すみません。邸《やしき》のご当主にお会いしたいのですが」

男は不審げに顔を上げると、ゆっくりと歩いて来た。

「これはどうも、神父様。聞いて参りますので、お待ち下さい」

暫く待っていると、タキシードを着た白髪の老紳士が現われた。背筋の伸びた、上品な顔立ちの老人で、厳格な空気を漂わせている。

男は門の向こうで立ち止まり、ロベルトの頭から爪先《つまさき》までをじろりと眺め回した。

「当家の執事、エマーヌと申します。失礼ですが、身分証を確かめさせて下さい」

ロベルトは頷《うなず》き、バチカンのパスポートを示した。

エマーヌは眼鏡を調整しながら、それを覗《のぞ》き込んだ。

「確かに。バチカンの司祭様でいらっしゃいますね。本日はどのような趣で、当家の主人に御用なのでしょう？」

「少々込み入った話になりますので、ご当主に直接お会いして、お話しできればと思っております」

門前で追い返されるのは真っ平とばかりに、ロベルトは言い返した。

エマーヌは難色の表情を見せたものの、仕方ないという様子で口を開いた。

「バチカンからわざわざお見えの司祭様を追い返すわけにも参りますまい。どうぞお入り下さい」

エマーヌは恭しく門を開いた。

「こちらのご婦人は、セレ村のジャダン夫人です」

ロベルトはテレーズを紹介したが、エマーヌは彼女に目もくれず、頷きもしない。

成る程これは難物だ、と思いつつ、ロベルトはテレーズと共に門を潜った。

意外に可愛らしい動物のトピアリーが並ぶ庭を横切って、小城の大きなアーチ型の木の門へと至る。

重い軋音《きしみ》を立てながら、扉が開かれた。

エマーヌに従って中に入ると、広い玄関ホールの空気は重々しく厳かで、ひんやりと底冷えがした。

玄関脇の壁に沿って、騎士の甲冑《かっちゅう》が並んでいる。

頭上の大きなシャンデリアに明かりが入っていない為、室内は暗かった。

黒大理石の床に、三人の靴音が谺《こだま》する。

広い廊下の両側には、狩りで仕留めたのだろう、鹿の頭や熊の剝製《はくせい》が飾られていた。

突き当たりの扉の先は、豪華な応接室であった。

眩《まばゆ》いシャンデリアが輝く下にテーブルとソファが四組あり、壁には代々の主《あるじ》を描いた絵画に加え、モローやルドンといった、名だたる画家の作品がかかっている。

「こちらでお待ち下さい。主に伺いを立てて参ります」

エマーヌはそう言い残し、奥にある階段を登って行った。

ロベルトとテレーズが顔を見合わせ、ソファに座る。

「すんごいお邸」

テレーズがひっそり言った時、横手の扉が開き、茶器を乗せたカートを押してメイドが現われた。

エメラルドグリーンの茶器に紅茶が注がれ、ロベルト達の前に置かれる。

それはヨーロッパ貴族に広く愛用されたヘレンドの年代物だった。もはや骨董《こっとう》品と言っても良いだろう。調度品といい、絵画といい、相当な価値のある物ばかりだ。

甘い香りの紅茶に口をつけると、マリアージュ・フレールのマルコポーロである。

メイドは硬い表情で、まるで二人を見張るかのように脇に立っている。

畏《かしこ》まった二人は、無言で紅茶を飲んだ。

十分、二十分が経ち、三十分を過ぎようとした頃、エマーヌが階段を降りてきた。

「主がお会いになるそうです。ロベルト神父はこちらへ」

エマーヌはロベルト一人を手招いた。

「僕がちゃんと話を聞いてきますから、待っていて下さい」

ロベルトは小声で言って立ち上がり、エマーヌの待つ階段を登った。

長い廊下を進み、幾つも並んだ扉の一つをエマーヌが開く。

そこは黒檀《こくたん》で出来たゴシック調の家具が並ぶ、貴賓室と思《おぼ》しき部屋であった。

細かな彫琢《ちょうたく》が施された猫脚の椅子とテーブルが中央にあり、長いテーブルの一番奥に手を添えて、二十代半ばの男が立っていた。

仕立ての良い臙脂色《えんじいろ》のスーツを着、髪はオールバックに纏《まと》められている。上背は高く筋肉質で、赤味がかった金髪に茶色の目をした男だ。

吊《つ》り上がった眉《まゆ》に、猛禽類《もうきんるい》を思わせる鋭い目をしており、唇は薄い。

「アンドレ様。こちらがバチカンのロベルト司祭です」

エマーヌはそう言いながら、アンドレの側に控えるようにして立った。

「お目にかかれて光栄です、シュヴィニ伯」

ロベルトはその場で会釈をした。

「アンドレ＝ギュスターヴ・ド・シュヴィニだ」

アンドレはそれだけ言うと、ふて腐れたような乱暴な態度で椅子に座った。そして組んだ指をテーブルに載せ、忙《せわ》しなく動かした。

かなり短気で粗野な性質のようだ、とロベルトは思った。

「それで、アンドレ様にお話というのは？」

エマーヌが切り出す。

「はい。まず伺いたいのは、ウィリアム・ボシェという男性の件です。彼はこちらにご滞在ではありませんか？」

するとエマーヌとアンドレは怪訝《けげん》そうに顔を見合わせた。

「黒髪で痩《や》せ型の四十代男性で、パリから来たライターなのですが」

テレーズから聞いたボシェの特徴を告げると、エマーヌの眉がピクリと動いた。

「確かにそのような方が一度、訪ねて来られました。春祭りの日の昼頃だったと記憶しております。しかし、無名の方にいきなり訪ねて来られても、こちらとしてはお迎えする筋合いも、アンドレ様にお取り次ぎする理由もございませんので、私が丁重にお帰り願いました」

エマーヌは落ち着き払って答えた。

「つまり追い返した、という事でしょうか？」

「そのようにも申せましょうか」

「成る程。そうなりますと、ボシェ氏が行方不明になる以前、最後に会った人物がエマーヌさん、貴方《あなた》だということになりますね……」

ロベルトは考え込んだ顔をした。

その時、アンドレが上擦った声を出した。

「行方不明だと？」

「アンドレ様がお気になさることはございません。その者は私が門前で追い返しましたので、その後のことは当家には一切無関係な話でございます」

エマーヌは余裕の表情で答えた。

「エマーヌさん、その時、ボシェ氏の様子がおかしかったとか、他にどこかを取材する予定だと聞いたりはしませんでしたか？」

ロベルトは重ねて訊《たず》ねたが、エマーヌは静かに首を振った。

「存じません」

「ボシェ氏はどんな取材を申し込まれたのです？」

「存じません。書面やメールでも構わないので、アンドレ様とやりとりをしたいなどと戯れを仰《おっしゃ》いましたが、それも私が丁重にお断り致しました」

「せめてご当主に取り次ぐぐらい、されても宜《よろ》しかったのでは？」

「何を根拠にそのような」

エマーヌは口の端でふっと笑った。

「ボシェ氏の行方に見当が付かないとすると、警察に相談するしかありません。そうなれば、貴方がたにとっても厄介な話ですね。三年前にもマティアス・ベルモン氏が、この山で行方不明になったばかりでしょう?」

ロベルトはそう言いながらアンドレとエマーヌの顔色を窺《うかが》った。だが、二人に動揺の素振りは全く見られない。

「その件につきましては、当家は一方的に迷惑をかけられた側でございますよ。警察にも協力致しましたし、敷地内を充分に調べさせました」

エマーヌはそう言って、溜息《ためいき》を吐いた。

「ロベルト神父。貴方が下の村の者共に何を唆され、聞かされたかは存じませんが、どうせ当家の悪評でございましょう。

ですが私共から言わせれば、埒《らち》のない噂話を騒ぎ立てる下の村の者こそ、当家に対する敬意に欠けた無礼者、野蛮な田舎者の集まりです。アンドレ様のご厚意で、エズーカ山への出入りを許されている立場というのに、真に勝手な話ではありませんか」

「それほど村人を嫌っておいでなのに、どうしてここにお住まいなのです?」

ロベルトは不思議に思って訊ねた。

「特別な意味が必要でしょうか? 当家は昔からこの地を治めて参りましたし、アンドレ様は煩わしい都会の生活よりも、この静かな別荘で過ごされることを好まれました。ただそれだけの話です」

エマーヌは淡々と機械的に、だが有無を言わせぬ威厳をもって答えた。

そんなエマーヌの言葉に、アンドレは顔を背けたまま、不機嫌そうに頷《うなず》いた。彼が人間嫌いなのは確かなようだ。

「さて。お話はそれだけでございますか？」

取り付く島のない態度で、エマーヌが言う。

「ええ、今日の所は失礼します。ですが今後、ウィリアム・ボシェ氏から、こちらへ連絡などがあるかも知れません。その時はどうか、僕に知らせて頂きたいのです。僕の連絡先をお渡ししておきますので」

ロベルトはポケットから手帳を出して自分の携帯番号を書き、頁を破ってテーブルに置いた。

「分かりました。お預かりします」

エマーヌは頷いてメモを取ると、部屋の出口に歩いて行って扉を開いた。

「シュヴィニ伯、今日はお時間を頂き、有難うございます。お会いできて光栄でした」

ロベルトはアンドレの目を見て言ったが、彼は無言で頷いただけだった。

エマーヌに送られてテレーズの待つ部屋へ戻り、二人がそのまま城を後にすると、背後でガシャンと門が閉じられた。

帰りの坂道を下りながら、テレーズは怒った顔で口を開いた。

「噂通り、シュヴィニ家は嫌な人達ばっかり。執事は私を無視するし、メイドの態度は最悪だし。でも、やっぱりロベルト神父と一緒に来たのは正解だったわ。私一人じゃ、門の所で追い返されたに決まってるもの。

それでロベルト神父、ボシェさんのことは、どうだったんです？」

「ボシェ氏は春祭りの昼に一度だけ訪ねて来たけれど、執事が門前で追い返したそうです。彼らの態度からみて、ボシェ氏が追い返されたのは本当でしょう」

「じゃあ……やっぱり彼は行方不明、ってことになるのかしら」

テレーズは眉を顰《ひそ》めた。

「ええ。警察に届けを出した方がいいでしょう。仕事相手だという雑誌社の方にも、警察に相談するようお願いしてはどうですか？

もし今後、ボシェ氏がシュヴィニ家に連絡して来た時は、僕に電話するよう、エマーヌさんにお願いはしてきましたが」

「貴方にその連絡が早く来ればいいわね」

テレーズが祈るような口調で言った時、城の方角から銃声の音が聞こえてきた。

続け様の銃声が何発も空に響きわたり、まるで二人を追ってくるようだ。

二人が強引に邸《やしき》を訪ねたことで、人嫌いの城主が癇癪《かんしゃく》を起こしたのだろうか。

背中から銃声にせき立てられるようにして、二人は夕暮れが近づく森を早足で歩いた。

「まるで猟師に追われる獣になったみたい」

テレーズは青い顔で呟《つぶや》いた。

「まさか本当に撃ってくるとは思いませんが、急いで下山しましょう」

ロベルトの脳裏には、あの邸に飾られた剝製《はくせい》達が蘇《よみがえ》った。

ウィリアム・ボシェが流れ弾に当たったなんて事は……

ロベルトは、彼の身の上に覆い被《かぶ》さる不吉な影を幻視していた。

4

山の礼拝堂にやって来た平賀は、まずカメラのメディアを新しい物と交換した。

昨夜分の録画データをパソコンでチェックする。特に変化は見つからない。

そうしている間に、窓の外がすっかり明るくなっていた。

平賀は神父服の上着を脱ぎ、下衣姿になった。

そして双眼鏡を首にかけ、魔除《まよ》けの鈴を手首に巻き、ポケットに地図とコンパスを入れて外へ出ると、エズーカ山の西側の斜面を、木々の枝に摑《つか》まりながら下山し始めた。

落ち葉が積もった腐葉土はぶよぶよと柔らかく、歩きづらい。しかも落ち葉が木の根を隠しているので、躓《つまず》きやすい。

平賀は辺りに目を配りつつ、泥だらけになりながら、山の麓《ふもと》まで降りた。

双眼鏡で空を見渡し、木立の様子や地面を見、コンパスで方角を確認しながら、木々の間を進んで行く。

暫《しばら》く歩くと、茂みの向こうに大きな黒い影が見えた。

木立の陰から双眼鏡で確認すると、数頭の狼が、のっそりと木立の中を歩いて行く。大きな個体の体高は、百センチ近くあるだろう。しかも子どもを連れている。

(危ない、危ない。危機一髪でした)

平賀は冷や汗を拭《ぬぐ》い、辺りを慎重に見渡した。

そうして地面に落ちている細い木の枝を見つけて拾い上げた。

(これは彼らが折ったのでしょうか)

折れ口を見ると、繊維の毛羽立ちがあり、断面はそれ程乾燥していない。

平賀はそれをじっと観察した後、ファスナー付きのビニール袋に入れた。

そして再び、ゆっくり歩き始めたのだった。


日が落ち、平賀が宿に戻ると、ロベルトがキッチンで夕食の用意をしていた。

「ただいま戻りました」

ダイニングを素早く通り抜けようとした平賀を、ロベルトが呼び止めた。

「一寸《ちよつと》待った。何だい、それは」

ドキリとして立ち止まった平賀の側に、ロベルトがやって来て、髪の毛を引っ張った。

「私の髪、何かついてますか？」

「そうだね。蜘蛛《くも》の巣と木くずと、これは茨《いばら》の棘《とげ》じゃないかな」

ロベルトは平賀の髪についていたゴミを掌《てのひら》に取って示した。

「ああ……そんなについてましたか」

「上着は無事のようだが、ズボンは洗濯しないと」

言われて自分の足元を見ると、ズボンの裾《すそ》も泥だらけだ。

「すみません。今日は一日、エズーカ山の麓の森を歩いてました」

平賀は正直に白状した。

「それで、何か収穫はあったのかい？」

「折れた小枝を幾つか見つけました」

「それが収穫？」

「そうなのか、そうでないのか調査中です」

「ふむ……。君がシャワーを浴びる前に、一つ相談があるんだけど、いいかな」

「ええ」

平賀が頷くと、ロベルトはダイニングの椅子に腰掛け、平賀にも椅子を勧めた。

「教会で、精霊の呪いにかかったと怯《おび》えている親子に相談されたんだ。エディンという十歳ほどの少年が、二度、精霊を見たという。

一度目は彼が牛を見ていた時、小さな緑色の精霊達が一列になって、きらきら光りながら走って行った。二度目は今日のミサの最中で、ぴかぴか光る小さな精霊を見たそうだ。その時、肩が重くなり、気分が悪くなって、吐き気がしたと言っていた。実際、今日もとても苦しそうだったんだ」

「それは心配ですね」

平賀は眉間《みけん》に皺《しわ》を寄せ、腕組みをした。

「そうだろう？　しかもエディンの叔父《おじ》でドナルドという人物が、やはり精霊を見るという悩みを抱えていたんだが、一年もせず、川で亡くなったという」

「それが精霊の呪いですか」

「気味の悪い話ではある。そうだろう？」

「ええ。それで、医者は何と診断してるんです？」

平賀の問いに、ロベルトは首を横に振った。

「叔父のドナルド氏は医者にかかっても治らなかったそうで、あてにできないと言うんだ。それに、ドナルドは精霊の写真も持っていたらしい」

「精霊の写真ですって？」

平賀は大きく目を見開いた。

「そうらしいんだ」

ロベルトが頷《うなず》いた時、ピエール神父がダイニングに入って来た。

「ああ、お腹が空《す》いた。おや、平賀神父、お帰りなさい」

「あ、はい。先程戻ったのですが、今から教会へ行って来ます」

平賀はガタンと椅子から立ち上がった。

「今から？」

ピエールとロベルトが驚いた顔で口を揃える。

「ええ。ネットで調べ物をしてきます。ロベルト、さっきの話、少しお時間を下さい」

平賀はそう言い残して、宿を出て行った。


夕食を済ませたロベルトは、今日の調査結果を書き記していた。

静かな時間が流れていく。

ふと気が付くと、九時を過ぎている。

窓の外には明かり一つない、のっぺりとした闇が広がっていた。

その闇の奥には、闇より暗い森の影が蠢《うごめ》いて、その長い触手で全てを深潭《しんたん》へ引きずり込もうとしているような気配がする。

ロベルトは救いを求めるように空を見上げた。

白金で描いたような月が、神々しく輝いている。

その輝きは古代から引き継がれてきた謎と暗示に満ちていた。

時折、気紛《きまぐ》れな吟遊詩を歌い聞かせてくれる月は、今宵《こよい》は黙して語りかけてはこなかった。

＊　＊　＊

きらきらと、光の精霊が舞っている。

大きな楡《にれ》の根元に座っていたファンターヌは、目を輝かせて立ち上がった。

ガサガサ、と草が割れ、三角帽子の精霊がひょっこりと顔を出す。

「ベート！」

『おいで、ファンターヌ』

ベートに誘われ、ファンターヌは精霊の国にやって来た。

昼とも夜とも分からない不思議な空に、二重の虹《にじ》がかかっている。

緑の木には極楽鳥が止まり、美しい声でさえずっていた。

「わあ、素敵！」

ファンターヌは飛び跳ねてはしゃいだ。

『今日は一緒にユニコーンに乗ろう』

ベートはいつも驚くようなことを言う。

「ユニコーン？」

ファンターヌが問い返した時、木々の間から黒い毛に覆われた大きな妖精《ようせい》が、ユニコーンを連れて現われた。

真っ白な巻き毛に、額から突き出した角。優しい紺の目をした、美しい馬だ。

ユニコーンは蹄《ひづめ》の音を立てながらファンターヌの側へやって来ると、ゆっくりと膝《ひざ》を折って座った。

ファンターヌがその背中に乗り、ベートも後ろに跨《また》がった。

そうして二人は美しい泉や川の流れる、精霊の国を見回って歩いた。

光の精霊が戯れる花畑や、甘い果実が実を付ける木々……。


ハッとして、ファンターヌはベッドで目覚めた。

ベッドサイドのミラーには自分の泣き顔が映っている。

(どうして……)

どうして目なんて覚めてしまうのだろう、とファンターヌは思った。涙が零《こぼ》れて止まらない。

マリア様の奇跡によって視力が元に戻り、学校にも戻れたのに。

ずっと迷惑をかけた家族にも、これから恩返しができるのに。

好きだった本も沢山読めるようになったのに。

悲しむことなんて、もうないのに。

なのに……。

ファンターヌは切ない溜息《ためいき》を吐き、暗い窓の外を見詰めた。

5

ファンターヌ・バザンは、姉達が話してくれる精霊の話が大好きだった。

「夜になると、森には精霊が出るというけど、昼間はどこに隠れているの？」

小さな妹の疑問に、バベットは少し考えて答えた。

「精霊の国にいるのよ」

「その国はどこにあるの？」

「そうねえ」

と、バベットは絵本で読んだことを思い出しながら答えた。

「川の精の国は川の底にあって、大地の精の国は地面の底にあるの。中には羊に化けている精霊もいて、夜になると本当の姿に戻るのよ」

「わあ、羊が精霊になるところ、見たい」

はしゃいだ声を出したファンターヌを、バベットは厳しい目で咎《とが》めた。

「駄目よ。昔、神様が昼は人間のもの、夜は精霊のものとお決めになったのよ。お互いが出会うと怖いことが起こるから、出会わないようにしないと駄目」

「怖いことって？」

ファンターヌが首を傾げる。

「聖マリー教会が最初、エズーカ山に建てられる予定だったのを知っている？」

ううん、とファンターヌは首を横に振った。

「昔々、エズーカ山にマリア様が出現されたでしょう？　すると大司教様がやって来て、山の上に教会を建てることに決まったの。村のみんなは協力し、柱や岩を山の上まで運んで行った。でも次の朝にはそれが全部、山の麓《ふもと》に下ろされてしまったの」

「えっ、どうして？　誰がそんな事をしたの？」

「丁度今のあなたみたいに、どうして、誰が、と気になった村の女の人が、一人だけいたの。その人は山の近くに住んでいて、一晩中、窓から山の方を見ていたわ。

すると教会の為に用意したものを山から運び下ろしてくる、恐ろしく巨大な化け物達を見てしまったの。頭に角の生えた、大きな牙《きば》のある、毛むくじゃらの化け物達よ。名前はタルタロっていうの。タルタロ達は、教会を建てる邪魔をしていたの。

そしてね、一匹のタルタロが、自分達を見ている人間の女に気づいてしまったの」

バベットは声を低くし、がしっとファンターヌの腕を摑《つか》んだ。

「その人、見つかっちゃったの？」

ファンターヌは足元の毛布を引き寄せ、こわごわ訊《たず》ねた。

「そうよ。タルタロは、のっしのっしと、女の人の家の近くへやって来た。

『こんな夜に、見てはならない物を見たな！』

そう言ってタルタロが呪いをかけると、女の人は醜い狼にされてしまった。

そのことを聞いた教会の司祭様は、エズーカ山に教会を建てるのをあきらめて、今の聖マリー教会を建てたのよ」

「夜にタルタロを見ると、狼にされちゃうの？」

「そうよ。だから夜は森に行くのも、森を見るのも駄目。分かった？」

ババベットはどこか危なっかしい妹に、強く言い聞かせた。

うん、とファンターヌは頷いた。

「でも、ババベット姉さん。大きなタルタロ達は、昼間はどうしてるの？」

「大岩に化けてるの。森には沢山あるでしょう？」

「そうか。あれがそうなんだ……」

ファンターヌは夢見がちな顔になって、膝の上に頬を寄せた。

あまり懲りた様子のない妹に、ババベットは溜息を吐いた。

すると、横からイベールが口を出した。

「森には恐ろしい大ガラスもいて、そいつに見つかったら、あんたは攫《さら》われて石にされちゃうのよ。エスクイン山の麓には、そうやって攫われて、石にされた村人のお墓があるんだから」

「えっ、そうなんだ……」

「あんた、冷たくて固い石にされたいの？」

「されたくない」

「だったら森に行っちゃ駄目。いいわね！」

イベールの剣幕に押され、ファンターヌは「うん」と頷《うなず》いた。

「森の大きな楡の木より先は、人間の国じゃないの。分かった？」

「分かった」

「それに、シュヴィニ家の人達は狩りが好きで、鳥や鹿を殺してしまうの。山から銃声が聞こえるでしょう？　あんた、獣に間違えられて撃たれたら死んじゃうのよ」

「うん、分かったわ、イベール姉さん」

小さなファンターヌは、姉の言葉に頷いた。

こうして姉から散々森の怖さを教わったファンターヌだが、それは逆に彼女の好奇心を掻《か》き立てる要因になっていた。

初めは恐る恐る楡の木まで行って、すぐ帰って来るだけだった。

それから大岩を見つけると、タルタロが化けているんじゃないかと、くすぐってみるようになった。

森の大きな楡の木より先に行っちゃいけない。その言いつけは守っていたが、石にされた村人達に会ってみたい気持ちは、日増しに高まっていた。

五歳になったある日。とうとうファンターヌは誰にも内緒で森へ行き、楡の木を左に曲がると、石にされた村人達のお墓を目指したのであった。

家から見るとすぐ近くに見えるエスクイン山は、歩いてみると、とても遠かった。

ファンターヌは何度も途中で帰ろうかと思ったが、ちらちら光るきれいな木漏れ日を見ていると、吸いよせられるように足が進んでしまう。

森には蝶々《ちょうちょう》が飛んでいたり、可愛い鳥のさえずりも聞こえたりした。

一本道をずっと進んでいくと、とうとう右手に背の高い、不思議な岩が見えて来た。

ファンターヌは岩の見える方へと走って行った。

そこには大きな岩のお墓が沢山、にょっきりと地面から生えるように立っている。

中でも背の高い岩が九つあり、周囲には小さな岩が沢山あった。瓢箪《ひょうたん》みたいな、人間みたいな形の岩もある。

(これがみんな、人間だったんだわ)

ファンターヌはお墓の中をぐるぐると歩いた。

(そうだ。この大きい岩はタルタロかも知れない。きっとそう！)

大発見をしたファンターヌは、冒険に満足して、家に帰ることにした。

そうして元気よく後ろを振り返ったが、来た筈《はず》の道が見えない。

ざあっと強い風が吹き、ファンターヌの髪を靡《なび》かせた。

(あれ……？　私、どこから来たのかな？)

ファンターヌは一生懸命、来た道のことを思い出した。

一本道を歩いて、右手に岩が見えて、すぐにお墓があったと思う。

だから振り向くとすぐ、帰りの道がある筈なのに、どうしてないんだろう。ファンターヌはお墓の周りを何度も周ったり、繁った木々の間に顔を突っ込んでみたりした。だが、どうしても来た筈の道が見つからない。

日はどんどん傾き、落ちていく。

（どうしよう……日暮れ前に帰らないといけないのに……）

不安になったファンターヌは、ここだと思う木々の間に思いきって飛び込んだ。

そうして暫《しばら》く辺りを彷徨《さまよ》ったが、やはり来た道には戻れない。

気が付くと、あの大きな岩のお墓さえ見えなくなっていた。

何処を見ても一面が木、木、木だ。方角も何も分からない。

（どうしよう……どうしよう……）

足はすっかり棒のようになって、足の裏には血豆ができていた。

ファンターヌは木の側に座り込み、しくしくと泣き始めた。

どれほどそうしていただろうか。

近くの茂みが、がさがさと揺れた。

「だ、誰？」

ファンターヌはしゃくり上げながら、声のする方を見た。

すると、ぽうっと不思議な明かりが灯《とも》り、木陰から小さな声が聞こえてきた。

『そこの子、君は人間かい？』

それがとても優しい声だったので、ファンターヌは涙を拭《ぬぐ》って頷いた。

「うん」

『どうして泣いてるのさ』

「お家に帰れなくなったの」

『だったら、僕が道案内してやろう』

「あなたは誰なの？　私はファンターヌよ」

『僕はね……』

尖《とが》った緑の帽子が茂みの中から覗《のぞ》いたかと思うと、全身緑色の人間が顔を出した。細い顎《あご》に小鳥のように尖った鼻。金色の髪の間から覗く耳は大きい。手には仄《ほの》かな緑に光る、魔法の杖《つえ》を持っていた。

「あっ……精霊さん、ごめんなさい。山に入ったことは謝るから、呪わないで！」

ファンターヌは大きな目に一杯の涙を浮かべた。

『怖がらなくていいさ。僕は悪い精霊じゃない。呪ったりしないさ』

「本当に？」

『本当さ、ファンターヌ。僕の名前はベトラーヴ。フダンソウの精なんだ』

「ベトラ……？」

『言いにくいなら、ベートでいいよ。さあ、帰り道はこっちだ』

ベートは先に立って歩き出した。

ベートの背丈はファンターヌと余り変わらない。

ファンターヌはすっかり怖さを忘れてしまった。

「ねえ、ベート。森には貴方《あなた》のような精霊が沢山いるの？」

ファンターヌは好奇心一杯の顔で訊ねた。

『いるよ。怖い奴も一杯いる。だから森には近づかない方がいいよ』

ベートは優しく言った。

「姉さんもみんなもそう言うの。でも私、ベートとなら友達になりたいわ」

『ふうん』

ベートは気のない様子で答えた。

「本当よ。森は怖いけど、ベートは親切だもの。いい精霊だもの。そうでしょう？」

ファンターヌは必死に訴えた。

ベートは立ち止まり、くるりと振り返った。

『じゃあ……僕と友達になる？』

「なる！」

『だったら、一つ約束だ。僕のことは誰にも言わない。友達になったことも内緒だ。それが約束できるなら、友達になっていいよ』

「約束する！　木の十字架《クロワ・ド・ボワ》、鉄の十字架《クロワ・ド・フェール》、もし私が嘘を言ったら地獄行き《シ・ジュ・マンジュ・ヴェ・アン・アンフェール》！」

ファンターヌがそう言って差し出した小指に、ベートは小指を絡ませた。

『契約完了。僕らは友達だ』

　ベートは少し嬉《うれ》しそうに言った。

「私、これでまた、ベートに会えるね」

『うん。多分、またいつかね』

　涼しい顔で言ったベートに、ファンターヌは眉《まゆ》を顰《ひそ》めて抗議した。

「どうしたらベートに会えるか教えて頂戴《ちょうだい》。また森で迷えばいいの？」

『それは困るな』

　ベートは少し考え、顔を上げた。

『森に大きな楡《にれ》の木があって、道が二つに分かれる所があるだろう？』

「うん、知ってる」

『君が一人でそこに居て、僕も精霊の仕事がなかった時は、合図をするよ』

「合図って？」

『見れば分かるさ』

　ベートが答えた時、二人の進む道は行き止まりになった。

『突き当たりの妖精《ようせい》よ』

　ベートはそう言って杖を振った。

『胡麻《ごま》よ、胡麻よ、千の胡麻』

　するとびっしり生えていた森の木々がしなり、二人の前に道を開いた。

二人は精霊の道を通って、楡の木の袂《たもと》までやって来た。

『気をつけてお帰り、ファンターヌ』

「有難う、ベート。私、毎日ここに来るわ」

『やれやれ……。それより早く帰りなよ。家族が心配してるぞ』

ベートの呆《あき》れたような声が、木々の向こうへ遠ざかって行く。

「さよなら、ベート!」

ファンターヌは急に家族の事を思い出し、家に向かって駆け出したのだった。

第五章　精霊たち

1

翌朝も平賀は早朝から調査に出掛けて行った。

ロベルトが遅れて目を覚ますと、机の上に新しいメモがある。そこにはエディン少年への質問やアドバイスが書かれていた。

（ちゃんと僕の話を聞いていてくれたんだな）

ロベルトは身支度を整え、早速、コラン家へ向かった。

玄関をノックすると、コリーヌが驚いた顔で現われる。

「これはロベルト神父、おはようございます」

「早い時間からすみません。エディン君のことで、役に立ちそうなアドバイスをお持ちしました」

「まあ、本当ですか！」

コリーヌは喜んでロベルトを招き入れた。

ダイニングではエディンが難しい顔で、朝食と格闘している所であった。というより、彼はオムレツから緑豆と玉ねぎを穿《ほじ》りだしていた。

「おはよう、エディン。今朝の体調はどうだい？」

ロベルトが声をかけると、エディンはパッと顔を輝かせた。

「サヴァサヴァ（元気）です、神父様」

「そう。それは良かった」

ロベルトは微笑み、エディンの皿をじっと見た。

「君は野菜や豆が嫌いなんだね」

「……だって、苦くて不味《まず》いもん」

「そうか。果物も嫌いなのかい？」

「……だって、酸っぱかったり、ぐちゅっとしてたりするから、気持ち悪い」

「じゃあ、チーズやチョコレートは好き？」

「大好き！」

二人が会話している所に、コリーヌが紅茶を運んで来た。

「どうしてこの子の好物をご存知ですの？」

コリーヌは不思議そうに首を傾げた。

「友人から確認するように言われたんです。それよりコリーヌさん、エディン君は睡眠が不規則だったり、不足気味だったりはしませんか？」

ロベルトが続いてした質問に、コリーヌは目を丸くした。

「ええ、そうなんです。赤ちゃんの時から眠りの浅い子で」

「やはりそうですか」

ロベルトは一人頷《うなず》くと、エディンにそっと耳打ちをした。

「怖い精霊にもう会わない、美味《おい》しい魔法のドリンクがあったら、君は飲むかい？」

「えっ、本当？」

「本当さ。ママに秘密の作り方を教えておくから、今日からそれを飲もうか」

「うん！」

エディンは元気よく答えた。

「エディン、そろそろ学校の支度をしてきなさい」

時計を見ながら、コリーヌが声をかける。

「はあい」

皿の上を散らかしたまま、エディンが席を立つ。

ロベルトはコリーヌに向き直った。

「コリーヌさん。エディン君が精霊を見てしまうのは、頭痛のない、頭痛の前兆ではないか、というのが、医学に詳しい友人の見立てです」

「頭痛のない頭痛？　何ですか、それは？」

コリーヌは眉を顰めた。

「医学的に言えば、ニューロンの過剰興奮とその抑制に関する問題らしいのです。

ともあれ、もしまた彼が精霊を見たと言った時は、額を冷やし、首の後ろをマッサージして、後頭部に血流を促すと、吐き気止めの効果があると考えられます。

そして彼が精霊を見た時の話をよく聞いて、周りに騒音や眩《まぶ》しい光があった、特定の匂いを嗅《か》いだなどの共通点がみられた場合は、それを避けるようにして下さい。

また、予防措置として大切なのは、普段の規則正しい睡眠と、偏食の改善です。

エディン君は野菜や果物の苦味、酸味、食感が苦手なようですので、甘みのあるジュースを作ってあげると良いでしょう」

ロベルトは平賀のメモを見ながらそう言うと、特製ジュースのレシピを書き、コリーヌに手渡した。

「これを『怖い精霊に会わない、魔法のドリンク』と言って、毎日飲ませて下さい」

「まあ、有難うございます。エディンの偏食には困っておりましたので、是非やってみます。魔法のドリンクだなんて言えば、あの子も喜んで飲みそうです」

コリーヌは大切そうに胸の前でメモを握った。

「ええ。暫《しばら》く様子をみるのは結構ですが、エディン君の吐き気が治まらないとか、頭痛を覚えるようでしたら、必ず医者にかかって下さい。トリプタン系鎮痛剤や、血管収縮剤が有効な場合も多いそうです」

「ええと、待って下さい」

コリーヌはキッチンからメモを取ってきて、「ジュース、頭を冷やす、首の後ろマッサージ、医者」と書いた。

そして顔を上げ、潤んだ目でロベルトを見た。

「本当に何から何までご親切に、有難うございます。様子を見て、息子を医者にもかからせます。でも良かった。エディンは精霊の呪いにかかったんじゃなかったのね」

「ええ。そうなんですが……」

ロベルトは言いづらそうに咳払《せきばら》いをした。

「僕は貴方《あなた》が昨日仰《おっしゃ》っていた、精霊の写真というのを拝見したいのです。今それが何処にあるかはご存知でしょうか」

「あら。バチカンの神父様も、やっぱり精霊を信じてらっしゃるの？」

「そうですね。世の中には様々に、不思議なことがありますから」

「ええ、そうですわよね」

コリーヌは立ち上がり、どこかに電話をかけた。そして暫く話した後、ロベルトを振り返った。

「精霊の写真が何処にあるか、義母に訊《たず》ねたら、知ってました。今、義実家にはないそうです」

コリーヌは一息置いて、言葉を継いだ。

「あの写真はファンターヌ・バザンに譲ったんですって」

「ファンターヌに……？」

ロベルトは思わず目を瞬《しばたた》いた。

2

コラン家を後にしたロベルトは、教会へ向かった。ファンターヌの下校を待つ間、教会の資料読みをしようと思ったからだ。

倉庫へ行き、棚に並んだ古い木箱の前に座る。

設計図を探していた前回とは違い、今度はさしたる目的がある訳ではない。また、資料自体に面白みがある訳でもない。

それでも時間をかけて読み進めるうち、村の歴史が漠然と浮かび上がってきた。

最も古い資料には、エズーカ山に出現した聖母の奇跡を調べる為に、マンドから大司教がやって来た日のことが書かれていた。

一二一四年五月五日、大司教はエズーカ山の祠《ほこら》を聖母出現の地と認めて「村に伝わる聖母像」を祝福し、聖なる山に教会を建てることを進言した、とある。

その表現から考えて、祠の聖母像は聖母出現の奇跡以前から祠にあったことが推測できた。ただ、聖母像がいつからあったか、誰が作ったかについては触れられていない。

次の記録は、村で聖マリー教会の建設が開始された、一二三〇年まで飛んでいる。

それ以降、エズーカ山の祠や聖母についての記録は、教会資料からすっかり姿を消していた。まるで意図的に隠してでもいるかのようだ。

（意図的か……。本当にそうかも知れないな）

ロベルトは溜息《ためいき》を吐いた。

十二世紀末から十三世紀、中世異端審問の嵐が最初に吹き荒れたのは、他でもない、ラングドックと呼ばれるフランス南部地方においてであった。

ラングドック（Langue d'Oc）の意味は、「オック語が話されている土地」だ。

オック語とは、ラテン語から派生したロマンス語の一つだが、北フランスで使われていたオイル語よりも、むしろイベロ・ロマンス系のカタルーニャ語に近い言語である。

そこからも分かるように、中世のラングドック地方には、北フランスとは異なる民族、異なる文化が存在していた。

九世紀にフランク王国が消滅し、後裔《こうえい》のフランス王国が北フランスを支配した時代、南フランスでは統一国家が興らず、オーヴェルニュ伯、トゥールーズ伯、フォレ伯、コマンジュ伯、ヴレイ伯、ジェヴォーダン伯といった多数の貴族諸侯が割拠して、独自の領土運営を行っていた。

穀物生産の比重が低く、果樹栽培と牧畜に重心のかかる農業構造を持ち、スペインや地中海との関係が深いこの土地では、交易が盛んに行われ、トゥルバドゥールと呼ばれる吟遊詩人達が各地を旅してオック語の恋歌を歌い、豊かな文化を育んでいた。

また吟遊詩人達は、キリスト教の聖者の歌も伝えて回った。

例えば一一七三年。リヨンに住む大商人ヴァルドは、吟遊詩人の歌う聖アレクシス伝を聞いて胸打たれ、聖職者の許《もと》を訪ねて、自分の魂が救われる方法を問うたという。

聖職者が「富を貧者に与えよ」と答えると、ヴァルドは喜捨を始め、また二人の聖職者を雇って、当時ラテン語のものしかなかった聖書をオック語に訳させた。

そうしてヴァルドの説いた福音は民衆の熱狂的支持を集めたが、カソリック教会はそれを良しとしなかった。

理由は簡単で、教会が聖職者にしか認めていない説教活動を、俗人の彼が行った為である。

ヴァルドはリヨン大司教から破門されても、なお活動を続け、一一八四年にはローマ法王ルキウス三世から異端宣告を受けるに至る。

ルキウス三世は教皇勅書『アド・アボレンダム（甚だしきもののために）』を告示して、治安を乱す異端者の捕縛や裁判の基準を示し、これがカソリック教会による公式な異端審問のルールとなったのだ。

続いてイノケンティウス三世が法王に就任すると、異端排除の対策は強化され、悪名高きアルビジョワ十字軍が行われることになる。

十字軍といえば、キリスト教の聖地エルサレムをイスラム教徒の手から奪還する目的で行われた東方遠征軍だが、アルビジョワ十字軍は、同じキリスト教徒でありながら、南フランスで隆盛を極めた異端のキリスト教、アルビ派（カタリ派）を滅する目的で行われたものだ。

南フランスのアルビ、カルカソンヌ、トゥールーズといった町々で多くの信者を擁していたアルビ派は、ローマ・カソリック教会が派遣する聖職者を堕落した者と断罪し、一切認めなかった。

そうして彼らは聖書に書かれた使徒のような生活、つまりキリストの教えに従って清貧を重んじ、さらには肉食や肉欲を拒絶する生活を人生の目標としたのである。

断食や厳しい修行を経て汚れた世俗と関係を断ち切り、完全な禁欲生活に達した信徒のことは「完徳者」と呼ばれ、一般のアルビ信者の尊敬を集めた。

そうした完徳者は人々の罪を取り除く力を持ち、その力によって、信徒は死後、速やかに天国へ行けると考えられていた。

当時はカソリックの聖職者による免償を受けなければ、人の魂は死後も煉獄《れんごく》で苦しむとされており、それを避けるには「贖宥状《しょくゆう》（免償符）」を買わねばならなかった。

だが、アルビ派は完徳者から簡単な儀式（按手礼《あんしゅれい》）を受け、アルビ派への入信が認められれば、たとえそれが死の間際だったとしても、迷わず天国へ行けるとされたのだ。

アルビ派の教えによれば、その昔、天上世界で悪魔と神の戦いがあり、破れた悪魔とそれに味方した天使が投げ落とされた場所こそが、地上世界なのであった。

つまり地上に落ちた悪魔が、現世という物質世界を作り、天使達の魂を肉体に封じて、人間を作ったのである。

人の魂は元々天界のものなので清らかだが、悪魔に作られた穢《けが》れた肉体に閉じ込められている。そこで人は現世の悪を拒絶して、正常な存在——つまり完徳者とならなければ、元の清らかな魂となって天上に帰ることができない。そうでない者の魂は、死ぬと他の人間や動物の肉体に再び閉じ込められてしまうという。

主キリストは、そのような世界の成り立ちと、「魂の」救済の為に天から使わされたメッセンジャーであり、肉体を持たず地上に現われた存在だとされた。従って、磔刑《たっけい》にあったのはキリストではなく別人の誤りで、肉体の復活もなかったと考えられた。

そこにはグノーシス主義や、マニ教の二元論と同様の思想が見て取れるのだが、一般信者はそんな事など知る由もなかっただろう。

人々はアルビ派の教えに、救いや安らぎを求めたに過ぎなかったし、それがキリストの教えであると、疑いもなく信じていた。

そして信徒達は、自らの魂が死後、天上へ帰還できるよう願って完徳者の生活の面倒を見、完徳者は俗語で聖書を読んだり、説法を行ったりしたのだ。

吟遊詩人らの活躍もあって、瞬く間に広まっていったアルビ派だったが、これを大きな脅威と感じていた存在といえば、やはりカソリック教会であった。

一一一九年、法王カリクストゥス二世がトゥールーズへ赴き、アルビ派の異端者に対してカソリックへ戻るよう説教した記録があるほか、歴代法王は何度も法王使節を南フランスへ派遣し、アルビ派撲滅運動を行わせた。だが、それらは悉《ことごと》く失敗に終わった。

カソリック内部にも、「堕落した聖職者では、アルビ派の蔓延《まんえん》を食い止められない」と考える一派が生まれた。彼らはアルビ派の完徳者と同じ無所有と断食の生活を行いながら、アルビ派に対して改宗を迫るという布教活動を開始する。後に多くの異端審問官を輩出したことで知られる、ドミニコ会の誕生である。

そうした動きの中、遂に運命が動く日がやって来た。

一二〇八年、法王使節として南フランスに派遣されたピエール・ド・カステルノーが、ローマへの帰路、トゥールーズ伯の側近に殺されるという事件が起こり、法王イノケンティウス三世は、アルビ派撲滅の十字軍派兵を決定したのである。

法王は諸国の貴族に回勅を発し、極悪なるトゥールーズ伯、また異端アルビ派を幇助《ほうじょ》して改宗の義務を怠った諸侯を聖戦の敵と宣言した。そして、彼らが所持する南フランスのほぼ全域を、この戦いに勝利した者が所有すると承認したのである。

フランス北部、中部から名だたる貴族や騎士が集められ、カソリックの大司教や聖職者、町人、また傭兵やリボーと呼ばれる無類の輩《やから》らが十字軍の兵となった。

かくして南仏に殺戮《さつりく》と略奪、放火の嵐が吹き荒れる。

戦乱は二十年に亘《わた》り、独自の文化を誇った南フランスを壊滅的に荒廃させた。

そして一二二六年。北フランス王ルイ八世の参戦を機に、戦いは北フランスによる南フランス統一に向かって加速していき、ルイ八世の死によって即位したルイ九世の弟と、トゥールーズ伯の娘の婚姻をもって、一二二九年に終結を迎えたのである。

アルビジョワ十字軍がもたらしたものは結局、北フランス王によるフランス統一、そして各地への異端審問所の設置であった。

一二三二年から活動を開始した異端審問官は、各地を回ってアルビ派の残党を狩りだし、遺体を掘り出して火刑としたという。その活動はスペイン、北フランスへと広がり、アルザス、ラインラント全域へと拡大していく。

セレ村の領主ジェヴォーダン伯は、もとより自らの領地を法王領としてカソリックに寄進し、教会の後ろ盾を得ていた立場であったから、アルビジョワ十字軍にも、他の十字軍にも積極的に参戦していた記録がある。

聖マリー教会の建築時期がやけに長引いたのも、そうした事情のせいだろう。

第七回十字軍の後、ルイ九世がフランスに戻り、ル・ピュイに黒い聖母を贈った際、ジェヴォーダン伯が同行の栄誉に与《あずか》ったことも、教会記録には書かれていた。

そして一二五八年、コルベイユ条約によってジェヴォーダン地方が正式にフランス領となったのを記念して、伯爵がルイ九世から青い布を賜った、と記録にあった。聖マリー教会に伝わる『青き聖衣』の正式な由来である。聖母マリアの衣とは無関係だったが、聖王ルイ九世から賜った布であるのは確かなようだ。

ロベルトは一つの発見をした気分になって、さらに教会記録を手繰った。

その後、聖王ルイ九世の影響から、この地方では藍《あい》染めの為のゲード栽培と機織りが盛んになっていた。各地との交易が行われた記録もある。

だが平和も束の間、十六世紀から十七世紀にかけて、この地方は再び宗教戦争に揺れ動く。プロテスタントが勃興《ぼっこう》し、カソリックとの軍事衝突の舞台となったのだ。

教会を潰《つぶ》され、牧師を殺され、迫害されたプロテスタント信徒の多くは、異端審問官から逃れる為に、中央高地の荒れ地に身を潜めた。カソリック側のフランス王国軍が彼らを追い、プロテスタント信徒らはパルチザン化する。

そのような中で、あの『ジェヴォーダンの獣』事件が発生していた。

セレ村から被害者は出ていないが、森で巨大な獣を目撃したという訴えや、家畜の被害が頻発していた。加えて飢饉《ききん》も起こっていた。

人々の嘆きや、生活の苦しみの訴えが数多く刻まれている。

ジェヴォーダンの獣の正体が何であったかは、現在も分かっていない。

ただこの時期、長引く内乱によって田畑や山里が荒らされ、野生生物にも影響を与えた可能性がある。山の縄張りを荒らされた獣たちが、里に出没するようになったのだ。

或《ある》いは、異端審問から魔女裁判の嵐が吹き荒れたヨーロッパの中世末期においては、異端者と人狼《じんろう》が関連づけられていた時期があったといわれている。

狼は昔から、悪魔の化身とされてきた。そして中世末期において、教会の権威に逆らった人間を亜人間、すなわち『狼人間』として、社会や共同体から追放する刑があったという説がある。追放された者達は、狼のような耳をつけ、毛皮を纏《まと》い、野原で彷徨《さまよ》わねばならなかったというのだ。

ジェヴォーダンの獣と呼ばれるものの一部は、そうした人間だったかも知れない。

悲しく忌わしい記録の連続に、ロベルトが溜息《ためいき》を吐いた時である。

彼の目は『青い鳥』という単語と、不思議な記録を捉《とら》えた。


一七六六年五月。聖堂に青い鳥が現われた。

村人らがパンや木の実を鳥に与えると、一羽の鳥が聖歌を歌ってそれに応《こた》えた。

不安と絶望に怯《おび》える村人らの心を癒《い》やす美しい歌声に、司祭はその青い鳥が聖母の化身であると皆に教えた。


「何だって……？」

ロベルトは目を瞬《しばたた》いた。

何ということだろう。過去、村の教会にも青い鳥は姿を見せていた。

そして聖歌を歌ったとある。

しかも村の人々が絶望していた渦中というタイミングでだ。

その歌声はどんなに村人の心を潤し、救っただろうか。まさに奇跡的としか言い様のない出来事である。

それから長い時を経て、青い鳥は再びセレ村に現われ、今度はファンターヌの目を癒やしたのだ。

「やはり今回のことは、聖なる奇跡……か」

ロベルトは独り言を呟《つぶや》いていた。

3

陽が翳《かげ》り、資料を読むのも限界となって、ロベルトは倉庫を出た。

ファンターヌも学校から帰っている時間だろう。

ロベルトはバザン家へ向かった。

玄関扉をノックすると、母親のグラシアーヌが現われる。

「まあ、ロベルト神父。ようこそいらっしゃいました。日曜ミサの講話、素晴らしかったですわ。娘達と丁度今、その話をしていたんです」

「勿体《もったい》ない御言葉です。今日はファンターヌさんにお話があって来ました」

「ファンターヌですか……」

グラシアーヌは顔を曇らせた。

「どうしました。彼女に何か問題でも？」

「折角、目が見える様になったというのに、あの子の様子がおかしいんです。物思いばかりして、ふさぎ込んで。なのに、私には理由を話してくれないんです」

「一人で考えたいことがあるのかも知れませんね」

ロベルトの言葉に、グラシアーヌは溜息を吐いた。

「年頃ですからね。反抗期でしょうか……。上の娘二人は気性も私に似て、顔を見ていれば大抵、何を考えているのか分かったんですけど、ファンターヌは……。昔から気難しい子ですし、夫に似て無口ですし。何か良くない事を考えてなきゃいいんですけど」

「良くない事といいますと？」

「例えば、自殺……とか……」

グラシアーヌはひっそりと言った。

「娘さんがご心配なんですね」

「心配ですし不安ですわ。もし宜《よろ》しかったら、神父様、あの子の悩みを聞いてやって下さい。貴方《あなた》のような立派な方になら、心を打ち明けるかも知れません」

「ひとまず話はしてみますが……。彼女は今、何処に？」

「裏庭の楡《にれ》の木の所です。こちらです」

グラシアーヌは玄関側の脇道を示し、先に立って歩き出そうとした。

ロベルトはその腕をやんわり摑《つか》んで引き留めた。

「ここからは僕一人で。構いませんか？」

「そう、ですわね。それがいいかも知れません。あの子をお願いします、ロベルト神父」

グラシアーヌは胸元で手を合わせた。

ロベルトが裏庭に行くと、楡の木陰に佇《たたず》むファンターヌの姿があった。

最初に会った時と同じように、夕風に長い髪を靡《なび》かせている。

ロベルトが草を踏む足音は耳に届いているだろうに、心ここにあらずといった風情で、どこか遠くを見詰めたままだ。

その視線の先は、この世では無く、別の世界に向けられているかのようだった。

ロベルトは少し考えた後、楡の木の幹をコンコンと指で叩《たた》いた。

「一寸《ちょっと》、お邪魔していいかな」

するとファンターヌは、ハッと驚いた顔で振り返った。

「あっ……ロベルト神父」

「こんばんは、ファンターヌさん。考え事の邪魔をしてしまったかな」

ファンターヌは無言で首を横に振った。

「ここに座らせてもらって構わないかい？」

「え、ええ。どうぞ」

ロベルトは楡の木に凭《もた》れて座った。

ファンターヌもそっと隣に腰を下ろす。

暫《しば》く沈黙の時間が流れた。

「青い鳥のお話」

　ファンターヌが不意に口を開いた。

「面白かったです」

「ああ。ミサの講話だね」

　ロベルトは前を向いたまま応じた。

「はい。昼休みに『青い鳥』の本を図書室で探して読みました」

「そうか。君、読書が好き？」

「はい」

「そう。僕もだ」

　ロベルトの言葉に、ファンターヌは微《かす》かに微笑んだようだった。

　また暫く沈黙があり、ファンターヌが切り出した。

「精霊の国って何処にあるんでしょう。『青い鳥』は、夢の中の話みたいでしたけど」

「どうだろうね。土の下や海の彼方《かなた》には常若の国というのがあって、精霊達が楽しく暮らしているという伝説がある。本当に行ったという人の話も聞いたことがあるよ」

　ロベルトはアニエスの話を思い出して言った。

「本当に？」

　ファンターヌは目を大きく見開いて、ロベルトを振り返った。

「うん、本当」

　ロベルトは微笑んだ。

「それはどんな所だって聞きましたか？」

「花畑があって、羽のある精霊達が飛び交っていて、人も沢山いたそうだ」

「やっぱりそうなんですね。ユニコーンは？」

「ユニコーンのことは聞いてないな」

「そうなんだ……。その子は乗らなかったのかな」

ファンターヌはぽつりと呟いた。

「その子？」

ロベルトは思わず問い返した。

「精霊の国に行った子です。子どもにしか行けない国ですもの」

「ふうん。僕が聞いた話では、大人でもその国に行くと、子どもに戻るらしい」

「本当に？　それが本当だったらいいな……」

朝の光が薄氷にさしたような輝きが、ファンターヌの顔に宿った。

そうしてまた無言の時間が流れる。

「もしかして……君も精霊の国に行ったんだね」

ロベルトがそっと訊《たず》ねると、ファンターヌはコクリと頷《うなず》いた。

「綺麗《きれい》な花畑があって、空には二重の虹《にじ》がかかってました。私、そこでベートという精霊のお友達と、色んな冒険をしたんです」

「ユニコーンに乗ったり？」

「ええ。それに空を飛んだり、夜の国にも行きました。満天の星が手に触れられそうに輝いていて、ベートは不思議な話を沢山、聞かせてくれた。楽しかった……」

ファンターヌの声が震えた。目には涙が一杯溜《た》まっている。

恐らく夢か空想なのだろうが、彼女にとって、その思い出がかけがえのない物だということは伝わってくる。

「大切な思い出なんだね」

ロベルトの言葉に、ファンターヌは頷き、空を見上げた。

「ベートは私の初めての友人で、特別な存在……。耳の大きなフダンソウの精霊で、魔法の杖《つえ》を持っていて、全身緑色の葉で編んだような不思議な姿をしているの。それに草や木のこと、動物たちのことを何でも知っているのよ。

いつもはとっても優しい精霊なんですけど、それだけじゃなくて、面白くて、たまに意地悪なんです。私がずっとベートといたいから、結婚しましょうと言ったら、断られちゃったんですよ」

ファンターヌはふっと泣き笑いをし、その時のことを回想した。

——あれはベートと会うようになって、三年目の夏だった。

その頃には、ファンターヌの背は伸びて、ベートよりずっと大きくなっていた。

とても小さなベートだけれど、ベートはいつも紳士的で、立派な大人のようだと感じられた。

岩場に腰掛ける時も、どうぞ、と言って手を貸してくれる。

「ベートって大人っぽくて素敵ね」

ファンターヌが言うと、

『ま。これでも五百歳だからね』

ベートは自慢げに答えた。

「だから何でも物知りなのね」

『ふふっ。まあね』

村の子達はいつもファンターヌの髪がヘンだと言ってひっぱったり、おかしな子だと言って小突いたりするのに、ベートはとても優しかった。ファンターヌはそんなベートが大好きだった。

「私、ベートが大好きよ」

『そう。僕もだよ、ファンターヌ』

「また精霊の国に行きたいな」

『もう無理だよ。君はそんなに大きくなったんだから、入れない。入り口につっかえちゃうぞ』

「そんな事ないわよ。精霊の国はセレ村よりも大きかったわ」

『ふふっ。まあね』

「もし私とベートが結婚したら、精霊の国で一緒に暮らせるようになる？」

ファンターヌは本気だった。

ベートは驚いた顔をした。

『駄目だよ。精霊と人間は結婚なんて出来ない』

「でも昔は結婚した人もいるって、本で読んだわ。二人は池の底でずっと仲良く暮らしたんですって」

『大昔にはそんなこともあったかな……』

ベートは茜色《あかねいろ》の遠い空を見上げた。

『ねえ、ファンターヌ。君はこれからもっと大きくなる。そしてとっても素敵な女性になるだろう。セレ村を離れて自由に何処へでも行ける。君と僕は全く違うんだ』

そう言ったベートは少し寂しげに見えた。

「違ったっていいじゃない。違うからって、それが何。女の人の方が背の高い夫婦も一杯いるわ。私はベートとずっと一緒にいたい。だって大好きなんだもの」

するとベートは少し頰を赤らめて、

『有難う』

と言った。

でもすぐに立ち上がって、ふっと木陰に消えてしまった。

「ベート、何処に行ったの？」

ファンターヌの声が森に響いた。

『そろそろ君は家に帰らないと。夕飯の時間だろう?』

木陰から声が聞こえる。

ファンターヌは声のする方を探したが、ベートの姿はなく、声だけが聞こえる。

「魔法を使って隠れたのね。出て来て、ベート」

『大人になれば皆、精霊が見えなくなるんだ。こんな風にね。いい子だから今日はもうお帰り、ファンターヌ』


ファンターヌは思い出から覚め、溜息《ためいき》を吐いた。

「私の目が治って、ようやく森へ行けるようになったのに、ベートは現われてくれないんです。前は私が一人で大きな楡《にれ》の所にいると、光の精霊がやって来て、ベートの所に連れて行ってくれたのに……」

ファンターヌはベートとの出会いや、お伽話《とぎばなし》のような思い出をとりとめなく語った。

耳を済まして聞く彼女の声は、古《いにしえ》の楽器のような響きを持っていた。

ロベルトは静かにそれを聞いていた。

ファンターヌはひとしきり話し終わると、目に浮かんでいた涙を拭《ぬぐ》った。

「ベートの話をしたのは神父様が初めてです。なんだか不思議な気分。私はずっとベートと話したいとばかり思ってたのに、ベートの話をしちゃうなんて……」

「胸の中の思いを誰かに話すと、気分がスッキリする事もあるからね。誰にも言えない秘密の話し相手として、神父はそう悪くないよ。口が堅くて、守秘義務もある」

ロベルトが柔らかく言うと、ファンターヌの表情が和らいだ。

「ふふっ、そうですね」

「またその友人に会う時までに、君も少し元気になっていないとね……。僕にも会えなくなった大切な友人がいるんだよ」

「神父様にも？　その時、神父様は悲しくなかったんですか？」

「悲しかったし、寂しかったよ。僕の友人もとても物知りでね。僕に沢山のことを教えてくれたんだ。彼と会えなくなって辛《つら》かったけれど、いつかは会える日が来るかも知れないだろう？

その時は笑顔で色んな話ができるように、僕はもっと本を読んだり、勉強をしたり、色んな物を見ようって思ったものさ」

「そうなんですか。私もそんな風にしたら、もう一度、ベートに会えるかな……」

「そうしていればいつかベートに会った時、彼をもっと良く理解できるんじゃないかな。僕はね、予想とはまるで違う形だったけど、彼と再会できたんだ。そして彼のことをもっと理解することが出来た。嬉《うれ》しかったよ」

ロベルトの言葉に、ファンターヌは小さく頷いた。

それからまた、二人の間に沈黙が流れた。

「あっ」

ファンターヌは突然声をあげると、大きな目を見開き、ロベルトを振り返った。

「そう言えば神父様はどうして此処《ここ》へ？　私に何か御用でしょうか」

ロベルトはその変わり身に驚いて、クスッと笑ってしまった。

「うん、まあね。一つお願いがあって来たんだ。さっき、森の楡の木の所にいると、光の精霊がやって来ると言ったね」

「はい、言いました」

「コランさんから精霊の写真を貰《もら》ったのは、それが理由？」

「えっ？」

「実はコランさんから聞いたんだよ。君に精霊の写真を譲った、って」

「ええ、そうなんです。噂を聞いて、譲って頂きました。私の宝物です」

「その写真、僕に一日だけ、貸してもらえないだろうか」

ロベルトの言葉に、ファンターヌは少し考え、コクリと頷《うなず》いた。

そしてエプロンのポケットから、ハンカチに包んだ写真を取り出して、ロベルトに手渡した。

掌《てのひら》の上でハンカチを開いたロベルトは、目を丸くした。

三枚の写真には、背中に羽のある、輝く精霊の姿が七体、ハッキリと写っている。

お伽話から抜け出してきたような精霊達は、薄衣《うすぎぬ》をまとって緑の木々の間の中空に浮かび、楽しげに舞い踊っていた。

4

ギッと音を立てて、宿の玄関扉が開いた。

ダイニングに座っていたロベルトが、精霊の写真から顔を上げると、またも泥だらけの平賀が立っている。

「やあ、お帰り……。今日も凄《すご》い格好だね……」

「ただいま、ロベルト。今日はなかなかの収穫があったんですよ」

平賀は爽《さわ》やかな笑顔で、枝や葉や石の入ったビニール袋を掲げた。

あれらの分析に取りかかると、また暫《しばら》く会話にならないと考えたロベルトは、平賀の前に三枚の写真を差し出した。

「一寸《ちよつと》、これを見てくれるかい？」

「何ですか？」

平賀は首を傾げた。

「昨日話した、ドナルド・コランが撮ったという精霊の写真だ。それをファンターヌが譲り受けてたんだ」

「えっ、これがですか？　こんなにハッキリ精霊が写っているなんて、驚きました。予想外です。素晴らしい」

平賀は虫眼鏡を構え、写真を食い入るように見た。

「全ての個体の背中に羽が生え、発光しています。人間ではありませんね。虫や他の生物でもない。自然現象でもありません。近くに写った葉と比較して、大きさは拳大《こぶしだい》ほどでしょうか。まるでお伽話の妖精《ようせい》達のようです。

独特の風合いから見て、撮影したカメラはアナログでしょう。多重露光でもなさそうですが、よく分かりません」

平賀はそう言うと、目を擦《こす》って再び写真を凝視した。

「この右側に写っているのは、森の分かれ道にある楡の木じゃありませんか？」

「ああ、確かにファンターヌもその辺りで、何度も光の精霊に会ったと言っていた」

「ファンターヌがですか？」

「うん。詳しくはまた話すよ。けど、どうして君にそれが分かったんだい？」

「私は毎日、森に通ってるんですよ。あの木の瘤《こぶ》や葉のつき方の特徴は覚えてます」

「それは君らしいな」

「ロベルト。今から森へ行って、精霊のいた場所を調査しませんか？」

瞳《ひとみ》を輝かせた平賀に、ロベルトは首を横に振った。

「いや。もう時間が遅いから、出掛けるのは明日にしよう」

「分かりました。確かに、あの森は危険ですものね」

「……あ、ああ」

妙に聞き分けのいい平賀に、ロベルトは内心驚いた。

「それでは私は今から教会へ行き、シン博士にこの写真を見て頂いて、意見を伺おうと思います」

「なら僕も行こう。少しネットで調べたいことがあるんだ」

「私はこの写真をスキャンして来ます。待ってて下さい」

平賀はリビングの方へ走って行った。

ロベルトも自室に行き、自分のパソコンを用意する。

二人は揃って宿を出た。

「そうだ平賀、エディン君の件ではアドバイスを有難う。君の予想通り、彼は野菜嫌いで果物嫌い。チーズとチョコレートが大好きで、睡眠の浅いタイプだった」

「やはりそうですか」

「ひとまず君がメモに書いてくれた通りに、対処法は伝えてきたし、野菜ジュースのレシピも書いてきたよ」

「野菜ジュースを勧めたのは、いいアイデアです。流石はロベルトですね」

平賀は微笑んだ。

「それはいいんだけど、『頭痛のない、頭痛の前兆』ってどういう意味なんだい？　母親に聞かれて、僕も困ってしまったよ」

「簡単に言えば、大脳皮質ニューロンの過剰興奮とその抑制に関する問題なんです」

「うん。そこまでは君のメモに書いてあったから、僕も知ってる。けど、それが原因で精霊が見えるというのが分からないんだ」

「あっ、そこですか」

平賀は目を瞬《しばた》き、話し始めた。

「頭痛の原因というのは多岐に亘《わた》りますので、単純に見えてなかなか複雑な問題です。ですが話を聞く限り、エディン君の症状は偏頭痛の特徴に近いと思われました。

偏頭痛とは、明らかな脳の器質的病変を伴わない頭痛で、欧米人のおよそ十から十五パーセントが持病として持つとされる、拍動性の頭痛です。

おおまかなプロセスとしては、ストレスなどによって脳が刺激され、セロトニンが大量放出されて、脳の血管を収縮させます。その後、セロトニンが分解されて減少した際、今度は反動で広がった血管が頭痛を引き起こすのです。

頭蓋内血管の神経終末が刺激され、神経ペプチドが放出されると、その興奮が脳に伝わり、その結果、悪心《おしん》や嘔吐、光や音や匂いに対して過敏になるといった症状が現われます。

また、偏頭痛患者の中には、頭痛が起こる数時間前から、急に肩が重くなったり、視野障害が起こったり、時にはキラキラ光る境界を持つ多数の暗点、すなわち閃輝《せんき》性暗点を見たりといった前兆症状を訴える者がいるのです」

「肩が重くなって、光を見る……か。まさにエディン君の症状だ」

「ええ。前兆のない偏頭痛患者の方が割合的には多数なのですが、それとは逆に、前兆だけがあって、頭痛が起こらないケースというのも稀《まれ》に存在するんです」

「成る程……そうか、そういう事だったのか」

ロベルトは感心して唸《うな》った。

「ですので症状の予防としましては、一般的に睡眠不足や栄養不足の解消と、血管の縮小効果があるチラミンを含む食品、例えばチーズやチョコを避けるのが良いとされています。アルコールも悪影響と考えられますが、エディン君には無関係でしょう。

ただ、彼の場合は叔父《おじ》が同様の症状を訴えていたことから、遺伝的性質が原因である可能性も考えられます。カルシウムやカリウムイオンの細胞間輸送の機能不全といった傾向が強くあるかも知れません。早めに病院にかかることをお勧めしたいです」

「母親は暫く様子を見て、医者にも診せると言っていたよ」

「そうですか。それなら良かったです」

平賀はほっと安堵《あんど》の息を吐いた。

「それじゃあ平賀、君は昨夜《ゆうべ》の時点で、エディン少年の見た精霊の正体が、閃輝性暗点だと疑っていた訳かい？」

「疑うといいますか、エディン君には頭痛の前兆だけがあって、頭痛そのものはないようでしたから、そうしたケースも有り得るのかどうか、事例を調べようと考えました。

あとは閃輝性暗点がどうやって写真に写るのだろうかと、疑問ではありました。

それがまさかこんな精霊の写真を手にすることになるとは、本当に驚きです」

平賀はそう言うと、手に持った精霊の写真を見た。

「まあ、僕も別の意味で驚いたよ。羽の付いた精霊の写真だなんて、まるでコティングリーの妖精写真だ」

「コティングリーですか。聞いたことがあるような……」

「コティングリー村はイギリス中北部の田舎町だ。エルシー・ライトとその家族らが暮らしていたその村に、一九一七年四月、フランシス・グリフィスとその母親がやって来た。フランシスは十歳、エルシーは十六歳で、二人は従姉妹《いとこ》同士だった。

二人の少女が毎日のように、家の近くの小川へ出掛けて行くので、エルシーの母親は心配し、どうしてそんなに小川へ行くのかと訊《たず》ねた。するとエルシーは『妖精に会いに行ってる』と答えたんだ。

当然、母親は娘の話を信じなかった。だけど、エルシーが父親のアーサーからカメラを借り、アーサーがそのフィルムを現像すると、そこにはフランシスの前で踊っている四人ばかりの妖精達が写っていた。

アーサーも当初は、娘達の悪戯《いたずら》だと思って相手にしなかった。すると今度はもう一枚、ノームと呼ばれる大地の精霊がカメラに収められたんだ」

「ああ、私も何かで見た事があります。タイツ姿で、背中に羽のようなものがある、身長三十センチほどの精霊が、少女の膝《ひざ》に飛び乗ろうとしている写真ですね」

「そうそう、それさ。二枚の写真の噂は人を介して、シャーロック・ホームズの産みの親として有名な推理作家、アーサー・コナン・ドイルの手に渡る。

当時、ドイルは妖精に関する資料を集めていたんだが、雑誌編集者の友人から話を聞いて、神智学協会『ブラヴァツキー・ロッジ』のロンドン支部長、エドワード・L・ガードナーに辿《たど》り着き、エルシー達と妖精の写真を手にするんだ。

ドイルは驚いて、それを記事にしようと思ったが、やはりその前に鑑定が必要と考えた。そして写真家などの専門家に鑑定を依頼したんだが、二重写しや合成などのトリックの痕《あと》は発見できず、写真が偽物だという決定的な証拠は得られなかった。

また、多忙なドイルの代わりにコティングリーで調査を行ったガードナーは、エルシーやフランシス、その家族らの素朴で正直な人柄に打たれ、この人達が手間暇をかけて他人を騙《だま》す筈《はず》はないと、ドイルに伝えた。ついでにガードナーは当時珍しかった高性能カメラを少女達にプレゼントし、少女達はさらに三枚の妖精の写真撮影に成功する。

かくして写真が本物だと確信したドイルは、ホームズの連載で爆発的人気を得ていた『ストランド・マガジン』に妖精の記事を書き、二号に亘って掲載された結果、妖精を信じる者と信じない者の間で、イギリス中を巻き込む論争が沸き起こった。

さらに新聞やメディアも妖精の話題に注目し、田舎町コティングリーに観光客や記者達が大勢押し寄せる騒ぎになったんだ」

「それにしても、コナン・ドイル氏が妖精《ようせい》研究とは、意外ですよね」

「うーん、そうでもないかな。ドイルの伯父は詩や小説の挿絵に妖精を描いて、『妖精国の宮廷絵師』と呼ばれた妖精画家だったし、精神障害を抱えていた父親のチャールズも、病室で幻想的な妖精画を多数残している。

そうした幼児体験が、ドイルを神秘主義に傾倒させたといわれているよ」

「そうだったんですか。私は知りませんでした」

「当時のイギリスはスピリチュアリズム（心霊主義）の真《ま》っ只中《ただなか》で、霊媒による死後の世界との交信や、降霊会、超能力のパフォーマンスが盛んに行われていた。人は肉体と霊魂からなり、肉体が消滅しても霊魂は存在する。だから、死者の霊とは交信可能だ。そんな信仰や活動が、宗教運動とも呼べるスケールで沸き起こっていたんだ」

「二十世紀になっても、人は昔と余り変わらないものなんですね」

平賀の呟《つぶや》きに、ロベルトはクスッと笑った。

「本当だね。十七世紀に近代自然科学が発展し、人々は聖書の世界観に違和感を持つようになった。十八世紀には理性主義や啓蒙《けいもう》主義が広がり、十九世紀の通信手段の発達によって、多くの人々が多くの情報に触れられるようになった。

そうして急速に産業が発展し、文明化が行われる一方で、宗教的なものや精神的なものへの枯渇状態が生まれたのだろう。

もし、目に見える物だけにしか真実がなく、見えない物は存在せず、死後には何も残らないとしたら、人の人生とは何なんだろうと、人々は考えた。心霊学ブームは、キリスト教が零落した時代にあって、彷徨《さまよ》い悩める人々のよすがであったんだろう。自分自身や親しい人の病苦や死、その悲しみや未知なものへの不安。そうした数々の悩みや苦しみは、時代が変わってもさほど変わらない。教会や聖職者に代わってそうした問題を解決する何かを、人々は求めたんだ。

降霊会などで起こる不可解な現象に数々のトリックが用いられていることは、近代スピリチュアルブームの当時から認識されていたという。だがそれでも心霊主義が存続したのは、人々の心の弱さ、いや人間らしさ故と言えるかも知れないね」

「成る程……」

平賀は深く頷《うなず》いた。

「そう言えば、メーテルリンクの『青い鳥』が初演されたのも、一九〇八年だった。メーテルリンクも植物の生態や人の生死、自然の営みの中に、不可視なる神秘性を感じた作家の一人といえる。彼は死後の意識について考察し、死はまだ解明されていない未知の生の一形態だと述べて、その著書がカソリックから禁書目録に指定されたね」

「『青い鳥』の作者の作品が禁書指定というのも、何だか意外な話です」

「そうかい？ ついでに言うと、メーテルリンクが『青い鳥』を執筆する際、インスピレーションを得たとされるのが、ノヴァーリスの未完の小説『青い花』だ。それは夢で見た印象的な青い花を忘れられない主人公が、旅の中で出会った人々から甘美で幻想的な物語を聞いていく、というストーリーなんだ。

この青い花に喩《たと》えられているのが、ノヴァーリスが運命的に出会った十二歳の少女ゾフィーで、彼女は四ヵ月後に彼の婚約者となるが、間もなく病没してしまうんだ。永遠に会えない恋人への恋歌だとか、一度すれ違っただけの女性に恋する詩なんかは、中世の吟遊詩人達の歌うテーマにもよくあるんだけど、彼らはファムファタール、すなわち宿命的で女神的な女性との出会いを通して、不可思議な幻想を巡る旅に出かけるんだ。彼らが恋い慕ったものは、神秘の女神に他ならないんだろう」

「へえ」

平賀は間の抜けた相槌《あいづち》を打った。

「ああ、すまない。君はこんな話に興味はなかったか」

「いえ、とても面白いですよ。分からないだけで」

平賀は目を瞬《しばた》いた。ロベルトは小さく咳払《せきばら》いをした。

「ええと、何処まで話したかな。そうそう。コティングリーの話さ。結局、ドイルの死から三十五年後、エルシー・ライトが『デイリーエクスプレス』誌に、妖精の写真は偽造だったと告白したんだ」

「しかし、少女達はよく専門家達の目を騙したものですね」

平賀は感心したように言った。

「実際のところ、専門家達が調査したような、高度な合成や二重写しなどの手法は、あの写真に使われていなかったからね。

エルシーは『プリンセス・メアリーのギフトブック』という本にあった絵を厚紙に模写して羽を描き足し、ハサミで切って地面や木にピンで固定したものを撮影していた。実に原始的なトリックだったんだ」

「しかし少女達は何故、事実を黙っていたんでしょう？」

「ほんの悪戯でやったことが大騒ぎになって、真実を告白するのが怖くなったんだ。それに、ナイトにも叙せられたコナン・ドイルの名誉を傷つけたくなかったそうだよ。ただしエルシーは最後まで、妖精を見たことは本当だと主張していた。見えていたけど、写真には写らなかっただけだとね」

「彼女らの体調の異常や、頭痛の有無などは記録されていないのでしょうか？」

「僕は見た事がないな。閃輝《せんき》性暗点の可能性が考えられそうかい？」

「いえ。記録がないなら、判断は不可能です」

平賀が答えた時、二人は聖マリー教会に到着した。

5

平賀とロベルトがそれぞれのパソコンを開いて作業を開始すると、間もなく平賀のパソコンがアラート音を鳴らした。

平賀はテレビ電話を立ち上げた。

「はい、平賀です」

『どうも。チャンドラ・シンです』

「今、博士にデータをお送りしました。ご覧頂けましたか？」

『ええ。たった今、受け取りました。ですがファイルを開く前に、データの内容を伺おうと思い、ご連絡した次第です』

シン博士は澄ました顔で言った。

「内容ですか？　写真データ三枚分ですが」

『何の写真なのかを聞かせて下さい。まさか忌わしい物ではないでしょうね』

「多分、忌わしくはないかと思います。写っているのは精霊です」

『ほう……？』

シン博士は疑うような顔つきで、そっとマウスをクリックした。

そしてみるみる瞳《ひとみ》を輝かせた。

『おお……何ということでしょう！』

「驚かせてしまったでしょうか」

平賀は申し訳なさそうに言った。

『このような驚きであれば、いつでも歓迎です。まさか貴方《あなた》から美しい精霊の写真が送られてくる日が来るとは、思いも寄りませんでした』

「博士にその写真が本物か偽物か、鑑定して頂きたいのです」

するとシン博士はコホンと咳払いをした。

『詳細は後ほど調べるとして、まずは分かったことをお伝えします。

これはアナログフィルムによる撮影ですね。羽の部分がブレているのは、精霊達が羽を動かしていたことの証拠といえるでしょう。

そしてこの三枚の写真データから言えることは、これらが映写機で投射された映像ではないということです。それならば、投射の光が背後の木や葉に写っていなくてはならない。ですが、これらの精霊は宙に浮かんだ状態です。

背景部分との不整合、精霊の姿の不具合のような箇所も見当たりません』

「つまりは仮に作り物やトリックだとしても、相当精巧なものというご見解ですね」

『ええ、そのように思います。これは何処で撮影されたのです？』

「セレ村から南に広がる森の中です」

『では、森の精霊ですね』

シン博士は嬉《うれ》しそうに言った。

「博士は精霊の実在を信じてらっしゃるのですか？」

『さほど熱心に信じてはいませんが、私は昔、アプサラスを見たことがあります』

「アプサラスとは？」

平賀が首を傾げる。

『インドに伝わる水の精霊です。踊りの名手で、神々の接待役として踊りを見せることを仕事としているといわれます。

あれは私が十代の頃、寺院でひと夏を過ごした事がありました。

そうしてある夜、窓辺から池の方を眺めていますと、一羽の水鳥が飛んできて、池の端に止まり、たちまち美しい女性の姿に変わったのです。

女性は踊りを舞い、私はそれを不思議な気持ちで眺めていました。

そうするうちに、いつの間にか眠ってしまったようで、目覚めると私は窓辺に凭《もた》れていて、女性も水鳥も姿を消していました。

あれが夢だったのか、現実だったのか。今も分からない不思議な体験でした。

私は喜んで師にその出来事を話したのですが、大変叱られてしまいました』

「どうしてですか？」

『アプサラスは自由自在に変身できる精霊です。そして時には天界の指示により、その妖《よう》艶《えん》な美《び》貌《ぼう》で修行者を誘惑して、堕落させることがあるからです。

私の心に隙があるから、そのようなものを見てしまうのだと叱《しっ》咤《た》されました』

シン博士は悄《しょ》気《げ》た顔をした。

「そんな不思議な体験をなさるなんて、私は博士が羨《うらや》ましいです」

平賀はモニタに向かって身を乗り出した。

『そう……でしょうか』

「はい。惜しむべきはその時、博士が写真をお撮りにならなかったことです。

それに池の端を調べれば、水鳥の抜け毛や、もしかすると精霊の遺物などの証拠品を得られたかも知れません。

それを理化学研究所などの施設に持ち込めば、インドの精霊に関する学問の貴重なサンプルになったでしょうに、残念です」

平賀は心底残念そうに言った。

シン博士はフッと空しげな溜息《ためいき》を吐いた。

『ところで平賀神父、私の送ったデータはご覧になりましたか？』

「ええ、奇跡の動画ですね。大変素晴らしい出来映えでした。あの動画から大きなヒントを頂きました。あと、青い鳥の種類も特定できたんです」

『実に結構です。祭壇内部の方のデータはご覧になりましたか？　貴方が撮影したX線写真を元にして、３Dモデルを作ったのですが』

「ええ、先程確認しました。あれは確実に岩ですね」

『そう……ですね。岩です。ただ、表面にレリーフのような彫り痕《あと》が見られます』

「はい。人だか猿だかが三体いるようですが、擦り切れていて判別できません」

『大変遺憾ながら、私も同意見です』

「そうだ、一寸《ちょっと》お待ち下さい。ロベルトなら何か分かるかも知れません。ロベルト！」

平賀の声に、ロベルトは顔を上げた。

「見て頂きたいものがあるんです。礼拝堂の祭壇内部のX線写真を私が撮影し、シン博士が３Ｄデータ化して下さったのですが、浮き彫りのような加工痕が見えるんです」

「ああ、あの石の机《ドルメン》の件か。よし、見せてくれ」

ロベルトは平賀の隣に椅子を持って来て、モニタを覗《のぞ》き込んだ。

「こんばんは、シン博士。失礼して、データを拝見します」

『ええ、お願いします』

シン博士と平賀が見守る中、ロベルトはデータを確認した。

一見すると、自然摩耗によって角が取れた、ただの岩塊だ。だが、その表面には僅《わず》かな凹凸があり、三つの人体らしき物が描かれているのが分かる。

頭部と全身の比率から見て、三人は座っている。両脇の人物は丸い後光を背負った聖人のように見えるが、それは時代的表現としてやや考え辛《づら》い。中央は女性だろう。髪らしきうねりがあって、膝《ひざ》の上に三角の物体を持っているようだ。

そこまで思った時、ロベルトの脳裏に見知った映像がハッキリと浮かんで来た。そしてぞくり、と背筋が凍える感触がした。

「分かった。この岩に刻まれているのはマトロナだ。『母達《ほうじよう》』という意味の名を持つ女神で、通常は三人組、時に二人組の女性の姿で表現される。豊穣と母性、自然の生命力を司《つかさど》る大地母神で、泉や動物の守護神でもある。

セーヌ川の支流マルヌ川の名は、この女神の名からつけられたものなんだ。かつてはガリア語でマトラ、ラテン語ではマトロナと呼ばれていたのが訛《なま》ったんだ。そこからも分かるように、マトロナは川と水に縁深い女神なんだ」

「流石です、ロベルト！」

『お見事です、ロベルト神父』

平賀とシンは口々に言った。

「有難う。何だか照れくさいが、少し説明しておくよ。

マトロナは、ガロ・ローマ文化において、広く崇拝された女神だ。ガリア、すなわちフランス一帯が帝政ローマ支配下にあって、ケルト文化と緩やかに融合していた時代にね。

だが、北部フランスがゲルマン系フランク族の支配下に置かれるようになると、メロヴィング朝文化の影響を色濃く受けて、北部ではガリア・ケルト的文化が衰退してしまう。

一方、南部フランスでは古い文化がそのまま残された。十三世紀にアルビジョワ十字軍が起こるまではだ。

このセレ村でも長い間、祠《ほこら》のマトロナの石像が、人々の信仰の対象になっていたんだろう。多くの村人に撫《な》で擦《さす》られて、摩耗してしまう程にね。

マトロナは見ての通り、三位一体神だ。ケルト文化には三位一体神が多いんだ。

そして見てご覧。中央の女神は膝の上に三角の物体を持っているだろう？」

ロベルトの言葉に、平賀とシンはモニタをじっと見た。

「言われてみれば……」

『ええ、そのようにも見えます』

「その三角はコルヌ・コピアというんだ。別名を豊穣の角、収穫の円錐《えんすい》ともいい、持ち主に望みの物を与える力を持つという不思議な代物だ。古くは果物と花で満たされた羊の角として描かれ、後には果物を入れた籠《かご》の姿に置き換えられた。

要するに、中央の女神の姿は、マトロナの豊穣性を表しているんだ。

次に左端の女神は、杖《つえ》を持ち、膝の上に小さな楕円《だえん》形の物、足元にも複数の丸っぽい何かがいるように見える。それらは恐らく犬だろう」

『犬ですか！』

シン博士の嬉しそうな声が割って入った。ロベルトは思わず微笑み、頷《うなず》いた。

「そう。犬は多産の象徴だし、人類と長く共存してきた生き物だ。マトロナは色んな姿で表されるが、犬と共に表現されることも多いんだ。

左端の女神は動物の守護神かつ多産の象徴かな」

「成る程」

『成る程』

平賀とシンの声が重なった。

「そして最後の一人の女神なんだが、彼女の膝の上、というより両膝の間には、円柱のような物体が見えないか？」

思わせぶりにロベルトが言った。

平賀はじっとモニタを見詰め、首を捻《ひね》った。

「丸太でしょうか。薪割《まき》りの女神とか？」

『さあ……』

シン博士も首を傾げている。

「というか二人とも、これとよく似た物を知っている筈《はず》だよ。祠の礼拝堂で、この祭壇の上に何があったか思い出してみるといい」

ロベルトの言葉に、平賀とシンはあっ、と声をあげた。

「聖母像です！　確かに、膝の間にイエス様を抱いた、聖母像の形にそっくりです」

「ああ、僕もそう思う。ただしこのマトロナが表している意味は、小さな命の守護だ。マトロナは助産や看護の神でもある。蛇と共に描かれることもあって、治療、再生、救命の女神でもある」

『ですが、どうして石像の一つと聖母像が似ているんです？』

シン博士は怪訝《けげん》そうに問い返した。

「あくまで僕の推測だが、エズーカ山の祠が作られたのは先史時代だ。そしてガロ・ローマ時代以降はマトロナ女神を祀《まつ》る祠として、長い間、人々の信仰を集めた。

マトロナは川の女神だ。だから当然、彼女の神殿は川の側にあった。

二人とも、フランスで黒聖母が祀られている場所を知ってるかい？　ルーアン、サン＝ドニはセーヌ川沿い、ディジョンやリヨンはソーヌ川沿いにある町だ。

さらにオータンはアルー川、トゥールやル・ピュイはロワール川沿いだ。クレルモン・

フェランはロワール川支流のアリエ川沿いにある。

黒い聖母は中央高地に多いと言われてきたが、山より川に注目すべきだったんだ。この村の東端部もアリエ川沿いだろう？」

平賀は合点がいった様子で、ぱっと瞳《ひとみ》を輝かせた。

「ええ、そうですね。そう言えば、黒い聖母がある場所には、かつて古い地母神の神殿があったとロベルトは仰《おっしゃ》っていましたね」

「そうさ。古くからマトロナを祀っていた町に、キリスト教が入って来て、聖地に新しい神殿が建てられた。けど、その日を境に突然、人の心は変わったりしない。それまでの信仰対象の姿が突然変わると、人々の不安や反感を煽《あお》ってしまう。

けれどマトロナ女神の形態の一つは、子を抱く母のような姿だった……」

「成る程。そこで子を抱くマトロナ神の一形態だけが、三位一体から切り離され、黒い聖母像の原型になったという訳ですか」

ロベルトの言葉を、平賀が引き継いだ。

「ああ。少なくともこの村において、人々の信仰の対象が、マトロナ女神の石像から、黒い聖母像へと移行したのは事実と考えていい。

フランス中南部の黒聖母像が、独特の形態をしていると話したことがあるだろう？

僕は最初に祠の聖母を見て、それがイシスにもキュベレーにも似ていないことに、少しだけ落胆した。と同時に、あのがっしりした造形を見て、どこか懐かしい感覚もしたんだ。

その理由は、造形の参考に石像が使われていたからだったんだ。キリスト教は長年、偶像崇拝を禁じていたのに、丸彫りの彫刻像が作られるようになったのは、中世フランス中南部で聖母像製作のブームが起こったからだ。そこに暮らす人々がずっと石の女神像を信仰してきたとすれば、それも頷ける話さ」

ロベルトは晴れやかに答えた。

「それにしても、ロベルト。あの祠の祭壇は非常にがっしりと、中を隠すようにして作られていました。隙間から中を覗こうとしても難しかったほどです。そんなにしてまで、なぜ村人達はマトロナの石像を隠さねばならなかったのでしょう？」

平賀は首を傾げた。

「恐らくそれは異端審問に検挙されない為だろう。この地では異教徒狩りが盛んに行われた歴史がある。

幸いエズーカ山の祠と聖母に関しては、マンドの大司教からお墨付きを貰《もら》っていたけれど、同じ場所でそれとよく似た異教の石像が見つかれば、どうなる事か……。石像が壊され、領主が破門されるのは当然のこと、更に酷《ひど》い悲劇も起こっただろう」

「成る程……。それであんなにしっかり封印したんですね。あの祭壇の謎が解けて、とてもスッキリしました」

「けど平賀、祭壇の下に鐘を鳴らす仕掛けがないと分かって、がっかりしてないかい？」

ロベルトが言った時、拍手の音がスピーカーから聞こえて来た。

二人がモニタを見ると、シン博士が胸元で手を叩《たた》いている。

『お見事です、ロベルト神父。何の名も無く、意味も分からない、古びて形も分からない岩のデータから、それほどの歴史を知ることができて、私は感動しています。

ですが、平賀神父が貴方《あなた》のお仕事を邪魔したのではありませんか？』

「いえ、平気ですよ。バチカン情報局でシュヴィニ家を調べていただけですから」

ロベルトが答える。

「エスクイン山にいる、あの元伯爵家のことですか？」

平賀は首を傾げた。

「そうさ。実は昨日、アンドレ＝ギュスターヴ・ド・シュヴィニ氏に会って来た。妙な男だったよ」

『その名前、ロベルト神父の纏《まと》めたレポートで拝見しました。日がな猟銃を撃っている男ですね』

シン博士は眉《まゆ》を顰《ひそ》めると、キーボードを滑らかに叩いた。

『アンドレ＝ギュスターヴ・ド・シュヴィニ。二十五歳。学位なし、賞罰なし。

シュヴィニ家の本家はパリにあって、当主のオーギュスト＝エマニュエル氏は七十五歳。

妻の名はジョゼフィーヌ、六十七歳。三年前から療養生活をしているようです。夫婦には息子が二人いて、次男はヴァランタン。オーギュスト氏の妹の三男、つまり養子です。

ヴァランタンは有能な男ですね。カンパニーの代表取締役です。会社業績は上々で、業務は不動産事業と投資が主……。かなりの利益を出しています。

一方、長男のアンドレ氏は役員ですらない。株主です。つまり次男がしっかり者の跡取りで、問題児の長男は弟から貰った小遣いで放蕩《ほうとう》生活というパターンですね。旧家にはよくあります。

家柄としてはカペー系アンジュー家、イギリスのプランタジネット家、アラゴン王家にも連なる家系です。家系図がモザイクのように入り組んでいます』

「ええ、複雑ですよね。まさにヨーロッパの旧家という感じで」

ロベルトは苦笑した。

「ロベルト、今度はいつシュヴィニ家へ行かれます？　私もアンドレ氏に会って、お聞きしたい事があるのですが」

「聞きたいこと？」

「ええ、鐘の奇跡に関する大切な質問があるんです」

平賀は思わぬ台詞《せりふ》を言った。

鳴らない鐘が鳴った奇跡とシュヴィニ家に、何か関係があるのだろうか。

黙り込んだ平賀の横顔をロベルトは見詰め、首を捻った。

第六章　天は微笑む、良き者にも悪しき者にも

1

二人が宿に戻ると、ピエール神父と共に二人の来客がダイニングに待機していた。

「ああ、丁度今、お二人にご連絡しようと思ってました。こちらは国家警察のカルビィン警部とリシャール刑事です」

ピエールが立ち上がって言う。刑事二人が会釈をした。

「これはわざわざお越し頂き、有難うございます。僕がロベルト・ニコラスです。カルビィン警部、初めまして。リシャール刑事、こんばんは」

ロベルトは二人と握手を交わした。

「平賀です」

平賀は首を傾げ、不思議そうに握手を交わした。

その様子を見たロベルトは、平賀に何も説明していなかったのを思い出した。

「すまない、君には話す時間がなかったね。ファンターヌの視力が無くなったのは、悪い魔物のせいだって噂があっただろう?

ファンターヌは視力を無くす前日、森でバズブという大ガラスの魔物に会ったらしい。しかも、バズブはファンターヌに化けて、マティアスという青年を攫《さら》っていったという証言を得てね、警察に捜査資料を見せて欲しいとお願いしてたのさ」

ロベルトはラテン語で平賀に説明した。

「それは大変不思議なお話です。刑事さんの話は私にも訳して聞かせて下さい」

平賀は眉を寄せて、ダイニングの椅子に座った。

「全く訳が分からない……」

ロベルトの言葉を聞いたピエールは、思わずフランス語で呟《つぶや》いた。

「ええ、本当に」

リシャールも隣でコクリと小さく頷《うなず》いた。

「ま、捜査員泣かせの事件だったことは、認めるがな」

カルビィン警部は、大きな咳払《せきばら》いをした。

五人がテーブルを囲んで座り、ロベルトが切り出した。

「カルビィン警部、当時のことを覚えておられますか？」

「無論、覚えている。といっても、捜査としては別段、変わったことはしていない。現場がよりにもよってジェヴォーダンの森で、今も大型の鷲《わし》や猪、狼などが生息しているというから、捜査員らが怯《おび》えていたがな。

儂《わし》らは最後にマティアスと行動を共にしていたブライアン・ダリューの証言から、マティアスの足跡を追い、警察犬を動員して森を捜索した。すると二日目に、マティアスの靴が発見されたんだ」

カルビィンが目配せすると、リシャール刑事がビニールに入った靴と資料をテーブルに置いた。

ロベルトが報告書を読み、平賀に訳して伝える。

平賀は話を聞き終わると、証拠品の靴を上下左右から観察し始めた。

靴はグレーのスニーカーで、左足だけだ。平賀はメジャーを出して靴を測り、メモを取り始めた。

ロベルトはカルビィンに向き直り、報告書を示して言った。

「ここに警察犬が少量の血痕《けっこん》を発見した、とありますね。それと、靴が発見された場所の近くに、何かを引き摺《ず》ったような痕跡があると」

カルビィンは頷いた。

「うむ。恐らく狼の仕業だろう。儂はそうだと考えている」

「狼ですか」

「事件の起きた五月末といえば、春先に出産を終えた狼の子が二、三ヵ月ぐらいになる。その時期になると、親狼は仕留めた獲物を、子どもを育てている巣穴へ持って帰り、子ども達に食べさせる習性があるんだ。

マティアスは成人男性並みの体格だったが、大型の狼ともなれば鹿ぐらいは引き摺って移動出来るからな」

「それで、狼の巣穴は見つかりましたか？」

ロベルトの問いに、カルヴィンは首を横に振った。

「いいや。地面を引き摺った痕《あと》を追っていったが、それは岩場の所でぷつりと途切れていた。岩場に巣があるんだろうと踏んだ我々は、猟師を連れて辺りを隈無《くまな》く捜索したが、巣穴は見つからんかった。

二十人態勢で一週間だぞ。それだけ捜査したにも拘《かか》わらず、マティアスはまるで霧のように消えてしまったんだ。捜査員らはジェヴォーダンの魔獣の仕業だ、いや狼男ルー・ガルーだ、などと言い出して、現場は騒動になったもんだ」

カルヴィンは苛立《いらだ》ったように言うと、ポケットから煙草を取り出し、少し迷ってまたポケットにしまった。

「警部のお考えですと、マティアスが一人で山に迷い込み、狼に襲われたことになりますね」

ロベルトの言葉に、カルヴィンは大きく頷いた。

「そう考えるのが普通だろう」

「では、目撃者のブライアン少年が見た、ファンターヌの姿というのは？」

「幻覚だ。そうとしか考えられん」

カルビィンは断言した。

「その日はオータン風が吹いてたと、調書にもありますからね。あれは人をおかしくさせる、悪魔の風だと昔から言われてるんです」

横からリシャールが付け加える。

「うむ。儂がブライアンを聴取したんだが、相当怯えた様子で、平静じゃなかった。カラスの化け物が女に化けて、マティアスを攫ったなどと……。まともな話じゃない」

カルビィンはうんざりした顔で首を横に振った。

「警部、ファンターヌ・バザンへの聴取はしなかったんでしょうか」

ロベルトが訊《たず》ねる。

「化けられた方の少女かね。まあ、会うには会ったが、何も覚えていないと言われたな。大きなカラスがいたと言うだけで、話にならんと思ったよ」

「そうですか……。この調書の他に、何か記憶に残っていることや、不審に感じたこと、気になることなどは無かったでしょうか。何でも結構です」

ロベルトの問いかけに、カルビィンは無言で首を横に振った。

「平賀、君はどう思う？」

「狼は普通群れで狩りを行う生き物です。ですが、マティアスが複数の狼から一斉に襲われたとすれば、現場に残った血の痕が少なすぎます。彼らは喉笛《のどぶえ》と足を狙うだろうに、靴に血が付いていないのも不自然です。

例えば、そうですね、熊なら一頭でも人を昏倒《こんとう》させられるでしょう。それなら血の痕が少ないのも頷けます。しかし、いずれにしても獲物を引き摺った痕を警察犬が追えないのは奇妙です。

痕跡が急に途切れたことや、ファンターヌが大ガラスを見たと証言した事実から考えて、空を飛ぶ大ガラスの魔物が出た、という話の方が自然なほどです」

「ふむ……」

「ロベルト、全ての資料をコピーさせて欲しいと警部に伝えて下さい。明日、二人で現場を確認しましょう」

ロベルトがカルビィンにそれを伝えると、カルビィンは一寸《ちよつと》嫌そうな顔をした。

「今更、騒ぎを蒸し返されるのも困るのだがな」

「その点は大丈夫です。法王様の命の下に行われる僕達の調査には、守秘義務がありますし、調査結果は十八人の枢機卿《すうききよう》に提出されますが、一般には公表はされません」

ロベルトの語る「法王」や「枢機卿」という単語に、リシャールとピエールは緊張した顔をした。

カルビィンも畏《かしこ》まった顔で、「ならば、どうぞご自由に」と答えたのだった。

2

平賀はそれから一晩中、資料を読み、分析作業を行っていた。

朝、目覚めたロベルトが部屋を出ると、リビングに成分分析器の唸《うな》る音が響き、平賀が昨夜《ゆうべ》見た時と同じ姿で、机の前に座っている。

また徹夜か、とロベルトは思った。

ピエール神父と二人で朝食を済ませ、ピエールが身支度を始めても、平賀の様子に変わりは無い。

この調子だと、今日は一人でエスクイン山へ行くことになるかも知れない。

そう考えたロベルトは、ブライアン・ダリューに電話をかけることにした。

警察資料は入手できたが、ブライアンに現地へ同行してもらえれば、あの日の状況が一層よく分かると考えたからだ。

ダリュー家の番号をプッシュする。聞き覚えのある若い声が受話器から聞こえた。

『はい、ダリューです』

「ブライアンさんですか？　バチカンのロベルト・ニコラスです」

『ああ……どうも。はい、ブライアンです』

「実は昨日、国家警察の人からマティアスの事件のことを聞いてたんだ」

『あ……はい』

「警察は君の証言を幻覚だと考えたようだったね。けど、僕はそうは思っていないよ。もう一人のバチカンの神父と協力して、あの日起こった出来事を確かめるつもりだ。ファンターヌの失明の原因を精査するのは、法王様の命の下で調査を行う僕らにとって大切なことなんだ。それで僕は今日にも現場を確認しに行くんだが、良ければ君にも同行して欲しい。そうすれば君も何かを思い出すかも知れないだろう？」

するとブライアンは電話の向こうで黙り込んだ。

「どうかしたかい？　もし君に他の予定が……」

言いかけたロベルトの言葉を、ブライアンが遮った。

『ロベルト神父、お願いがあります』

切羽詰まった声色であった。

「あ、ああ。僕にできる事なら、何なりと」

『今からそちらへ行っていいですか？　聞いて貰《もら》いたい話があるんです。でも、村の人には誰にも知られたくありません。村の神父様にも……絶対に……』

ロベルトは壁の時計を見た。もうすぐピエールが教会に出掛ける時間だ。少し早めに出て欲しいと頼めば、聞いてくれるだろう。

「十分ほど後なら大丈夫だ。待っているよ」

『分かりました』

電話はプツリと切れた。

実際にブライアンがやってきたのは、それから三十分後であった。

ノックの音で玄関を開くと、ブライアンが煤《すす》のように暗いものを眼に漂わせて立っている。

「神父様、告解に来ました……」

ブライアンは囁《ささや》くような声で言った。

「入りなさい」

ロベルトは彼を中に入れて内鍵《うちかぎ》をかけ、彼を椅子に座らせた。

「ここで構わないかな」

「ええ……」

ロベルトも彼の隣に椅子を置いて座った。

「どんな話を主に聞いてもらいたいんだい？」

「あの事件のこと……です。どうしても今まで言えなかったことが……」

ブライアンの顔はぐにゃりと歪《ゆが》んだ。酷《ひど》く興奮した様子で、胸を上下させている。

「大丈夫だよ。落ちついて。自分のペースで、ゆっくり話すといい」

ロベルトは穏やかに言った。

ブライアンは暫《しばら》く逡巡《しゆんじゆん》した後、膝《ひざ》の上で強く握った拳《こぶし》を見詰め、口を開いた。

「マティアスが……ファンターヌを赤毛の魔女と呼んで、跡を付けて魔女の正体を見てやろうと言った……あの時、本当はもっと恐ろしいことも言ったんです。

その……ファンターヌをじ、自分のものにするって……。魔女みたいな女だけど、あれはいい女だ、って。無理矢理ものにしたら、女なんて言いなりになる、って……。

そ、そう言って、あいつが凄《すご》く気持ち悪い顔で笑ったんです。本物の悪魔みたいでした。こいつは絶対、彼女に乱暴なことをするって分かりました」

「……そうだったのか。それで？」

ロベルトは驚きを声に出さないよう、努めて静かに言った。

「ぼ、僕だって、止めろって言いました。ファンターヌはまだ十二だぞって。そしたら凄い剣幕で怒鳴られて、絶対に他の奴に言うな、言ったら殺してやるって脅されて……。

お前も一緒に来いって腕を摑《つか》まれたから、嫌だと叫んで振り解《ほど》きました。

僕に見張りをやれって言ったのも、あいつはそういう意味で言ったんです。村人はエスクイン山には来ません。来るとすればシュヴィニ家の人達です。でも、そんな悪いことをしてるのを見つかったら、警察を呼ばれてしまうでしょう。だからマティアスは僕に、そうならないよう見張ってろと言ったんです。

ぼ、僕はその意味を分かっていたのに……。マティアスを止めることも、ファンターヌを助けることもできなかった。い、いや、しなかったんだ。

それどころか、自分の保身ばかり考えて、あの場を逃げ出すことしか頭になかった。

神父様、僕は最低の人間です……」

ブライアンは涙を落とした。

「君は本当のことをずっと言えず、秘密にしていたんだね。苦しかっただろう」

ロベルトの言葉に、ブライアンは首を横に振った。

「ぼ、僕は……僕は自分が最低な男だって、バレるのが怖かったんです。こんな僕の事を知ったら、みんなが僕を許さないでしょう」

「その時の君はマティアスが怖かっただけだ。悪いのは彼で、君ではないよ」

ロベルトは宥《なだ》めるように言った。

ブライアンは嗚咽《おえつ》した。ロベルトはその背中を優しく擦《さす》ってやった。

「……そ、それに、僕、マティアスが怖い目に遭えばいいのに、って、あの時、思いました。僕が遠くに行くか、あいつが遠くに行くか、すればいいのに……って。で、でもまさか本当にいなくなるなんて……」

「ふむ。マティアスがファンターヌを追って行ったのに、すぐファンターヌが下の道からやって来たというのは、本当なのかい？」

ロベルトの問いに、ブライアンは顔を上げ、ロベルトの腕を摑んだ。

「本当です。後のことは全部、本当です。信じて下さい」

「済まなかった。信じるよ」

ロベルトが答えると、ブライアンは小さく深呼吸を繰り返した。

「あの日……僕が最初からマティアスを止めていたら、ファンターヌの目のことも、マティアスのことも、お、起こらなかった。ぼ、僕のせいなんです。それでも神様は、僕の罪をお許しになるでしょうか？」

「勿論《もちろん》だとも。君は罪を懺悔《ざんげ》した。主は君をお許しになった」

ロベルトはブライアンの頭を撫《な》ぜた。

ブライアンは暫く声を殺して泣いていた。

三年間、自分を責めてきたのだろう。

荒かった息が少しずつ整い始める。

ブライアンは涙を拭《ぬぐ》うと、軽く会釈をして、玄関から出て行った。

3

ブライアンの話を聞いたロベルトは考え込んでいた。

もし、マティアスが乱暴目的で実際にファンターヌに襲いかかったとすれば、彼女が急性トラウマから、心因性視力障害に陥った可能性は充分に考えられる。嫌な物を見たくないと思う余りに、心が物を見ることを拒絶してしまう状態だ。

だが、ファンターヌが実際に襲われたとも考え辛《づら》い。

彼女に着衣の乱れや汚れがあれば、ブライアンやファンターヌの家族がそれに気づかないのはおかしいからだ。

乱暴直前に彼女が運良く逃げ出せたとしても、マティアスが後を追わないのは不自然だし、その場合、彼女は山の上から逃げて来て、ブライアンに会わなければおかしい。

平賀じゃないが、その時バズブが現われて、マティアスとファンターヌが攫《さら》われ、ファンターヌだけが解放されたと考える方が、自然なほどだ。

(やはり現場を見ないと、何とも言えないか……)

そう思った時、奥の扉が開いて、リュックを背負った平賀が出て来た。

「おはようございます、ロベルト。おや、暗い顔をなさってますね」

「おはよう。一寸《ちよつと》、考え事をしていたんだ」

「お疲れでしょうか？　今日の調査はどうされます？」

「むしろ早く調査にかかりたいと思っていたよ。君の準備は万全のようだね」

「ええ」

平賀が頷《うなず》く。

「なら、出発しよう」

ロベルトは鈴のついた杖《つえ》を持って立ち上がった。

二人は村を抜け、森の大きな楡《にれ》の木までやって来た。

光の精霊の写真と辺りの木々を見比べ、写真が撮られた現場を特定する。

ロベルトは精霊の写真と同じアングルから、風景の写真を撮った。

平賀はメジャーであちこちを計測し、精霊の体長が約七センチと割り出した。

二人はその付近に、何らかの仕掛けやその痕跡《こんせき》がないかと探し回ったが、何も見つけることはできなかった。

「ファンターヌはよくここで光の精霊を見たそうだ。彼女には仲のいい精霊の友人がいたらしくて、森で遊んだり、精霊の国にも行ったりしたそうだよ」

ロベルトは、ファンターヌの夢のような話をかいつまんで伝えた。

話を聞いた平賀は瞳《ひとみ》を輝かせた。

「そんな国があるなら、私も是非行ってみたいです」

「メジャーや顕微鏡を持ってかい？」

ロベルトがからかうように言う。

「ええ。もし許されるなら」

平賀は素直に答えた。

「君ならそう言うだろうと思った」

二人は楡の木を左に折れて、エスクイン山を登った。

「実はもう一人、精霊の国に行った人の話を聞いたんだ。彼女の場合は精霊に摑まって、重い神経痛を長年患った。そして、山の聖母に祈ってそれが治癒したというんだ」

「何ですって？　それも聖母が起こした奇跡じゃありませんか」

平賀は目を丸くした。

「僕もそう思って、詳しい話を聞いたんだけど……」

ロベルトはアニエス・ベネトーの話を平賀に詳しく語って聞かせた。

平賀は難しい顔をしてそれをじっと聞いていた。

そうするうちに、道の右手に石碑群が見えて来た。

「平賀。一寸、寄り道していいかい？」

「ええ。あれは何です？」

「バズブに攫われて石にされた村人の墓だそうだ」

「成る程……。それは調査の必要がありそうです」

二人は一本道を外れ、石碑の方へ向かった。

森の一部がぽっかりと切り開かれて、九つの大きな石碑が立っている。

その付近には大小様々な岩があり、丸いものや四角のもの、瓢箪《ひょうたん》型のものもある。半ば草に埋もれたものも合わせると、百余りの数があるだろう。そのそれぞれに、人名と年号が刻まれている。

「これだけの村人らが、エスクイン山で行方不明になったっていうのか……」

ロベルトは一つ一つを確かめて歩いた。刻まれた年号は、古くは一一〇〇年前後から一四〇〇年代のものまである。

一方、大きな石碑には名前も数字も彫られていない。ただ、相当に古い時代のものだ。先史時代のメンヒルだろう。

「ああ、そう言えば私、これと似たものをエズーカ山の頂上で見ました」

大きな石碑を見ていた平賀が、ぽつりと言った。

「エズーカ山の頂上だって？」

「ええ。そこから青い鳥を探そうと思い、登ってみたんです。でも見つけた鳥は家雀とカケスとキアオジ、カッコウだけで、オナガはいませんでした」

「オナガ？　と言うと？」

ロベルトが不思議そうに問い返す。

「えっと、シン博士が奇跡の動画を鮮明化して下さったお陰で、この村で聖母の化身と呼ばれている鳥の種類がオナガだと分かったんです。

オナガはスズメ目カラス科の鳥で、頭部は濃紺色、翼が青です。全長は四十センチと大きくありませんが、二十センチもの長くて美しい、青い尾を持つのが特徴です。

エズーカ山ではオナガを発見できませんでしたが、こちらのエスクィン山に生息している可能性が高いと思います」

平賀はそう言うと、双眼鏡で辺りを見回した。

「見当たりませんね……」

そんな様子を見ていたロベルトが、ふと手を打った。

「そうだ、僕も思い出した。そのオナガらしい鳥が一七六六年五月にも、聖マリー教会に現われたという教会記録を見たんだ。

聖堂に現われた青い鳥は、聖歌を歌って村人の心を癒やし、司祭はその青い鳥が聖母の化身であると皆に伝えた、と書かれていた」

「えっ、そんな話もあったんですか。ロベルト、貴方《あなた》は私が知らないうちに、色んな話を集めておられたんですね」

「それはお互い様だろう。けど、こうして二人でゆっくり話が出来るのは、村に来て初めてじゃないか？」

「本当ですね」

　パーン、パーン……

　いつもの猟銃の音が響いて来た。

　平賀は急に何かを閃《ひらめ》いた顔になった。

「ロベルト。先程のアニエス・ベネトーさんのお話ですが、彼女の足には木の根が絡みついたような赤黒い痕《あと》があったと仰《おつしや》いましたよね？」

「あ、ああ」

「まるで毛細血管が浮き上がったかに見える、樹枝状の痕でしたか？」

「ああ、そうだ」

　ロベルトは不思議な図形を空中に描いた。平賀はそれを見て頷いた。

「それに彼女は精霊の国で花畑を見たり、亡くなった人に会ったりしたんですね？」

「そうだよ」

「彼女の症状は、手足に針で刺されるような痛みと、全身の脱力感と仰いましたよね。それが七年間続いたと」

「そうだけど。それって神経痛の症状なんだろう?」

「アニエスさんの場合、神経痛に加えて、低カリウム血症を起こしていたのだと思います。そして今、その原因が分かりました」

「えっ、分かったのかい?」

「はい。原因は落雷です」

平賀の言葉に、ロベルトは目を瞬《しばた》いた。

「確かに、彼女は苺《いちご》摘みの帰り道、森で雨に降られたと言ったけど……」

「そうです。そこで彼女は落雷に遭い、臨死体験をしたんです。

臨死体験は人によって様々ですが、一定のパターンが存在します。

例えば、走馬燈《そうまとう》のように人生がスローモーションで見えるライフレビュー体験、人生の全ての瞬間を強い感情と共に一瞬で体験するパノラマ体験があります。この時、人は普段なら記憶に浮かばない、忘れた筈《はず》の思い出を再体験します。

そのメカニズムは、人体が危機的状況に陥り、一時的な酸素欠乏症が脳の広範囲に及びますと、脳内でニューロンの異常発火が生じ、興奮状態に陥るからだと考えられます。その結果、強い感情体験や体験的感覚、記憶の再生などが引き起こされるのでしょう。

また、脳の発火は光となって意識される為、天国の光を見るとか、光のトンネルを通るといった記憶になるのでは、という説があります。

それと同時に、激しいストレス反応として、脳内に麻薬物質の一種であるエンドルフィンが分泌されます。強い鎮痛作用や快感作用を持つエンドルフィンが、脳内神経細胞の中で大量に合成され、それが安らぎや至福の感覚をもたらすのです。

臨死体験者の多くが花畑を見たとか、安らぎの感覚を覚えたというのは、そうした理由ではないでしょうか。実際に花畑を見た私も、この説には頷《うなず》けます」

「その話はやめてくれ。心臓に悪い」

ロベルトは青い顔をした。

「そうですか。では話を戻します。

落雷によって過去の記憶が劇的に蘇《よみがえ》ったアニエスさんは、昔聞いた思い出話や、忘れていた記憶を体験し、エンドルフィンの作用によって楽しさや幸福を実感したのです。

その動かぬ証拠こそ、彼女の足に現われた、電紋と呼ばれる樹枝状の火傷《やけど》痕です。

雷にとって人体は、非常に通りやすい通路なんです。そして、電気は人体の中を通ると同時に、身体の表面に沿って火花放電を起こす場合があります。その場合の放電は樹枝状に伸展し、リヒテンベルク図形を描きながら皮膚表面に熱傷を生じさせることで知られているのです」

「では、彼女を悩ませた症状というのも……」

「そうです、落雷の後遺症です。神経痛はよく知られる後遺症ですし、他にも近づくと電球が切れる、家電や電子機器が壊れる、静電気が酷《ひど》いなどの訴えが有名なのですが、中には低カリウム血症の症例もあるのです。カリウムが低下しますと筋肉がうまく動かず、様々な障害が起こります。軽症なら脱力感や筋力低下、重症の場合は四肢麻痺《まひ》に至る場合もあります。落雷には様々な後遺症がありますが、何故だか七年間に亘《わた》って続くケースが多いというデータを、私は見たことがあるんです」

「つまりアニエスさんの体調が良くなったのは、落雷から七年経ったことが原因か」

「ええ。ですからアニエスさんのケースを奇跡とは言えませんね」

平賀は残念そうに呟《つぶや》いた。

4

それから二人は警察資料を確認しつつ、マティアスの足取りを追った。

エスクイン山に近づくにつれ、森は暗みを増していく。

一本道の両脇には、ひたすら樹海が広がっていた。

若葉をつけた矮樹林《わいじゅ》が躍る炎のように群集していたかと思うと、堂々とした真っ直ぐな杉の巨木が連なっていたりする。

頭上は折り重なった枝葉で覆われ、緑の絵の具で塗りつぶされたかのようだ。

ただ時折僅《わず》かな木漏れ日が、地面に文様を作っている。

噎《む》せるような濃厚な木の香りと静寂が辺りを支配していた。

かと思うと、遠くで突然、鳥や獣の声がする。

森の中に点在する黒い翳《かげ》りは藪《やぶ》の茂みなのだろうが、蹲《うずくま》った獣かも分からない。

その合間に点々と、鮮やかな色の花が咲いていた。

「資料によると、この辺りですね」

平賀は資料写真のコピーと周囲の木々を見比べて立ち止まった。

そして草を掻《か》き分け、森の中へと入って行く。

ロベルトも彼のすぐ後に続いたが、行く手を阻む木の枝や、足元にひっかかる蔦《つた》のせいで、前進はなかなかに困難だ。

一方、平賀は結構器用に木々の間をすり抜けていく。

「君、森を歩くのが上手《うま》いな」

ロベルトは素直に感心して言った。

「ここ数日、こればかりやってましたから」

平賀が振り向かずに答える。

「そうか……。しかし君、危険な目には遭わなかっただろうね」

ロベルトが言った時、平賀が前方を指差した。

「あっ、あの辺りじゃないですか？」

森の中にぽっかりと、小さな広場のように開けた場所がある。

二人はそこへ辿《たど》り着いた。

「木の種類や並びから、マティアスの靴が見つかったのは、ここだと思います」

「ああ、そのようだね」

平賀は資料写真を片手にしゃがみ、地面を観察していたが、残念そうに顔を上げた。

「引きずられた痕は残っていませんね」

「三年前のことだからな、まあ仕方ないだろう」

ロベルトは周囲を見渡した。木立の向こうに大小の岩がいくつもある。

三年前にはあれらの岩場に狼の巣が見つからなかったというが、今はどうか分からない。

ロベルトは緊張した。

一方、平賀は立ち上がって双眼鏡を構えると、周囲を観察し始めた。

そして暫《しばら》くすると「あっ」と声をあげた。

「ハイタカの巣がありました」

平賀が指差した方向をロベルトも見ると、木の枝を束ねた碗《わん》状の物体がある。

「名からして、ハイタカは猛禽類《もうきんるい》なんだろう？　そいつは大ガラスと見間違えるほど大きいのかい？」

ロベルトが訊《たず》ねる。

「全長は三、四十センチ程ですね。背面は灰色又は灰褐色、腹面は白地に栗褐色の縞模様があります」

「ふむ。バズブとはイメージが違う感じだな」

「夕方になるのを待ってみましょう。その時間に活動する鳥かも知れません」

平賀は地面に腰を下ろした。

「僕は大ガラスの化け物には会いたくないがな」

ロベルトはそう言うと、小さく咳払《せきばら》いをした。

「実は今朝、ブライアン・ダリューから、警察にも話していない証言を告解として聞いた。マティアスがファンターヌを追って行ったのは、暴行目的だったらしい」

「何ですって……？」

平賀はショックを受けた顔でロベルトを見上げた。

「全く酷い話だ。ブライアンはそれを知っていたのにマティアスを止められなかったと、自分を責め、長い間、事実を告白できなかったんだ」

平賀は暫く黙った後、静かに口を開いた。

「マティアスが追って行ったファンターヌの後ろ姿は、バズブの化けた姿か、ファンターヌ自身か、よく似た別人かのいずれかだと考えられます。

仮に本物の彼女であった場合、彼女はこの場所で襲いかかられ、尚且《なおか》つバズブを目撃し、そのショックで心因性の視力障害を患った可能性がありますね。

当時の彼女は十二歳で小柄でした。身長は百三十あるかないかと考えると……」

平賀は低い姿勢になって辺りを歩き周り、さらに頭を低くして地面スレスレの所から辺りを見回したが、残念そうに首を横に振って立ち上がった。

「視点を変えれば何か分かるかと思いましたが、何も分かりませんでした」

「小さな事だが、僕は一つ、思ったことがある」

ロベルトは平賀の肩や膝《ひざ》についた砂を払いながら言った。

「何です？」

「さっき君は森の中を素早く移動したけど、それを追う僕は木に阻まれて上手く進めなかった。ファンターヌとマティアスにも、同じことが起こったのかも知れないとね。ファンターヌは小柄だし、よく森で遊んでいたそうだ。だから、マティアスから上手く逃げられたんだとしたら？」

「だとしても彼女がワープでもしない限り、一本道を下から登っては来られません」

「確かにな」

「それに、マティアスが消息を絶った理由も分から……」

平賀の言葉の途中で、猟銃の音が森に谺《こだま》した。

バサバサと頭上で羽音が聞こえ、ハイタカが巣から飛び立つ。

「この森で今みたいなハイタカの羽音を聞けば、それをバズブの羽音と思い込む可能性はあるだろうね」

ロベルトが言った。

「ええ。それに、森には実際、大きな鳥が住んでいるかも知れません。そうでなくとも危険な野生動物はいますから、古来、襲われた村人も多くいたでしょう」

「そうした歴史がバズブ伝説を作ったのかな。道の途中で見た石の墓も、動物に襲われた人達なんだろうか」

「そうかも知れませんね」

「少し話を戻そう。ブライアンの証言と、発見された靴から考えて、少なくともマティアスはこの場所にいた筈《はず》だ」

「ええ」

「連日のように狩りをしているアンドレ・シュヴィニ氏が、マティアスを誤射したという可能性はどうだい？」

「有り得るでしょう。狩猟者が、森の獣と間違えて人を撃つという事故は、しばしば起ります」

「そしてアンドレは、自分の撃ったものが人間だと気付き、死体を隠した……」

「その場合、マティアスとブライアンがファンターヌの後ろ姿だと思い込んでいたものは、何か別のものだったことになります。シュヴィニ家の使用人か誰かでしょうか。

本物のファンターヌは友人の精霊に会おうと森へやって来て、偶々《たまたま》バズブと思われる鳥を見たか、羽音を聞いて恐怖した。これで一応、話の辻褄《つじつま》は合います」

「そうだね。僕はシュヴィニ家を訪ね、マティアスの事件について意見を求めたんだが、当家には無関係だと、完全に白を切られた。アンドレ・シュヴィニも執事も随分自信たっぷりだったが、あれは遺体が発見される筈はないという自信だったのかもな。エスクイン山には遺体の隠し場所なんて無限にあるだろうからね。

そうなるとますます、ウィリアム・ボシェの命も危ういな……」

「ウィリアム・ボシェとは？」

「ああ、この話もまだだったか。ボシェ氏はパリの雑誌社の契約ライターで、春祭りの日、シュヴィニ家を取材しに行き、そのまま行方不明になっているんだ」

「何ですって？」

「僕はボシェ氏が泊まった宿の女主人に相談され、一緒にシュヴィニ家を訪ねたんだ。その帰り道、背後から僕らを追うように銃声が響いてきて、恐ろしかった」

「それは非常に気になる話ですね。今日は私もシュヴィニ家の方々に聞きたいことがありますし、先に邸《やしき》を訪問しましょう」

「ああ、そうするか」

二人は元の一本道へ引き返し、山頂を目指すことにした。

5

山頂が近づくにつれ、いよいよ勾配《こうばい》が急になる。

平賀は何度も立ち止まっては、双眼鏡で辺りを見回すのを繰り返していた。

「あっ！」

突然叫んだ平賀に、ロベルトが焦って立ち止まる。

「どうした」

平賀は木々の間に分け入ったかと思うと、高い枝に手を伸ばし、何かを摑《つか》み取った。そして意気揚々と元の道へ戻って来た。

「ロベルト、見てください。とうとう発見しました」

平賀が掌《てのひら》を開くと、そこには青い羽根があった。

「本当だ。確かに青い羽根だ」

「青い鳥は、やはりこの山に生息しているんです」

平賀は笑顔でそう言うと、双眼鏡を構えたまま歩き出した。

ロベルトは転ばないようにと、彼の腕を取った。

山頂に着くと森が途切れ、二人の前に高い石塀で囲まれた小城が現われる。

「これがシュヴィニ家の別荘ですか」

平賀はようやく双眼鏡を目から外した。

二人は門扉の前へ歩いて行った。

そうして辺りを見回したが、人影らしきものは皆無である。

「前に来た時は庭師がいたんだけど、今日は誰もいないな」

ロベルトが呟《つぶや》く。

平賀はインターホンも付いていない門扉をじっと見た後、大声を出した。

「どなたか、いらっしゃいませんかー」

何度も叫んだが、返答はない。

「アンドレ・シュヴィニ氏は猟に出てるんでしょうか」

「そうかも知れないし、居留守かもな」

二人は困り顔を見合わせた。

「暫《しばら》く待ってみましょう。ここは見晴らしもいいですし」

平賀は再び双眼鏡を構えた。

「ああ、やっぱりエズーカ山がよく見えますね」

ロベルトは平賀の様子を暫く見守っていたが、退屈になって背中に話しかけた。

「ところでさ。君がアンドレ・シュヴィニに会って聞きたいことって、何だい？」

平賀はくるりと振り返った。

「ご説明しましょうか？」

「いいのかい？　是非頼むよ」

「分かりました」

平賀は微笑み、背中のリュックを下ろすと、中から大きな紙を取りだした。

それを地面に置いて広げると、どうやら地図のようだ。

地図の上に無数の×印と、コンパスや定規で書いた鉛筆の曲線、英数字が書き込まれている。

「これはエズーカ山の地図です。山の標高は約三百メートル、麓《ふもと》までの山の底辺が約八百メートル、山の斜面は三角定理から約五百メートルです。

礼拝堂はここ。西側の中腹より少し上で、標高約二百十メートルの地点です。山の麓までの斜面の距離は約三百五十メートルです」

平賀は礼拝堂の場所を指差し、そこから山の麓へと指先を滑らせて、エズーカ山の西に広がる森の中でトンと指を突いた。

「ほぼこの地点を中心に、×印が広がっているでしょう？」

平賀の言う通りだ。ロベルトは頷《うなず》いた。

「で、その×印は何なんだい？」

「不自然に折れた小枝があった場所です。私が歩いて拾い集めました」

そういうと、平賀は、地図の上に太い放物線らしきものを描いた。

その放物線は、尖った先端部分がエズーカ山の山中にかかっており、西側が大きく開いている。

「この曲線の図形の中に×点が集中しているんです」

平賀はいともたやすく言ったが、かなりの広範囲を移動していることは一目瞭然《りょうぜん》だ。

「……」

ロベルトは呆《あき》れた溜息《ためいき》を吐いた。村人も滅多《めった》に近づかない危険な森を、こんなに歩き回っていたとは驚きだ。

「無事で良かったとはいえ、よくもまあ、小枝を探してそんなに歩いたもんだ」

「ロベルト、私の移動距離が問題なのではありません。問題はこの図形内に何らかのエネルギーが働きかけて、小枝を折ったことが分かるということです」

「エネルギー？　何の？」

「その答えがこれです。これはエスクイン山のほうの森で発見した小石を成分分析器にかけたものなんです」

平賀は次に、細長い紙を取り出した。英数字がびっしりと書かれている。

「主成分は鉄。そしてマグネシウム、カルシウム。他にトロイライト（硫化鉄）、テーナイト（鉄ニッケル金属）、クロマイト。つまり珪酸《けいさん》塩鉱物ですね。

ところが石英粒やアルミノケイ酸塩はほとんど見られないんです」

「つまり、どういう意味かな？」

「この石は地球上の鉱物ではないという意味です」

「ってことは、もしかして隕石《いんせき》か！」

「ええ、その通りです。顕微鏡で見ると、コンドリュールという隕石に特有の球状粒子がハッキリみられました。

含まれている金属の割合は二十三パーセント。石質隕石と呼ばれるもので、多くの隕石は、大気圏突入や落下中の空気抵抗などを受けて、分裂したり、バラバラに壊れて爆発したりします。

しかも私が拾った石の近くの葉っぱや、下の地面の砂には、溶融被殻と呼ばれる液状の物体が固まった物が付着していました。これは大気圏突入の摩擦熱によって、隕石の表面が融解してできるものです。

隕石が落下してから時間が経つと、溶解被殻は流水や風食等の影響によって磨かれ、削れて無くなりますが、私が拾った石の表面や、その周囲にあった葉や石には、隕石の落下時に付着したと思われる溶融被殻の痕《あと》がしっかりと残っていました。ということは……」

「つまり、隕石が落ちたのは最近……という事かい？」

ロベルトが問い返す。

「そうです。そして、その隕石こそが礼拝堂の鐘を鳴らしたのです」

平賀は嬉《うれ》しそうに答えた。

「一寸《ちょっと》、待ってくれ。その爆発しやすい石質隕石とやらが、実際に爆発して、飛び散った破片が鐘に当たったのかい？　いや、そうじゃないか。君は『あの鐘が鳴ったのは、石がぶつかったからでも、燭台《しょくだい》で殴られたからでもない』と言っていた」

「ええ、そうです。あの鐘を鳴らしたのは、隕石によって発生した衝撃波なんです」

「隕石の衝撃波？　そう言えば、ロシアのチェリャビンスク州で起こった隕石落下事件では、衝撃波で窓ガラスが派手に割れるという映像がネットに流れたが……」

ロベルトの言葉に、平賀は頷いた。

「ええ、二〇一三年二月のチェリャビンスク隕石落下事件は、隕石が原因で大規模な人的被害をもたらしたことが明らかな、初の隕石災害事件と言われています。

多くの動画がネットに流れて話題になりましたが、最も有名な動画は、路上を走る車のダッシュボードから撮影された一本でしょう。落下する火球が煙を曳《ひ》きながら空を横切り、その後に大きな爆音が記録されていました。火球の放つ閃光《せんこう》は、短時間ながら太陽よりも明るくなり、朝の地上に影を作り出すほどでした。

この場合、隕石が大気圏を超音速で通過したこと、更に大気との圧力に耐えきれず分裂したこと、この二つの現象が大きな衝撃波を生んで、被害を拡大させたのです。

そして七千棟あまりもの建物の窓ガラスが割れたり、ドアが吹き飛んだり、直下では激しい衝撃波が人を吹き飛ばすほどだったといいます。ガラスの破損が起きた範囲は、南北百八十キロ、東西八十キロに及んだのです。

一方、セレ村で起こった隕石落下は、それとは比べ物にならないほど、ごく小規模なものです。そうでなければ、家屋や人に被害を与えていたでしょう。

その隕石が生みだした衝撃波も、軌道直下で小枝を折る程度のものでした。衝撃波の及ぶ影響の範囲の小ささからも、それは窺《うかが》えます」

「ふむ。君の地図を見ても、その影響は森の中に留《とど》まる程度だったね。

それにしてもさ。衝撃波って何なんだい？ 爆風のようなものなんだろう？ それでガラス窓が割れるのは何となく理解できるけど、鐘が鳴るものなのかい？」

ロベルトは素朴な疑問を投げかけた。

「衝撃波とは何か、ですか。

音波は分かりますよね。空気のような伝播《でんぱ》物質の中で圧力を起こしますと、空気内にひずみが生じ、それが波となって伝わります。それが音波です。音波が人間の聴覚器官に届き、それが可聴周波数であれば、人はそれを音として捉《とら》えます」

「まあ、そこまではね」

「音波は微少な圧力変化です。ところが、爆発の際のような強い圧力上昇が一気に起こりますと、衝撃波という特殊な波が生まれ、不連続的に圧力を増しながら、やがては音速を越えた超音速で伝播し、急速に減衰するという現象が生じます。また、減衰の際にはソニックブームと呼ばれる大きな騒音が生じます。

例えば雷が地上に落ちる時、電気は空気を押し退《の》けて通っています。電気は非常に速い速度で通りますので、空気も急速に押し退けられて、衝撃波が生まれます。それが空気中を伝わって、私達の耳に雷鳴が届くのです」

「非常に速い何かが空気を押し退けて通ると、その周りに衝撃波が起きるってこと？」

「伝播物質は空気以外でも、例えば水でも固体でもいいですが、そうです。

次は衝撃波の特徴を水面で説明します。

静かな水面に小石を落とし、真上から見ると、同心円を描きながら波が伝播するのが見られます。

次にそれが小石でなく小舟で、舟は前進するとします。舟がゆっくり進む時、水面にできる模様は、やはり円を描いて広がりますが、舟が進みますので、水紋は同心円にはなりません。進行方向側の円と円の幅は狭まり、船の後方の円と円の幅は広がります。

舟がどんどんスピードをあげ、波が広がるスピードより速く前に進むようになると、どうなるでしょうか。

最初に発した円の波紋は徐々に大きな円に広がりますが、その時既に、舟は波紋の外にいます。舟の背後には次々と円形の波紋が生まれますが、舟は常に波紋の前方にいます。これが繰り返されると、舟の後方には多数の円形波が扇形に生まれます」

「うん。その場合、先に生まれた円が大きく、舟の直後の円は小さい訳だね」

「ええ。船首が水を押し退けて作った波は、波源から外に広がっていき、摩擦や分散によってエネルギーが減少して消失するのを繰り返します。しかしそれらが重なった全体の形は、常に船首を頂点とした扇形になるのが分かると思います」

「そうだね。扇形とかV字型に広がっていくだろう」

「ええ。舟の生み出すエネルギーは、そのV字型の範囲内に収まっているとも言えます。

衝撃波も同じです。

超音速飛行中の戦闘機、ロケット、大気圏再突入をした人工衛星、そして隕石などは超音速で空気を押し退け、前進します。その時、飛翔体《ひしょう》を頂点とした円錐形《えんすい》の軌跡が空気中に生まれます。飛翔体がその後方に次々と生み出す多数の圧力波は、それぞれ円状に広がりながら、円錐形の範囲内に影響を及ぼします。

このように隕石が移動しながら後方に円錐形の衝撃波を作り出す時、地上にぶつかった衝撃波は、進行方向に小さな円が重なってできる曲線内の範囲で、地表に影響を及ぼします。

あの春祭りの夜、エズーカ山の西の空から隕石が飛来し、生じた衝撃波が地面にぶつかった影響の範囲が、小枝の折れたこの曲線の範囲だった訳です。そして問題は曲線の先の部分が、山の祠《ほこら》のすぐ下まで及んでいることです」

「その隕石自体はどうなったんだい？」

「隕石は、西の森の上空と礼拝堂の上を飛び、エズーカ山の山頂にさしかかるところで爆発したんです」

「山頂だって？　小枝の折れた範囲は、山の西側に広がっていたけど？」

「だからそう言えるんですよ。山の西側にしか影響がなかったのは、隕石が山の東側へと進む前に、爆発四散したせいなんです。衝撃波は必ず飛翔体の後方に生まれるのですから、衝撃波の影響範囲は、飛翔体の後方でなくてはなりません」

「成る程。小枝が折れたのも、隕石の爆発のせいじゃなく、衝撃波のせいなんだね」

「ええ、そうです。では地上にぶつかった衝撃波はどうなるでしょうか？

この場合、エズーカ山の西の斜面にぶつかった衝撃波が問題です。斜面に衝突した衝撃波は、山肌を駆け登って行った筈《はず》です。

あの山の西の斜面は窪《くぼ》んでいました。それが多重反射を起こし、衝撃波の過剰圧が増幅したと考えられます。

そうして山肌を駆け上がった衝撃波の波が、鐘を直撃したんです。正確には、鐘の内部にぶつかったんです。そしてあの鐘は鳴ったんです。内部にぶつかった衝撃波は、鐘の内部で伝播、反射を繰り返しながら干渉し合います。干渉することで鐘の中で、再び、衝撃波が集中する部分ができて、そこの圧力が高くなります。その力が、また、鐘を内側から何回か打ったと思われます。だから、鐘は複数回鳴ったのです。そしてあの鐘の表面には、何も傷がついておらず、石がぶつかったのとは違う音を発したんです」

「そうだったのか……。空気の圧がぶつかって、鐘を鳴らしたなんて驚きだ。物体ではなく空気の塊が、あの鐘を叩《たた》いたという訳か」

ロベルトは目を瞬《しばたた》いた。

「ええ、そうなんです。私は衝撃波で、金属を鳴らす実験を見たことがあります。その実験室には衝撃波管という長い管があって、そこに高圧の空気を充塡《じゅうてん》し、高圧の空気と、普通の低圧の空気を膜で仕切ります。

ゴム風船に空気を入れたイメージですね。そして、低圧部の空気が入っている方の端は、開いています。

そうしておいて、高圧空気と低圧空気を仕切っていた膜を破ると、衝撃波を発生して、伝播し、低圧部の開放口から出て、鉄の板にあたって、バーンという、よく響く音が鳴りました」

「つまり、空気の塊が鐘を鳴らすのも不思議じゃないのか」

「ええ。でもそれほどの衝撃波が窓から入って来た訳ですから、当然、祠の礼拝堂にいた人達も風圧や衝撃を感じた筈です。

ですが山肌を登ってきた衝撃波は、斜面反射の加減によって、礼拝堂の窓から上方へ向かう力でした。それは祈りの為に跪《ひざまず》いていた人々の頭上を通過して、一部は鐘の内部に入って鐘を鳴らし、他は斜め上方の天井にぶつかり、ドーム型の天井に沿ってその力が拡散されたんです。

ですが、このことを踏まえた上で聖歌隊の方々の証言を読み返しますと、その風圧や吹き込んだ外気の冷たさを感じた人がいたことに気づきます。ぞくりとするような霊妙な気配が辺りに漂っていたと証言したビゼー氏や、幽霊にでも触られたのかと怖かったと証言したジャダンさんの証言があったでしょう？」

「あれは冷たい外気や弱まった圧を、気配として感じていたということか」

「はい。また、閃光に驚いて燭台《しょくだい》を倒したギベールさんは、『まるで亡霊のような大きな影が目の前に見えた』と証言していました。それは比較的高い位置にあった蠟燭《ろうそく》の炎が、拡散した風に揺れた一瞬、彼自身の影が揺れ動いたのを見たのではないでしょうか」

「ふむ。有り得るね」

「ともあれ、地面や山に当たった方の衝撃波は急速に減衰し、最終的にはソニックブームと呼ばれる音波となります。鐘が鳴り終わった後、暫《しばら》くしてから響いた遠雷の音は、ソニックブームだったんです」

「ふむ。雷光を見たとか、遠雷を聞いたとかの証言を聞いて、てっきり僕はただの雷だと思い込んでいたよ」

「聖母像の背後から差し込み、雷光と思われた真っ白な光の正体は、隕石《いんせき》が通過し、また膨張して爆発した時の加熱で空気中に発生したプラズマの閃光《せんこう》です。私も最初はあの光を雷だと思いました。けど、動画を何度も見聞きしているうちに、そうではないと気付きました。

遠雷のような音は、空が白んだ瞬間から三分十二秒後に鳴っていました。マリア像が光って見えたのが雷のせいだとすると、音の到着が遅すぎます。

雷ではないなら何だろう。そう考えながら、私がエズーカ山の山頂に登った時、山頂付近に一本の折れた小枝と、それが少し焦げているのを発見しました。それは恐らく熱い隕石の欠片《かけら》が近くを通過したせいでしょう。それから森を歩いて折れた小枝を拾い集めるうち、その落ちている範囲の特殊な形状が分かり、隕石と衝撃波の可能性に思い当たったのです。しかし隕石の欠片がなかなか見つからず、エスクイン山の麓《ふもと》の森まで足を運んで、ようやく隕石を見つけました。確かな分析結果が出たのは今朝のことでした。そしてエスクイン山には、規則的な形で折れた小枝が発見されませんでしたから、隕石はエズーカ山の頂上あたりで爆発したと結論できたんです」

考え抜かれた言葉の後の句読点のように、平賀の理論には揺るぎが無かった。

「君の根気には、いつも本当に頭が下がるよ。つまり聖母像が放った光も、鐘を鳴らしたのも、隕石の仕業で、奇跡ではなかったんだね」

「その断定はまだできません。エズーカ山の西を隕石が通過したことは事実ですし、その衝撃波が鐘を鳴らした可能性があるとは言えます。

ただ、隕石の落下を再現して、再び鐘を鳴らしてみせることは実現不可能でしょう。隕石自体も殆《ほとん》ど全てが燃え尽きてしまい、私が拾い集められたのは、小さな残骸《ざんがい》だけでした。そこから隕石の元の大きさや速度を計算することも出来ません。

そして何より、隕石の落下が起こったのが春祭りの日であったことを証明できる証拠がありません。

気象庁も観測しなかった程度の至極小さな隕石落下事故です。セレ村から離れた場所に、隕石落下の目撃者がいるとも思えませんし、少なくともネット上にそのような投稿は見つかりません。そして春祭りの夜、セレ村の人々は祠の礼拝堂か聖マリー教会の中にいて、空を見ていた人は誰もいませんでした。

ですが、まだ可能性があると思うのです。隕石の目撃者がいるとすれば、それはエズーカ山を見晴らせるエスクイン山の山頂に住む、アンドレ氏ではないでしょうか」

平賀はそう言うと、ゆっくり小城を振り返った。

6

ロベルトは城の前で、邸《やしき》の誰かが通りかかるのを待っていた。

平賀は双眼鏡で辺りを見回している。

二人は時々、思い出したように、自分達がそれぞれ見聞きしたことを語り合った。

そうして長い時間が経った。二人の影が長くなる。

「平賀。今日はこの辺で諦《あきら》めて、また明日出直そう」

ロベルトは平賀の背中に声をかけた。

「でも、もう少しだけ」

平賀が振り向かずに答える。

「マティアスの靴の現場に戻って夕方を待つんだろう？」

「そうでした。では、鳥を探しながら下山します」

平賀はリュックを背負い、双眼鏡を構えて歩き出した。

坂道を少し下りては立ち止まり、上下左右を見回して、木々を掻《か》き分ける。平賀がそんな調子なので、下山にはやたら時間がかかった。

「いい加減にしなよ。もう日が暮れるぞ」

「暮れても大丈夫です。この双眼鏡は昼夜兼用ですから。それに……」

平賀はリュックを下ろして懐中電灯を取り出し、ニッコリ微笑んだ。

「準備は万端と言いたいんだろうが、そういう問題じゃないだろう。夜の山は本当に危険なんだ。ましてここはエスクイン山だ。何が起こるか分からない」

ロベルトは不安げに空を見上げた。厚い雲が早足で近づくのが見える。

嫌な天気だ、と思った時だ。少し離れた所から平賀の声がした。

「あっ、あれは……」

どうやら鳥を見つけた様子であった。平賀は道の端から上体を乗り出していた。

その身体がみるみる大きく前のめりになる。

そのすぐ真下は崖《がけ》だ。

ロベルトは平賀の身体を支えようとしたが、二人は同時にバランスを崩し、切り立った崖を真っ逆さまに滑り落ちた。

「危ない、平賀！」

身体が急落下していく。

視界の景色は飛ぶように流れ、身体に木々の枝がぶつかった。

かなり急勾配《きゅうこうばい》の斜面を落ちている感覚がある。二人の身体は何度か回転した。

このまま山の下まで転がり落ち、地面に叩きつけられるのか。

ロベルトの頭の中で、危険信号が点滅する。

すると突然、ドン、と鈍い衝撃が全身に走った。

落下が止まり、硬い何かの上で身体が弾んでまた何かにぶつかった。

ぐらぐらと眩暈《めまい》を起こした視界に、鬱蒼《うっそう》とした木々が映る。

それから岩の地面と、傍らに倒れている平賀の姿が、斑《まだら》な木漏れ日の中に浮かんで見えて来た。

ロベルトの肩から先には地面がない。すぐ崖になっている。

ロベルトは辺りを見回した。

どうやら二人は急斜面に突き出た僅《わず》かな岩場にひっかかったようだ。

よくぞ助かったものだと、ぞっと全身に寒気が走る。

そうしてたちまちロベルトは、嫌な吐き気を覚えた。かなりの衝撃を受けたから、内臓を痛めてしまったのだろうか。あちこちに痛みと痺《しび》れがある。

ロベルトはゆっくりと手足を動かし、骨が折れていないことを確認しながら、時間をかけて身体を起こした。

平賀はと見ると、上半身を起こした姿勢で、惚《ほう》けた顔をしている。顔には擦り傷が何カ所かあった。

「平賀、大丈夫かい？」

「あ……。ええ、大丈夫です」

「危なかったじゃないか。さっきは一体、何を見てたんだ」

すると平賀は真剣な顔で、ロベルトの背後を指さした。

「それです。ロベルト」

ロベルトが後ろを振り返ると、すぐ背後の木下闇《このしたやみ》に、白いシャツの背中と焦げ茶のズボンがあった。

人が俯《うつぶ》せで倒れている。

上半身と顔は枝と葉の中に埋もれていて見えない。時計をした左手が葉の間から突き出ており、文字盤が鈍く光を反射している。

その身体からむわっとした悪臭が漂ってくるのに、ロベルトはようやく気づいた。

「うわっ……」

ロベルトは思わず鼻を押さえて、匂いから遠ざかった。

平賀は岩場から落ちないように注意しながらその人物に近付き、手首に指を当てた。

「死んでいますね。腐敗の具合からして、死後二週間というところでしょう」

「となると、行方不明のウィリアム・ボシェだろうか。平賀、懐中電灯は？」

ロベルトの声に、平賀はポケットを探り、首を横に振った。

「落としたようです。双眼鏡も無くしました」

「そうか……」

「脇の所にボディバッグがあります。中に身分証があるかも知れません」

平賀はそう言うとボディバッグの中を手探りし、A5サイズの手帳らしき物を取り出した。

「ロベルト、これをあちらの明るい所で見てみて下さい」

平賀はロベルトに手帳を差し出して、岩場の先を指差した。

二人のいる岩場はほぼ半円形に崖から突き出していた。左右は樹木で覆われているが、中央部分には木陰がない。

「よし、分かった」

ロベルトは光の下で、薄い手帳のようなものを確認した。

表紙にはタイプ打ちの文字で、『モーリス・メーテルリンク遺稿集』と書かれている。

「平賀、これは手帳じゃない。本だ」

「そうですか」

枝葉の向こうから、平賀の声が応じた。

ロベルトは改めてその冊子を見た。

表紙は日焼けした厚紙でできていた。価格や出版社名の記載はない。

一頁目を開くと、いきなり本文が始まっている。ざらついた紙に飾り気のないタイプ文字で、淡々と文章だけが綴《つづ》られていた。

最後の頁を確認する。奥付もない。

メーテルリンクの遺稿集といっても、親しい身内が作った冊子なのだろう。彼の死を悼んだ親族の素人が、手記や未発表原稿をタイプ打ちした、という印象がする。

ロベルトはパラパラと頁を捲《めく》った。

すると中から名刺が落ちた。持ち主が栞《しおり》代わりにしていたのだろうか。

メーテルリンク研究家　ウィリアム・ボシェ

名刺にはそう書かれている。

「平賀、その人物はボシェ氏に間違いなさそうだぞ」

ロベルトは平賀に呼びかけたが、今度は返事がなかった。

丁度開いている頁に目を遣《や》ると、テキストには手書きの赤線が引かれていた。

『……「胡麻《テイイル》よ、胡麻《テイイル》よ、千の胡麻《テイイルミル》」。彼の言ったそのフレーズは長く私の耳に残り、パリのサロンであの不思議な老人と出会わなければ、私の作品も違ったものになっただろうとしみじみ回顧させたものだった。

その老人は革命によって引き離された彼の故郷へと帰還する途上にあった。彼を待つ故郷には古《いにしえ》の神殿が女神の二つの乳房のうちに隠され、聖歌を歌う青い鳥が住んでいるのだ。そうして不思議な老人は私に《悦《よろこ》ばしき知識団》の歴史と彼らが受け継いだ、海を渡る大地とオメガについての福音について語ったのである。

まさに夢のような一夜であった。J・ペラダンとE・サティと私がそこにいた。

後年、私はフランス各地を旅したが、あの老人の言った村は何処にも存在しなかった。

一八九七年のパリ、ある夜の思い出である』

（何だ……これは……？）

ロベルトの腋《わき》に妙な汗が流れた。

メーテルリンクがパリの象徴主義の詩人らとサロンで親交を深めていたという話は有名である。パリでジョセフ・ペラダンが薔薇《ばら》十字会のサロンを開いていたことも、エリック・サティがサロンの会員だったことも、知る人ぞ知る有名な話だ。

なにしろ当時のパリは、神秘主義の一大ブームの渦中にあったのだ。

それにしても、気になる文章だ。

『海を渡る大地とオメガについての福音』とは、ひょっとすると、自分が解読していた、あの異端の福音書のことではないのだろうか？

それを受け継いだのが『悦ばしき知識団』だと、この冊子は書いている。

『悦ばしき知識団』とは、激しい異端審問が一段落した頃の南フランスで、七人の吟遊詩人が立ち上げた、神秘学団体の名だ。そこに異端審問を潜り抜けた知識や神秘哲学、書や歌が、細々と伝わっていたとしても、不思議な話ではない。

（この『不思議な老人』とは一体、何者なんだ？）

ロベルトは眉間《みけん》に皺《しわ》を寄せた。

それに、『古の神殿が女神の二つの乳房のうちに隠され、聖歌を歌う青い鳥が住んでいる』とは、セレ村のことではないのだろうか。

ケルト文化圏やアニミズム文化圏では、二つ並んだ丘や山を「女神の乳房」と喩《たと》えて呼ぶ例がしばしばある。そしてまた、聖歌を歌う青い鳥がセレ村の他にそうそういるとは思えない。

第一、エズーカ山には、三人のマトロナを祀《まつ》った祠《ほこら》の礼拝堂が存在するではないか。

(このエスクイン山にも何かが隠されているとしたら……)

ロベルトはごくりと唾《つば》を飲んだ。

こんな冊子を手にした日には、ウィリアム・ボシェでなくとも謎解きに夢中になってしまうだろう。メーテルリンクの時代とは違い、今なら衛星地図でいくらでも「二つの山」を捜せるのだ。

ウィリアム・ボシェの取った行動が、ロベルトには手に取るように分かる気がした。

「ロベルト」

平賀の声がして、ロベルトは我に返った。

「あ、ああ、平賀。思わぬ収穫だよ、この本は。つい夢中になってしまった」

「何か面白いことが書かれていましたか?」

「ああ。エスクイン山には古の神殿が隠されているかも知れない、とね。ボシェ氏はそれを探しにここへ来たようだ」

平賀は目を瞬《しばたた》いた。

「私はボシェ氏のご遺体を調べようと試みましたが、頭頂部に陥没がある事ぐらいしか分かりませんでした。懐中電灯か暗視双眼鏡があれば良かったのですが。腐乱死体を明るい場所まで運ぶのも困難ですし」

「……そうだな。それは動かさない方がいい」

「次に私達が考えるべきは、ここから脱出する方法ですね」

「そうだな」

ロベルトはポケットから携帯を取りだし、電波を確認して首を振った。

「携帯は駄目だ」

「山間部ですからね」

「弱ったな。自力でここから脱出するのは無理だろう」

「ええ。しかし、私のリュックがこの崖《がけ》の真上にあります。いずれ誰かが見つけて下さるでしょう。一番その可能性が高いのは、狩猟帰りのアンドレ・シュヴィニ氏です」

平賀の言葉に、ロベルトは溜息《ためいき》を吐いた。

「シュヴィニ氏は、そんな親切をするタイプの男じゃなかったな。それより一番初めに僕らの不在に気づくのは、ピエール神父だろう」

「そうですね。恐らく明日あたり、マティアスの靴の現場辺りを探してくれそうです」

「そうだな。こっちにも来ないだろうか」

「ここはもっと山頂に近く、方角も裏側あたりでしょう」

「結構離れてるな……」

会話していた二人の頭上で、不吉な雷鳴が響いた。

空がみるみる黒雲に覆われ、風が強くなる。

冷気の層が、空から音をたてて降りてきた。

ぽたりと大粒の水滴がロベルトの頬にあたった。

「まずい、雨だ」

「木陰で雨を凌《しの》ぎましょう。左と右、どちらの木陰に行きますか？」

平賀が岩場の両側にある木の茂みを指差して言った。

「ボシェ氏がいない方だ」

二人は足元に気をつけながら、反対側の木陰へと移動した。

茂みを掻《か》き分け、避難場所を探していた二人は、岩肌にぽっかりと穴が開いているのに気づいた。

洞穴だ。運がいい。

二人は腰を屈《かが》めて穴の中に入った。

入り口付近は二人が並べないほど小さいが、穴は奥へと伸びている。

平賀は穴に向かって声を発し、反響音を確かめた。

「結構、奥がありそうですよ。エズーカ山の礼拝堂ぐらい大きいかも知れません」

「もしかして、エスクイン山の隠し洞窟《どうくつ》かも知れないな。少し奥へ進んでみよう」

二人は一列になって、真っ暗な洞穴を歩き進んだ。

暫《しばら》くすると、本当に広い場所に出た。

「ここなら雨は凌げるし、身体を休められますね」

平賀の声が闇の中に谺《こだま》する。

視界が利かないロベルトは、やや神経質になって、五感を研ぎ澄ました。

するとロベルトの敏感な鼻が、微《かす》かな油の匂いを感じ取った。

その方向の壁を手さぐりする。

何かに指が触れた。

形を確認すると、簡易なオイルランプのようだ。受け皿があり、芯《しん》がある。受け皿の中に指を入れると、底の部分に弾力のある手触りが確認できた。

指の匂いを嗅《か》ぐと、油だ。

「平賀、ここにオイルランプがある。マッチかライターは持ってるかい？」

「いえ、持っていません」

「そうか。残念だな。どちらかに喫煙の習慣でもあれば良かった。明かりがあれば脱出口を捜し易いし、助けを求める狼煙《のろし》も上げられるだろうに」

ロベルトは悔しげに呟《つぶや》いた。

「私が火を点《つ》けましょう」

平賀は魔法のような事を言った。

「え？」

「私のポケットに、懐中電灯用の替えの電池と、昼食代わりのチョコレートがあります。それで火を点けます」

「何だって？」

「ここだと見えづらいので、一旦《いったん》外へ出ますね」

平賀は再び洞窟の外の岩場へ出た。ロベルトが様子を窺《うかが》っていると、平賀はポケットから電池とチョコレートの箱を取り出した。

「食べますか？」

平賀はにっこり笑い、銀紙をむいてチョコをロベルトに差し出した。

「い、いや、今はいい。それは貴重な非常食だ」

「そうですね」

平賀はチョコレートの箱をポケットにしまうと、むいた銀紙に折り目を付け、細長い長方形に千切った。そして長方形の両端はそのままに、中央部は二ミリほど残して両側から抉《えぐ》るように破り取った。

するど銀紙は、細長い砂時計かファルファレのマカロニのような形になった。

当然ながら、表面が銀紙で、裏面は紙になっている。

平賀は銀紙の端を電池のマイナス極につけて持ち、その紙を捻《ね》じって、もう片方の端の銀紙の面をプラス極に近づけた状態で、再び洞窟に入った。

「ロベルト、ランプの場所を教えて下さい」

平賀に言われたロベルトは、先程探り当てたオイルランプを手さぐりで探し、平賀に声をかけた。

「ここだ」

平賀の左手を取って、オイルランプの場所を教える。

「分かりました」

暗闇で声がした瞬間だ。白煙と共に、たちまち赤い炎が燃え上がった。

「うわっ！」

ロベルトは驚きの声をあげた。

平賀の手に持った電池のプラス極とマイナス極に、捻じった銀紙が押しつけられ、その銀紙が燃えている。

炎の灯《あかり》で、油のこびりついた古いオイルランプがよく見えた。

平賀は素早く、銀紙の炎をオイルランプの芯に移した。

洞窟がほんのりとしたオレンジ色の灯に包まれる。

「凄《すご》いな、君は。まるで魔法使いみたいだ。今、何が起こったんだい？」

「簡単なことです。チョコレートの銀紙は、表面が金属で出来ており、裏面が紙で出来てます。その金属面を電池のプラス極とマイナス極に当てると電気が流れます。しかし、途中で真ん中を細くしているので、そこで電流が流れる幅が狭くなるためにショートが起こって熱が発生し、発火したのです。

発火はすぐ終わってしまうのですが、ランプがあって良かったです」

「いや、本当に驚いた……」

「それよりロベルト、ここにランプがあるという事は、誰かが使っていた場所ということです。その人達が出入りした通路がどこかにある筈《はず》です」

平賀がキラリと目を輝かせる。

「ああ」

ロベルトは壁の吊《つ》り具からオイルランプを外して持った。

「あっちに穴が続いている。もっと奥へ行ってみよう」

二人はランプを持って歩き始めた。

7

その洞穴は湾曲しながら長く奥へと続いていた。

エズーカ山の祠《ほこら》とは違う作りらしい。

暫く進むとランプの明かりの中に、壁に描かれた絵が浮かび上がった。

ロベルトは思わず立ち止まり、明かりを翳《かざ》した。

そこには夜空に輝く三つの星が黄色で描かれ、そこから光を伴って地上に降りてくるようなキリストの姿があった。

地上では宝石や織物や香油といった宝物に囲まれた三人の人物が、手を合わせて天上のキリストを見上げている。

「まさか、こんなものがあるなんて……」

ロベルトは息を呑《の》んだ。

「そんなに驚く絵でしょうか。これはキリストの昇天でしょう？」

平賀は不思議そうに訊《たず》ねた。

「違うんだ、平賀。これはキリストの誕生を祝う三人のマギの絵だ。だが、このキリストは馬小屋で生まれてはいない。天から降りてきている」

「確かにそうですね。妙です」

平賀は首を傾げた。

「平賀、これこそウィリアム・ボシェが探していたものだ」

「えっ？」

「この洞窟を神殿として使っていたのは、キリスト教最大の異端と呼ばれ、中世南フランスを席巻《せっけん》したアルビ派に間違いない。

アルビ派の教えでは、キリストは肉体を持っていない。だから、人の女性から生まれることは決してない。キリストは大いなる主の教えを人間に伝える為、霊体として天から遣わされたと、彼らは考えていた。これはその思想を絵にしたものなんだ」

「アルビ派といいますと、確か、アルビジョワ十字軍で滅ぼされたんですよね」

「そうだとも。十字軍が終わった後も、南フランスでは異端審問官が長年に亘《わた》って異端狩りを推し進めた。その為に、アルビ派の信者はたった一人さえ残らず、教義は焚書《ふんしょ》されて一篇すら残っていないと言われている。それほどまでに徹底的に、容赦なく壊滅し尽された、まさに幻の異端派なんだ」

「私もよく知りませんが、彼らは余程危険な思想を持っていたのでしょうか。例えばアンチ・キリスト的だとか、テロリズム的危険思想とか……？」

「これから彼らの思想を二人で見ていこうじゃないか」

「ええ、そうですね。ドキドキします」

「勿論《もちろん》、僕だってそうさ」

二人は次の壁画の前に立った。

今度はキリストが教えを説いている場面が描かれている。

後光がさすキリストが座り、それと対面して座る、マリアと思《おぼ》しき女性が描かれている。

マリアの顔は褐色で、青い服を着ているのが分かる。その足元には香油壺《つぼ》がある。

二人の周囲を、十二人の弟子達が取り巻いていた。

「……ごく普通ですよね。キリストと弟子達の絵です」

平賀は素直に言った。

一方、ロベルトは激しい興奮に襲われて、舐《な》めるように壁画を見た。

「ロベルト、まだ奥にもありますよ」

平賀が洞窟《どうくつ》の先を指さした。

ロベルトは足早に次の壁画を目指した。

次の壁画は、ラザロの復活を描いたものだ。

褐色のマリアを伴ったキリストが、片手に蛇の形を模した杖《つえ》を持ち、杖から光が放たれている。放たれた光の先にある棺桶《かんおけ》の蓋《ふた》が開き、中から蘇生《そせい》したと思われる人が顔を覗《のぞ》かせていた。

「このキリストの杖の形は蛇のようじゃありませんか？」

平賀は自分の見間違いかと思ったのか、目を擦《こす》り、キリストの杖を見つめた。

「蛇の杖は知恵の象徴であり、また不死の象徴なんだ。

今の時代、蛇はすっかり悪魔の化身とされているけれど、神秘主義者たちは、イブに知恵の実を与えた蛇を良きものとして捉《とら》えていた。

そもそも旧約聖書では、モーセがエジプトの神官たちと力比べをする時にも、杖を蛇に変身させている。それにモーセには、蛇の銅像を作って、死んだ仲間達を生き返らせたという話があるぐらいだ。だから死人を生き返らせているキリストが、蛇の杖を持っていたとしても、さほど奇怪《おか》しくないんだ」

「成る程。そうなんですね」

平賀は納得した様子で頷《うなず》いた。

壁画はさらに続いた。

次は三人の女性が、天上のキリストから教えを受けている場面だ。

三人ともが褐色の肌に青い服を着ているので、誰が誰だか分からない。

その次にあったのは、川と森と三人の女性を描いた壁画である。

女性達の傍らには、鎖で四本の杭《くい》に繋《つな》がれた怪物がいる。頭が山猫で、背中に鋭い背鰭《せびれ》のある甲羅を被《かぶ》った怪物だ。

「この怪物は何です？」

「古くからローヌ川に住み着いていたという、土着の謎多き怪物タラスクだろう。邪悪で獰猛《どうもう》な竜の眷属《けんぞく》で、毒息を吐き、灼熱《しやくねつ》の糞《ふん》をまき散らし、人を喰《く》らい、特に子供を好んで襲ったという。

この絵は、キリストの三人の使徒がその怪物を退治した場面を描いているんだ。

南フランスには、伝道にやって来た聖マドレーヌことマグダラのマリア、そしてマルタ、ラザロの三人の使徒が、ローヌ川の向こうの黒い森に住む悪い竜を退治するという伝説がある。

マルタが森の中に入ると、竜が人を食べようとしているのに出くわしたので、聖水をふりかけ、十字架を突き付けて、身動き出来ないように竜を縛り上げたというんだ」

「ですがラザロは男性ですのに、この絵は三人の女性ですよ」

「そうだねえ……。素直に考えるなら、三人の使徒による竜退治伝説の元にあったのは、川辺に住む三女神の竜退治物語だったんじゃないかな」

「あっ、そうです。確かにこれは川辺の女神達です」

平賀は壁画に顔を近づけた。

「ロベルト、見て下さい。ここに描かれた三人の女性の一人は角を持っています。これはコルヌ・コピアでしょう？　もう一人の女性は乳飲み子を抱いていますし、あとの一人は杖を持っています。これって……マトロナじゃありませんか？」

「ああ、恐らくそれが原型なんだ。マトロナによる竜退治伝説が元々あった地に、キリスト教が入ってきた時、古い伝説は三人の使徒による竜退治伝説へと書き換えられたんだろう。

不謹慎なことを言うようだけど、よくある話さ。

僕は時々、こんな風に思うことがある。聖地やそこに伝わる古い信仰というものは、元々からその地に存在する不思議な力に支えられているんじゃないか……とね。

その土地が持つ記憶というか、古くからいる精霊というか、染みついた伝統というか、うまく言えないのだけど、そうした目に見えない力が聖地を支え続けているんだ。

だからこそ次にやってきた別の民族、別の思想の持ち主もまた、定められた聖地の上に、新たな伝説を加えながら、信仰を繋いでいくんじゃないだろうか。それは蜂が蜜《みつ》を造り、蜘蛛《くも》が巣を造り、蚕が繭を造るのと同じ、自然の理なんじゃないだろうか。

そうして新しい文化によって、古い文化が廃れ、忘れられたとしても、新しい伝説や信仰のどこかに、古い物語のエッセンスが隠されている。そんな気がしてならないんだ」

「ロベルトはいつもそんな事を考えながら、調査官をなさっているんですね」

平賀は新発見をしたように感心して言った。

「まあ……そういう時もあるってことさ。いつもって訳じゃない」

ロベルトはどこか照れた様子で言い、頭を掻《か》いた。

「ほら、平賀。この絵で杖を持っているのは、マグダラのマリアだ。しかもキリストが持っていたのと同じ、蛇の形の杖を持っている。

このことは、彼女がキリストの知恵を受け継いだ高弟であったことを表しているんだ」

「マグダラのマリアが、キリストの高弟なんですか？」

平賀は素直に訊《たず》ね返した。

「アルビ派はそう考えた、ということさ。アルビ派の資料は殆《ほとん》ど全く現存していないんだが、昔からグノーシス主義者や神秘主義者が『マリアの福音書』を信仰していたことや、アルビ派がそれらを受け継いでいたらしいことは分かってるんだ」

「成る程……」

平賀は何を思うのか、真剣な眼差《まなざ》しで目の前の壁画を見た。

とはいえ、彼の信仰心がこれしきで揺らぐことはないのをロベルトは知っていた。平賀は何者にも蝕《むしば》まれることなく輝き続ける、黄金のような信仰心を持っている。

だからこそロベルトも、率直な意見を口に出来るのだ。

「僕は今、酷《ひど》く興奮しているんだ。遭難して良かった、なんて思いが頭を過《よ》ぎるぐらいにね。アルビ派という、長年謎に包まれた異端派が、一体何を考え、何を信じ、どんな思想を持っていたのか。それを記した壁画に出会えるなんて、本当に夢のようだよ」

ロベルトは夢中になって次の壁画をランプで照らした。

次に現われたのは、人々に拝まれるマグダラのマリアだ。

その絵画の上方には光が描かれていて、その光から出ている人の手が、マリアと思われる女性の頭の上に翳《かざ》されている。そのマリアの頭には王冠があり、片手には蛇の杖を持っていた。両脇には、やはり二人の聖女がいる。

そして最後に、昇天するマリアと二人の聖女の壁画があった。

彼女らの頭上には青い鳥が描かれ、雲と、そこから放射線状に伸びる光線、そして数多《あまた》の天使が描かれている。

地上は薄暗く、醜く、大罪を犯す人々で溢《あふ》れ返っている。

それに比べて、天の高みへと昇天していく三人の聖女の姿は、この上なく美しく穏やかだ。そして三人の背中には天使のような青い羽根が、今まさに生えかけようとしている。

「青い鳥はマリア様の化身という村の伝説は、ここから生まれたのでしょうか」

平賀は子どものように無邪気な顔で言った。

ロベルトは頷き、絵の隣にオック語で書かれていた教訓に目を遣《や》った。

『光は霊。物質は闇である。

天こそ真実であり、地にある全ての物はまやかしである。

まやかしは全てサタンの作りし穢《けが》れた肉でできている。しかしながら肉の内に宿る霊魂だけは、天に属する光である。

内なる霊魂を、隠されたその真実を求めよ。

穢れた肉の方に、現《うつつ》を抜かしてはならない。

肉を貪《むさぼ》ること、酒を貪ること、欲を貪ること、物を欲すること、他の霊の宿る命を殺すことを慎まなければならない。また憤《ふん》怒《ぬ》の感情、嫉《しっ》妬《と》の感情、怠惰の感情、驕《きょう》慢《まん》の感情、憂《ゆう》鬱《うつ》の感情を持つことを慎まねばならない。

穢れた食べ物を食することは、罪を体内に入れることであり、穢れた衣を纏《まと》うことは罪を纏うことであり、住む家を欲することは、罪の巣に住むことである。

キリストと無原罪のマリアの言葉のみを信じ、全ての罪から身を遠ざけよ。

この世において褒めたたえられる者、富める者、地位ある者、権力を持つ者の言葉には殊に気をつけよ。何故なら彼らこそは大いなる罪の大いなる所有者だからである。

正しき完徳者になるには、次の条件を満たすことが必要である。

過去に十戒を犯したことがないものであること。

夫、妻、連れ合い、親しい異性を持たぬものであること。

五日間の火行、または二十日間の水と塩だけの断食行を、定められた時期に二年以上なもの』

し遂げたもの。

「マリアの福音書」、「十二使徒の福音書」、「命の智慧《ちえ》の書」三巻を、全て暗記して喋《しゃべ》れるもの』

ロベルトは壁の文字をラテン語に訳して読んだ。

平賀はそれを興味深げに聞き、首を傾げた。

「私達の知るキリスト教とは、確かに違う部分もありますけれど、十戒を守って清貧を心がけるという部分では共通点も多いです。

この教えが何故、それほど恐れられたのでしょうか？」

「いや、だって君、ここには恐ろしい事が書いてあるじゃないか。『マリアの福音書』と『十二使徒の福音書』、それに『命の智慧の書』だって……。そんなものがアルビ派に伝わっていたとは……」

ロベルトはそう言いながら、熱に浮かされたような顔で辺りを見回した。

「洞穴のどこかに書かれていないだろうか。この目で一度、見たいんだ」

「ロベルトでも、見たことがないのですか？」

「古代キリスト教の原資料として、『死海写本』に次いで重要な『ナグ・ハマディ写本』には、四世紀から五世紀の資料として『トマスの福音書』を始め、グノーシス派の教理や神話論など、今日では異端として排除されてしまったものが含まれている。

その量は膨大だが破損も激しく、読めない所も多いんだ。

十二使徒全員ぶんの福音書や、命の智慧の書に関しては、僕は見た事がない。どこかにあると言うなら、何としてでも見たいものだ」

「『ナグ・ハマディ写本』という名前は私も知ってます。確か一九四五年にエジプトで見つかった初期キリスト教の文書で、二十世紀最大の考古学的発見だと言われているものですよね」

平賀の大きな瞳《ひとみ》がロベルトを覗《のぞ》き込んだ。

「平賀。ギョベクリ・テペという古代遺跡で禿鷲《はげわし》のモチーフの石柱が発見されたことから、中東の新石器時代には死者を野ざらしにする文化があって、それが『黙示録』に現われる聖母の姿に鷲の羽があることのルーツじゃないかと話したのを覚えてるかい？」

「ええ、覚えています」

「トルコにあるギョベクリ・テペ遺跡の存在は、カナン地方――つまり現在の地中海とヨルダン川と死海に挟まれた地域一帯と、シュメールに代表される古代メソポタミアとの間に、強い結びつきがあった証拠だと僕は考えているんだ。

ギョベクリ・テペの文化がシュメールやカナンに広がったのではないか、とね」

「地理的には無理のない仮説かと思います。

キリスト教、ユダヤ教、イスラム教の始祖であるアブラハムは、シュメールのウルという都市にいて、主の声を聞き、乳と蜜の流れる場所と呼ばれるカナン地方へ出発したのですから」

「ああ。そこからも、カナンとシュメールの神が同じであっただろうことや、シュメールにはカナン地方のことを、乳と蜜の流れるような素晴らしい場所だとする話が伝わるぐらいの交流があったことが推測できる」

ロベルトはそう言いながらランプを掲げ、ぐるりと辺りを照らした。

「あっ。ロベルト、今、何かが見えました。ほら、こちらです」

平賀はロベルトの腕を引いて少し歩いた。

するとその先に岩の扉があった。把手《とって》らしき部分が窪《くぼ》んで磨《す》り減っている。

誰かが使っていた証《あかし》だ。

ロベルトは力を込めてその戸を開いた。

扉の向こうには、ドーム型の空間が広がっていた。

二人はそこへ足を踏み入れた。

周囲の壁がランプの明かりに照らされる。

ごつごつとした岩壁に、無数の穴が開いているのが分かる。

穴の数は百余りもあるだろう。

一つ一つの穴の中には壺《つぼ》が収められている。

そして穴の上の部分には、人の名前が刻まれていた。

ロベルトはそれらを見ていくうち、多くの名に見覚えがあることに気が付いた。

平賀は一つの壺の蓋《ふた》を取って中を見た。中には白灰色の物体が入っている。

「ロベルト、壺の中は人骨のようです」

「ああ。その上に書かれた名前に気づいたかい？　あれらは『バズブに攫《さら》われた村人の墓』にあった名と同じだ」

「何ですって？　どういう事なんです？」

「多分、すぐに分かるよ」

ロベルトの掲げるランプは、壁の一角に描かれた絵を照らした。

そこには白い布を着て跪《ひざまず》く、九名の人物が描かれていた。そのうち五名は女性だ。

一人は機織りに用いる杼《ひ》を持ち、一人は弦楽器プサルテリウムを持っている。

楽器を持った人物の横には、その人の名がアルナウト・ダニエルと記されていた。

ロベルトはその名を知っていた。メタファーと象徴を多用した詩を書き、十二世紀のフランス諸国を遍歴した、有名な吟遊詩人である。

彼のことは、アルビ派キリスト教の教えを携えて諸国を吟遊した聖人として、この地では崇《あが》められたのだろう。

杼を持った人物の名には覚えがない。だが、この地に貴重な青色を産み出す草木、ゲードを伝えた聖人ではないだろうか。

ゲードは、元はトゥールーズやアルビといった『アルビジョワ十字軍によって、徹底的に壊滅させられた』都市のみで栽培されていたのが、アルビ派の弾圧と前後して、ラングドック地方へ広まったことが知られている。

つまりゲードを携え、アルビ派と共にやってきたのが、彼なのだろう。

その隣の人物の名は、エンゾ・アトキン。

エズーカ山の祠《ほこら》の前で、聖母を見たという村人の名もエンゾだった。それが恐らく彼なのだ。

だとすると、筋金入りのアルビ派の彼が祠で見たマリアは、聖母マリアである筈《はず》がなく、マドレーヌことマグダラのマリア。もしくは彼の信仰する女神でなくてはならない。

つまりエンゾの証言は、祠の聖母が異教のものではないと、マンドの大司教からお墨付きを貰《もら》う為の狂言だったことになる。

その隣に書かれた名前はシカール・セルリエ。それからロベール・デペルノン。この二人は、アルビ派の異端教会の司教として有名だ。

残る人物の名前を、ロベルトは知らなかった。恐らくは弾圧され、記録から抹消されたアルビ派の聖人、いや完徳者達に違いない。

(そうか、そういう事か……)

ロベルトは聖マリー教会のステンドグラスに描かれた九人の聖人を思い出した。

あの九人は、一見すると聖シモンや聖セシリアに見えたが、そうではなかった。アルビ派の完徳者達であり、殉教者達であったのだ。

それをカソリック風の表現にわざとカモフラージュして描いたのが、あのステンドグラスだったのだ。

そしてまた、村人の墓にあった九つの大きな石碑も、この九人の聖人を象徴していたのだろう。

九つの石碑が九人の聖人を表していたのなら、それを取り囲むように置かれていた百余りの墓石は、聖人に続かんとする者達、すなわちアルビ派の修道士でなくてはならない。

アルビ派は、地上の穢《けが》れを捨て、完徳者になることを目指す宗派だ。

修行や断食行を求めて、修道士達はエスクイン山に入ったのだ。

セレ村の人々が、山裾《やますそ》に「村人の墓」を作ったのは、俗世を捨てて山に入り、信仰の道に入る修道士達を記念してのもの。いわば俗人としての人生の墓場だったに違いない。

彼らは勿論《もちろん》、バズブに攫われたのではなかった。

彼らは彼ら自身の意志と信仰心を持って、エスクイン山におわす神——そう、翼ある女神の元へと馳《は》せ参じたのだ。

ロベルトはランプの明かりを高く掲げ、祠の正面にある大きな絵に向けた。

そこには背中に羽のある、美しい女神が描かれていた。

彼女は当然、異形の女神であった。

正面の顔と横顔二つの合わせて三つの顔を持ち、角のある黄金の冠を被《かぶ》っている。

薄衣《うすぎぬ》を着けた胸の前で両腕を交差させ、それぞれには長い葦《あし》を持っていた。

二本の葦は彼女の拳《こぶし》の周りでくるりと円を描いて両端が持ち上がっているので、「太陽《ウラエウス》」

の意味を表すヒエログリフの形にそっくりであった。後年の北西セム文化において「太陽」や「蛇章」を表すW（sin）となった文字であり、それは女神の名でもあった。

女神の足元の両側には、それぞれライオンが座し、控えている。

女神の背後の空には奇妙な形の雲が浮かび、そこから光線が伸びていた。

「あれ？　この絵をどこかで私、見ましたっけ……」

平賀は不思議そうに呟《つぶや》いた。

彼も聖マリー教会のステンドグラスを思い出したのだろう。

ロベルトはそのことを平賀に伝えたいと思った。どこから話していいのか分からないが、それでもやはり話してみたかった。

「ねえ、平賀。一寸《ちょっと》僕の話を聞いてくれないか？　僕は今、アルビ派について、この女神が何者なのかについて、語らずにはいられないんだ」

「ええ、勿論です。私も聞きたいと思っています」

「有難う、平賀」

ロベルトは大きく息をすると、自分の中にマグマのように湧き上がってくる思考の奔流にどうにか整理をつけながら、努めて静かに語り始めた。

8

「そうだね、何処から話そうか。いっそ順を追って昔話から始めるとしよう。

現在、人類最初の神話として伝わっているのは、メソポタミア神話で、シュメール人、東方セム語アッカド人、アッシリア人、バビロニア人と後に移住してきたアラム人やカルデア人までもが信仰して、発展させた神話体系だ。

現代のイラク、クウェート、トルコ南東部、シリア北東部にあたるメソポタミア地域で、その神話は紀元前四千年紀から四千二百年にわたり信仰されつづけた。民族によって、神話の神々は違う名前をつけられたり、違う姿で表されたりすることはあったけど、根本は同じなので、名前は統一して話をするね。でないとややこしい」

そういいながら、ロベルトは無尽蔵にあるメソポタミア神話をどのように簡潔に伝えるか、頭をフル回転させた。

「君が知っている名前でいこう。メソポタミアで信仰されていたのはイル、もしくはエルと呼ばれる男神と、アシラトもしくはアシェラと呼ばれる女神だ。二人は夫婦神だった。その息子としてバァルが生まれる。

エルは後に旧約聖書の神となるから、君もよく知っているだろう。

四大天使のミカエル、ガブリエル、ウリエル、ラファエルなどに共通するエルの呼称も、ここから来たものだ。

ユダヤ人と同じ先祖アブラハムを持つアラブ人の教典コーランにも、天啓の天使ジブリールことガブリエル、戦士の天使ミーカーイールことミカエル、最後の審判のラッパを吹くイスラフィールことラファエル、死の天使アズライールことアズラエルが登場する」

平賀は「ええ」と頷《うなず》いた。

「男神のエルは天空の神で、原初の牛とも言われ、地上に雨を降らし、雷を落とすものと呼ばれていた。

一方の女神アシラトは、海を歩く婦人、神々の生みの親、王を守護するものと呼ばれていた。彼女はエルの妻であり娘でもあった。

また二人は天父、天母とも呼ばれていた。

だからこの二神は元々は、太陽と月を象徴する神だったのだろうね。

それでいくと、バァルは天子ということになる。

そうして時代が下り、メソポタミア文明の一員だったシュメールのウルに、アブラハムが誕生する。言わずと知れたユダヤ教徒、キリスト教徒、イスラム教徒全ての始祖であり、最初の預言者だ。

アブラハムは神の啓示を受けてウルを発《た》ち、カナンの地に入ったが、当時のカナンはシュメールの都市マリと姉妹都市のような関係で文化を共有していたと分かっている。

つまりウルに居た時と文化が変わらなかったので、アブラハムが信仰していたのは、エルとアシラトだったといえるんだ。

アブラハムの子孫であるユダヤ人が信奉する旧約聖書の『人類創造』には、シュメール神話の影響が残っている。

シュメールの女神ニンフルサグとエンキ神の物語だ。

女神ニンフルサグとエンキ神は夫婦だった。

エンキとニンフルサグは様々な植物が生えた庭園を造って住んでいた。

そこで、エンキが鍬《くわ》を振るうと植物のようなものが、頭を現わした。

それをニンフルサグが完成させると人間になった、といわれている。

「つまり、エデンの園のような場所で、天父と天母が人間を造ったという話ですね」

「そうそう。『人類創造』とメソポタミア神話の共通点はまだある。

エンキ神は『天の水の神』として登場し、女神ニンフルサグという名は『山の女神』の意味だ。

山の女神は、他にもニンマーつまり偉大なる女王、ニンシグシグすなわち静寂の女神、ムドケスダつまり血の忠誠を司《つかさど》る者、アマウドゥダすなわち生命を産み出す母、サグズディンギレナクつまり神々の助産師、ニンメンナすなわち王権の守り神と、様々な名を持っている。つまり、ニンフルサグとはアシラトの異名だ。

ややこしいので、エンキは天空の神エル、ニンフルサグは大地の女神アシラトのことだとして説明するね」

「分かりました」

「さて。エル神は、女神アシラトとの間に、女神ニンサルつまり植物を司るという名の娘がいたのだけれど、アシラトがいない間に、ニンサルと関係を持ち、女神ニンクルラすなわち農耕牧畜を司るという名の娘をもうけた。

さらに、彼はそのニンクルラとも関係を持ち、女神ウットゥつまり機織りとか蜘蛛《くも》を司るという名の娘をもうけたんだ」

「そ、それは随分いけないことでは……」

平賀はどぎまぎした様子で目を見開いた。

「まぁ……。古代王族の間では一般的だった近親婚が反映されたんだろうね。権力の分散を防ぐために、血族同士が結婚するのは当たり前のことだったのだから。

カナンでも、女神アシラトは、エルの妻でありながら娘だったし、その後は、父親から王権を譲り受けた息子のバァルと結婚する」

「え――……」

平賀は妙な声を出した。

「まあまあ。ともかくエルは、さらに女神ウットゥと関係を持った。しかし、エルは、ニンサルやニンクルラにしたのと同様、暫《しばら》くするとウットゥのもとを去ってしまう。

困ったウットゥは、出先から戻ってきた女神アシラトにそのことを相談した。アシラトは、エルの見境のない欲求に憤り、ウットゥを逃がし、ウットゥの子宮からエルの精を取り出して土に埋めた。

すると、そこから八種類の植物が芽を出し、みるみると成長した。

ところが、エルは偶然、それらの植物を見つけて、その実を食べてしまった。

自らの精を取り込んでしまった彼は、顎《あご》と歯と口と喉《のど》と四肢と肋骨《ろっこつ》に腫《は》れ物ができ、倒れてしまった。そして途方にくれたエルのところに、アシラトの聖なる狐がウットゥを連れ戻してきたという。

エルがそれなりの罰を受けたことで、アシラトの心は穏やかになって、エルの体からアブつまり水または精を取り出し、ウットゥの体に戻してやった。

そして、ウットゥからは八つの神が生まれた。

その中にニンティという女神がいた。これはシュメール語で『肋骨』と『生命』を意味する『ティ』という言葉と、『女』を意味する『ニン』が合わさった名の女神だ。

分かりやすく言うと、『生命の女』とか、『肋骨の女』となる」

「旧約聖書では、イブがアダムの肋骨から作られますね」

「そうなんだ。世界中のどこを探しても、肋骨と女性の誕生を関係づけている神話は、シュメールにしかない。

この話は後に簡略化されて、さらに旧約聖書の『人類創造』に近い話になっていく。

それはこうだ。

まず、女神アシラトはディルムンというところに、野菜や果物が繁る『エディヌ』という美しい庭園を造った」

「エデンの園に似てますね」

「そうさ。この頃のディルムンという場所は、メソポタミア文明とインダス文明の中間にあたる土地だった。今でいう、サウジアラビアの東部地方で、カタール、オマーン、ペルシャ湾のイラン沿岸部といったところだね。

アシラトは夫のエルに『エディヌ』の野生動物の制御と庭園の手入れを担当させていたんだが、エルは妻のアシラトに内緒で、七つの植物を食べてしまった。

これに激怒したアシラトは、エルを病気にしてしまった。

要するに夫の神を小間使いのように使って、病気にしてしまったんだ」

「随分すごい妻ですね」

「そうだね。

シュメール神話ではエル神より、この強力な力を持った女神のほうが印象が強く、エルより人気があったようだ。

ともかくエルは肋骨に激しい痛みを感じて、寝込んでしまうけど、別の神がアシラトをなだめ、アシラトの怒りは収まった。

そしてアシラトは『ニンティ』つまり『生命の女、肋骨の女』という女神を作って、エルを治療したんだ」

「では、楽園追放の下りにも共通する神話があるんですか？」

平賀は好奇心に瞳《ひとみ》を輝かせた。

「いいや、基本的に人類が楽園を追放されたという記述はない。

イスラム教でアダムとイブは、アダムとハッワーという名で登場するけれど、ハッワーがアダムを誘惑して『智慧の実』を食べさせたとは書かれておらず、彼より先に食べたとさえ書かれていない。アダムとハッワーが罪を犯し、神に許しを請うと神は両者を許したと書かれているだけだ。イスラム教では原罪が存在しない。

だから、そもそも楽園追放というのはかなり後世に生まれた物語なのだろう」

「そうなんですか。ロベルトは本当に何でもご存じなんですね」

平賀は感心しきった顔で言った。

「それは買いかぶりだよ。

そもそもアシラトは、土地の繁殖と豊穣《ほうじょう》を司る女神だけど、シュメール寺院に伝わる賛歌によれば、『天における真に偉大なる女神』とか、『歴代のシュメールの王はアシラトの乳により養われた』とも謳《うた》われている。

彼女は角のついた頭飾りに段々のスカートをまとい、肩には矢筒を背負った姿で描かれることが多いが、繋《つな》がれたライオンの子を伴った姿で描かれることもある。

アシラトのシンボルは、地平線に沈んではまた昇る太陽や月。盛り上がった大地である山。植物で作った蛇の形を模したものだ。紀元前二〇〇〇年前半から三〇〇〇年頃からアシラトと共に描かれていた」

ロベルトがそう言うと、平賀は改めて壁の女神像に目を向けた。

「なんだか凄《すご》い話です。そのアシラトの造形は、この女神様の絵とかなり一致していますね」

「僕もそう思うよ。アルビ派の崇《あが》めていたものと彼らの信仰は、現在のカソリックより、キリスト教の原型に近かったと考えられる。

ついでに言うと、イルあるいはエルのシンボルはアルファ（α）で、そもそもは、横を向いた牛の顔を模したものだったんだ。ラテン語のAを逆さまにして見ると、それがよく分かるだろう？」

「あれ？ でもロベルト、シュメール文字といえば、楔形《くさびがた》文字でしょう？」

「楔形文字は面倒だったせいか、紀元前二〇〇〇年中期には原カナン文字などの象形文字に押されていって、やがては消滅したんだ。

ウルからカナンに行って定住したアブラハムとその子孫達は、原カナン文字を使用していたはずだ」

「成る程」

平賀は無心な顔で頷《うなず》いた。

「まぁともかく、カナンに暫くいたアブラハムとその子孫らは、やがて集団で古代エジプトに移住する。そしてその地で奴隷となった。

それまでの世界の国家や民族は多神教だった。一神教というのは存在しなかったと考えていい。

だからメソポタミア、カナン地域、アラビア半島に生まれた大小の国家と、エジプトは、お互いに交易と民族の移動を通じて、新しく出会った魅力的な異国の神々を、自分たちの文化として自然に取り込んだ。

例を挙げていうなら、エルと配偶神のアシラト、そしてその子のバァルは、エジプトでは、オシリス神とイシス女神と、その子ホルスとなっていた。

アシラトが夫のエルを癒《い》やした話も受け継がれている。

エジプトでは、オシリスは人々に農耕やワインを造る方法を教える豊穣の神で、民衆に熱狂的に支持されたんだが、これを妬《ねた》んだセトという神と対決することになる。

セト神はオシリスの弟だが、オシリスから王位を奪おうと企み、謀殺してしまう。そしてオシリスの遺体を十四に切り刻み、エジプト中にばら撒いた。

するとイシスは、バラバラになった夫の遺体を集め、繋ぎ合わせて復活させる。

つまりイシスは、生と死を操る強大な魔力を持つ女神なんだ。

それでいて、イシスは豊かなナイルの土壌を表す豊饒《ほうじょう》の女神でもある。

ここには女神アシラトの個性が充分に反映されているね。

ところでイシスは夫の遺体を集めたが、性器だけは見つからなかった。

だからイシスは夫の力を借りずに、ホルスという息子を産むんだ。

ここにはイシスの『生命の母』としての力が充分に発揮されていると言えるね」

「それは……聖母マリア様の処女受胎のようですね」

「ああ。その関係は後で話すね。

あとイシスにはアシラトと同じく航海の守護神、つまり海を渡る為の守護神という異名もある。

さらには、玉座（現世の王権）を神格化した女神ともされて、その場合は、頭頂に玉座を載せた姿で表される。そして、『夫オシリスの玉座を守る者』または『息子ホルスの玉座を守る者』とも言われる。その呼称も、『王権の守護者』という異名を持つアシラトと同じだ。

イシスは太陽神ラーに毒蛇をけしかけ、嚙ませた上で、ラーに取り引きを持ちかけ、解毒剤を与えるのと引き替えに、ラーの権能を得るんだ。そうしてセトと戦い続ける息子ホルスを守る為に、あらゆる手を尽くした。だから、イシスは、女性神でありながら、王権の守護神が持つとされる『権力と支配』を意味するウアス杖と、『生命』を意味するアンクを持った姿で表されることもある。

或《ある》いは、外見はトビまたは背中にトビの翼を持った女性として表される。

後に絶大な信仰を集めるようになると、頭部に牛の角と太陽円盤、または天空と太陽の神であり、エジプトの神々の中で最も偉大で、最も多様化したと言われる、息子ホルス神を膝《ひざ》に抱いた女性としても表されるようになる。さらに後には、デーメーテールのシンボルである松明《たいまつ》や麦の穂を持った女性としても表されるようになる」

平賀は何を思うのか、女神像を、じっと見つめていた。

「話を戻すとしよう。ユダヤ教、キリスト教が一神教になったきっかけは、紀元前十四世紀頃のエジプトにルーツがある。

アメンホテプ四世の治世に、アメン神を中心とする多神教だったエジプトでは、様々な教団の神官たちが王に匹敵するほどの権力を有するようになり、王の意向を無視することもしばしばだった。

そこへメソポタミアの北にあるミタンニ王国から、ネフェルティティ王妃が強大な神ミスラ神を引き連れてやって来たんだ。

ミタンニ王国は、現在のシリア北部にあった王国で、アーリア人が権力階級についていた。

そのアーリア人が崇拝していたのが、叡智《えいち》の神アフラ・マズダー、火の神ミスラ、水の神ヴァルナだ。

中でもミスラは、司法神かつ光明神であり、闇を打ち払う軍神であり、牧畜の守護神でもあり、アフラ・マズダーの息子または同一神とみなされる、天則の神だった。

しかもただ厳しいだけの神ではなく、契約によって結ばれた『盟友』を意味してもいて、友情や友愛の守護神とされていた。

僕の知っている限り、ミスラはそういった神性であるが故に、他国との『盟友関係』を表す為に、好んで祀《まつ》られていたようだ。

そんなミスラを信仰する王妃と、多神教の神官達を排斥したい王とが協力して行ったのが、エジプトを一神教の国とし、王を頂点とする新社会の構築を目指した社会改革、つまり『アマルナ宗教改革』だった。

二人はそれまでマイナーな神だった、沈む夕日の太陽神アテンのみを崇拝するという改革を断行し、多くの神殿や彫像を破壊した。

何故、アテン神を選んだのかというと、アテン神には、これといった神像も神話もなく、どんな神なのか、はっきりした性質ももたなかったからだ。

だけど一応、太陽神であったし、神像や神話がないぶん、光明と火の神であるミスラの神話を、アテン神の神話としてすり替えることが簡単だったんだ。

そしてアテン神は、特徴的な外見を持った他のエジプトの神々とは異なり、先端が手の形状を取る太陽光線を何本も放ち、光線の一つに生命の象徴アンクを握った太陽円盤の形で表現されて、『平和と恵みの神』となった。

そして、まさにこの時代にだね、エジプトにいたのが、モーセとアブラハムの子らだった。彼らはここで、唯一神なるものに触れることになる。

そしてモーセ達も、エジプトの民と同様に、アテン神を拝んでいた。

ここでモーセたちの中にミスラ信仰が入り込み、後にミスラと、エル神の子であるバァルが同一視されるようになっていくんだ」

「バァルというと、ソロモン王が祀っていた神ですよね」

「そう。バァルはエルとアシラトの子だ。

ところが間もなくエジプトで大きな気候変動が起こり、宗教改革と遷都などで苦役に駆り出されて、逼迫《ひっぱく》したアブラハムの子たちは、再びカナンへと戻りたくなった。そしてモーセがアメンホテプ四世と交渉をし、アブラハムの子らを率いてエジプト脱出を果たすんだ。

一行は長年かけてカナンに辿《たど》り着き、定着した。そして彼らはイスラエル人と名乗るようになる」

「そこから先は私も知っています。紀元前十世紀頃、悲願のイスラエル王国が建国されました。そしてダビデ王、ソロモン王の繁栄の時代が訪れます。

でも私が不思議だったのは、偉大なソロモン王がバァルやアシラトや、他にも様々な異教の神々を祀り続けていたことでした。それが、その後に起こった国の分裂とイスラエル王国の滅亡に繋がり、ユダ王国の民のバビロン捕囚になってしまったんでしょう？」

平賀は不思議そうに首を捻《ひね》った。

「それはね、イスラエル人が一神教を取り入れたことは事実だったとしても、まだ一神教を主張するグループが少数だったからなんだ。

モーセ以降のユダヤ人は一神教徒と思われがちなんだけれど、実際は、まだ多神教の者のほうが多くて、ソロモン王はそちら側だったというだけのことだ。

ユダヤ教の教義が確立されたのは、ユダ王国の民を捕囚したバビロニア王国が滅亡し、ユダヤ人がイスラエルに戻った頃だとされている。

バビロニアから解放された後も、ユダヤ人達はペルシャ、マケドニア、セレウコス朝シリアといった宗主国の支配下に置かれていた。そして最終的にはローマ帝国が、ユダヤを属州だと定めたんだ」

「ええ。そしてローマ帝国下でキリスト教が誕生するんですね」

「そうなんだけど、一寸《ちょっと》その前に、ローマの話に寄り道をさせて欲しい。

イタリア中央西部にローマという都市を建設したのはラテン人だが、先住ラテン民族が信仰していた神は何だったと思う?」

平賀は、はっとした顔になった。

「もしかして、やはりエル神とアシラト神だったとか……」

「そうなんだ。ローマの起源は紀元前九世紀頃、北方からイタリア半島に移動してきたラテン系民族がテベレ川河畔に定住したことだといわれている。その先住民が月と海と月の光の女神、アシラトを信仰していたんだ。

先住民達が何処から来たかは不明と言われているのだけど、事実として、そこから遡《さかのぼ》ること三百年前。紀元前十二世紀のガリア地方、つまりこのフランスにはケルト人の王国があったことが知られている。

そしてここで信仰されていた神も男神エルと、その妻アシラトだった。名前は変わったけれどね」

「ガリアでもアシラトですか……。

でも確かに、ガリアの民が南下してイタリアに入り、ローマを作ったのかも知れませんね。地理的に考えると、それが自然なようにも思えます」

「だろう？　ガリアでアシラト女神は、モリガン、ヴァハ、バズブという三位一体の鳥に変身する女神達の形を取っていた。

前にも言ったけど、ケルト人は三位一体の女神が大好きだ。

ちなみにイスラムにおいても七世紀あたりまで、アシラト信仰が認められるんだが、ここでもアシラトはマナート、アラート、アルウッザという三位一体の形なんだ」

「どうして女神は三なんでしょう？　ここの壁画の女神にも、三つのお顔があります」

平賀の問いに、ロベルトは少し迷って口を開いた。

「僕の至極個人的な見解で言うなら、女神が三つの顔を持っているのは、月の三つのフェーズを示しているからだと思うんだ。人や獣を狂暴にさせるという満月、動物の出産周期と深く関係している新月、そして穏やかな半月だ」

「ああ……成る程、そうかも知れません。きっとそうですね」

平賀は納得したらしく、ニッコリと微笑んだ。

「えっと、どこまで話したかな。そうそう、紀元前一世紀のローマだった。

ローマ帝国がユダヤを属州とした頃、ローマはギリシャ文化の影響を強く受けていた。

そして先住ローマ人の信仰する女神アシラトと、ギリシャ神話のヘラが、どちらも最高位の女神という理由で同一視されていくんだ。ヘラといえばゼウスの妻だからね。

ちなみにヘラの持ち物は孔雀《くじゃく》なんだ。孔雀は古来、ヘラの聖鳥とされている」

「また青い鳥が出て来ましたね。そう言えば、孔雀は聖母マリア様の象徴として描かれることがあったんですよね」

「そう。少しは面白く聞いてくれてる？」

「ええ、とても」

「なら良かった。ではギリシャ・ローマ神話について説明をするね。紀元前七世紀頃に、エルとその妻・アシラトの神話は、中東からまずギリシャに伝わり、その性格がギリシャ神話の最高位のゼウスとその妻ヘラに引き継がれた。

ゼウスは知ってのとおり、エルと同じく天空神で、雷の神だ。

そして、妻であるヘラの名は古典ギリシャ語で『貴婦人、女主人』を意味し、結婚と母性、貞節を司《つかさど》るとされた。さらに、アシラトの特性である三相の姿を持つことになる。

なので、ガメイラ、ズュギア、アルカディアという三つの添え名を持ち、ホメーロスによる長編叙事詩『イーリアス』では『白い腕の女神ヘーレー』、『牝牛《めうし》の眼をした女神ヘーレー』、『黄金の御座《みざ》のヘーレー』など形容語で、彼女のことが謳《うた》われた。

そして、ゼウスのローマ名はユピテル。ヘラはユノーと呼ばれた。

ところが、アシラトの三相の力は、ローマではユピテルの方に受け継がれたんだ。

ユピテルは、時に女神に変身すると言い伝えられている。しかも天にあってはルーナと呼ばれる月と海の女神、地上ではディアーナという豊穣《ほうじょう》と多産の神、地下ではプロセルピナという生死を司る冥府《めいふ》の女神として顕現するんだ」

「それは……もしかして、マトロナの話にも少し似ていませんか？」

平賀は目を瞬《しばたた》いた。

「そうなんだ。マトロナはガロ・ローマ文化の落とし子だ。ローマ神話と、ケルトに伝わる三位一体の女神とが無理なく融合して、マトロナが誕生したんだろう。

女神に変身したユピテルが表す海や月、豊穣や多産、生死と冥府というイメージは、あらゆる地母神に共通するイメージともいえる。

そんな地母神に妻のユノーではなく、夫のユピテルが何故変身するかというと、ローマでは、両性具有に対する信仰があったからだと考えられるんだ。

ローマ人は両性具有を完全の象徴だと考えていた。

ユピテルは最高神という扱いだ。だから完全なものであるのはユピテルの方が都合がいい。そこでアシラトの属性を、ユピテルが兼ね備えていることにしたのだろう。

ともかく、ユピテルは男神の形の時は一柱。女神に変身すると三柱だ。これを一寸覚えておいて欲しい。

さて。ここで改めて状況を整理する。

キリスト誕生前後のローマでは、ユピテルとユノーを始め多くの神々を信仰する多神教的ローマ人と、唯一神を信仰してユダヤ人のみが救われると説くユダヤ人が対立していた。

そこに登場したキリストは、天なる神に衷心に祈れば誰もが救われるのだと説いた」

「ええ。ですけど、よくよく考えてみれば、両者の根源的な神は、エルとアシラトだったわけですね。それが対立するなんて悲しいです」

「ああ、本当にね。で、ここで話が終われぱいいんだけど、もう少し話に付き合ってくれるかい？　次は黒い女神が登場するくだりなんだけど……」

「ええ、勿論《もちろん》です。聞かせて下さい」

「有難う」

ロベルトは軽く微笑み、咳払《せきばら》いをした。

「紀元前一世紀頃のことだ。エジプトから伝わった黒い女神イシスが、地中海全域からローマ全域にかけて大ブームを起こすんだ。

そもそもイシスのイメージはアシラトから取ったものだったし、ローマ人にとっても、その頃、ローマにいたユダヤ人にとっても、至極、共感しやすい造形だったんだろう。

また、イシスと同じ時期にローマにもたらされた男神もいた。

それがミスラだ。イラン神話やインド神話に登場することから、やはり元はメソポタミア北部の神と考えられ、ローマ、ギリシャではミトラスと呼ばれることになる」

「ええ。ミスラの名前はさっき聞きました。ミタンニ王国からエジプトに嫁いだ王妃が、ミスラを信仰していたんですよね」

「覚えていたかい。その通りさ。

ミトラス神はインドやペルシャのアーリア人たちから熱心に崇拝され、ゾロアスター教の秘儀の中にも入り込んだ。

さらにミトラスを主神としたマニ教が、西暦三百年頃ペルシャで生まれ、グノーシス主義と合わさりながら、ローマとローマの属国へ広まっていく。

今ではキリストの誕生の日とされる十二月二十五日だって、元はミトラス教最大の祭儀である『冬至の後の太陽の復活を祝う祭り』が行われていた日だ。ユダヤ教に描かれる天使メタトロンの起源もミトラスなんだ。

この時代のミトラスは、太陽、英雄、裁きの力といった、それまでの男神が持つ性格を合わせ持つ強大な男神になったんだ。

さて、ここまでで話したい神々の名はお仕舞いだ。

キリスト教が誕生する頃のローマには、イシスとミトラスという強大な神がいた。

この二神が当時の人々に熱狂的に受け入れられたのは歴史的な必然だとしか言えない。

そこに誕生したのが、キリスト教だ。

そしてキリスト教の中にはそれまでの様々な古《いにしえ》の神々の血脈が注ぎ込まれた。だからこそ、キリスト教は世界的宗教に成り得たんだ。

まず、キリスト教がマニ教から受け継いだ大きな影響は、終末思想と最後の審判だ」

「そうなんですか？」

「ああ、そうなんだよ。終末の時に裁きを行うのは、元々、マニ教のミトラスが持っていた性格だ。

二元論の世界では、世界は善なる神と悪なる神の闘争であり、最後に悪が滅びて世界が滅び、最後の審判が行われる。そこに現われる審判者はミトラスだった。

裁きを行い、悪を砕く力は、元々男神が持つ性格だ。

まして最強の男神であるミトラスは、千の耳と万の目を持っている。だからミトラスは全てを見通す知恵で善悪を判断し、全てを砕く力で悪を討つことができる。

キリストはその力を受け継ぐ者として認められた。

キリスト教において、あらゆる人間は原罪を持って生まれた罪人だ。死後は地獄行きが決められている。けれど、キリストを信じ、徳に生きた人は天国へ行ける。

不信心者は黄泉《よみ》で苦しみながら、キリストが最後の審判に来るのを待つことになる。

こんな『裁き』を行えるのは、全智の持ち主でしか有り得ない。

これがキリストに受け継がれた、男神の力なんだ。

その一方で聖書には、キリストがキリストである証《あかし》とされた、七つの印、七つの奇跡と呼ばれるものがあるだろう？」

「ええ。カナの婚礼において祝福の葡萄《ぶどう》酒が無くなった時、キリストが奇跡を起こし、水を葡萄酒に変えられたこと。

死に瀕《ひん》した役人の息子を癒《い》やしたこと。

三十八年間もの長い間、病気で伏せっている者を歩かせたこと。

キリストの話を聞きに集まった五千人の群衆に、有り余るほどの食事を与えられたこと。

弟子達の乗った舟が強風に襲われた時、湖上を歩いて舟に近づき、舟を安全に向こう岸へ運ばれたこと。

生まれながらの盲人の目を開かれたこと。

キリストが愛していたラザロが死んでしまった時、彼を蘇《よみがえ》らせたことです」

平賀はすらすらと答えた。

「そう。その七つの奇跡だ。

だけどそれらをよく見てみると、どれもがアシラト女神の力を受け継いだものだと分かる。

病人を癒やす力や、食料を無限に供給する力、荒れる湖を鎮め、その上を渡る力。これらは古き女神の力だった。死者を蘇らせる力もそうだ。

キリストは古き女神達の力を受け継ぐ者だったからこそ、奇跡を起こすことができた。だからこそ、女神を信仰していた人々にも広く受け入れられた。

さて、ここからが問題だ。

キリストが天に召された後、誰がキリストの後継者となるか……。

最後の審判を重視し、父なる男神としてのキリストの力をより信じる者、いかにして天国に行き、永遠の命を得るかと考える者。こうした者達は、イエスの後継者としてペテロがふさわしいと考えた。

その根拠としては『マタイの福音書』がある。キリスト自らが、天国の鍵《かぎ》をペテロに渡したと言われているのだからね。

だけど……その一節が書かれた福音書はマタイだけだ。

しかも、その『マタイの福音書』を記したのがマタイ本人だという証拠もない。伝統的にそう考えられてはきたけれど、福音書の著者はいずれも不詳なんだ」

「えっ、そうなんですか？」

平賀は青天の霹靂《へきれき》という顔をした。

「言いにくいけど事実なんだ。

つまり天国の鍵の話が書かれたのは著者不明のたった一つの福音書だけで、他の福音書では誰一人、一言もそんな事を書き記していない。

むしろ複数の福音書の記述にあるのは、イエスに促されたペテロが自信満々に水の上を歩くが、主の言葉に疑念を持って、沈みながら助けを求めて叫んだこと。

ゲッセマネの園へ行く途上で、『イエスのためにいつでもいのちを捨てる覚悟です』と誓ったペテロに、イエスが『ここを離れないで、わたしといっしょに目を覚ましていなさい』と言われたのに、目を覚ましていることもできなかったこと。

また、最後の晩餐《ばんさん》の後、イエスから『あなたは鶏が鳴く前に三度、私を知らないというだろう』と予言され、『絶対にありえない』とペテロは答えたのに、翌日イエスが連行された時、『おまえもキリストの弟子だろう』と問われ、『違う（知らない）』と否認してしまったこと。

さらに、『ナグ・ハマディ写本』によって発見された『トマスの福音書』には、イエスが受難の予告を告げた時、『そんなことがあなたに起こるはずがありません』と発言して、『引き下がれ。サタン』と、イエスから叱咤《しった》を受けたことが暴露された。

『トマスの福音書』が発見されなかった時代においても、色々と問題となる場面が多いペテロが、本当に『天国の鍵』の番人にふさわしいのかと、異論を唱える神学者が多かったとしても、無理はないと思わないかい？」

「番人にふさわしいかどうか、ですか。初めてそんな事を考えました。ですがもし、他にふさわしい人物がいるとすれば、聖書にそう書かれているのではありませんか？」

平賀は生真面目に答えた。

「それが書かれていたのだが、巧妙に隠されているのかもしれないよ」

「えっ、そうなんですか？　他にふさわしい人がですか？」

「ああ、そうさ。それはマグダラのマリアだ」

「マグダラのマリアといいますと、七つの悪霊をイエスに追い出していただき、磔《はりつけ》にされたイエスを遠くから見守り、その埋葬を見届けた女性ですね。そして、復活したイエスに最初に立ち会い、『すがりつくのはよしなさい。まだ父のもとへ上っていないのだから』とイエスに窘《たしな》められる場面が、聖書に書かれています」

「そう。それらの記載は四福音書にはっきり描かれている。

それに、『ヨハネの福音書』には、彼女は復活の訪れを使徒たちに告げるため遣わされた、とある。ここから彼女は初期キリスト教父たちから『使徒たちへの使徒（the Apostle to the Apostles）』と呼ばれていた。

こんな聖書の裏話なんて、君は聞きたくないかな」

ロベルトは平賀の心を傷つけるのではないかと躊躇《ためら》った。

9

「大丈夫です、ロベルト。何でも話をしてください」

まるでロベルトの心を見透かしている様に平賀が言った。

ロベルトはそれを信じて、続きを話すことにした。

「そもそも、僕が解読している『禁忌文書』というのは、十六世紀後半にローマ法王となられたグレゴリウス十三世が、異端だと思われる思想を徹底的に排除する為に作成した『禁書目録』の中に入れられた本や教えの断片などだ。

紀元一世紀、キリスト教はユダヤに隣接するサマリアを始めとする地中海沿岸の諸地方へも布教され、各地で教会が設置されていた。しかし、ローマでは危険思想とされて、ローマ皇帝から迫害を受けていた。そのことは君も知っているだろう？」

「勿論《もちろん》です。使徒ペテロを始めとする多くの宣教師が、それで殉教なさいました」

平賀は、こくりと頷《うなず》いた。

「紀元四世紀後半に、ローマのテオドシウス帝が、キリスト教をローマ帝国の国教と宣言し、さらに帝国内でのキリスト教以外の宗教の信仰が禁止されて、カソリックが有する現在の教会組織や役職、称号が固定するのは六世紀とされる。

それから八世紀末のレオ三世が、当時のフランク王国のカール一世にローマ皇帝の帝冠を授け、カール一世とローマ法王の提携が成されるまでは、バチカンの法王といっても単なるローマの大司教という立場でしかなかったし、当然、現在では異端とされるような教団や集団も大勢いたんだ。

キリスト教のローマ国教化のきっかけを作ったのは、キリスト教徒の迫害を禁じた四世紀初めのローマ皇帝コンスタンティヌス一世だけど、皇帝自身はミトラス教徒だった。ただ、死ぬ前にキリスト教の洗礼を受けたとされている。

かなり長きに渡って、洗礼は死ぬ間際に受けるのが一般的だったし、コンスタンティヌスが洗礼を受けたのは、今では異端とされるアリウス派の神父だった」

「生まれて直ぐではなくて、死ぬ間際ですか？」

平賀は目を見張った。

「そうだよ。この土地でも盛んだったアルビ派の人々もそういう考えだった」

「アルビ派が殊更、特別ではなかったと？」

「そうだね……。

例えば五世紀半ばの法王シクストゥス三世は、神は人間を善なるものとして創造したのだから、現在は人間の本質を汚さない、よって十字架上のキリストの死という救いは必要なく、人は自分の自由意志によって功徳を積むことで救われる、という考えを持っていたという。法王位に就く以前のことだけどね」

「それは驚きです」

「アルビ派は、キリストは肉体のない霊体だと考えたが、この議論も長く戦わされて、なかなか決着がつかなかった。

十世紀の初めにようやく対立法王クリストフォルスが出て、『父と子と、父と子から生じる聖霊』という説が正統だと唱えるんだ。

それまでの歴代法王は、ローマ皇帝や市民との間の教義上の解釈の違いとか、素行問題などで、追放されたり、暗殺されたりが繰り返されている。

例えば八世紀半ばの法王は、聖像破壊と奴隷売買に断固反対したのはいいけれど、民間で過熱しすぎた天使信仰を抑える為とはいえ、ミカエル、ガブリエル、ラファエル以外の天使を全員、堕天使と認定したりもした」

「それは一寸《ちょっと》、やり過ぎでしょう」

「僕もそう思う。

今のバチカンの基盤ができたのは八世紀末のレオ三世やハドリアヌス一世のあたりで、現在のようなコンクラーベが始まったのは十三世紀……。

ようやくバチカンが落ち着いた頃には、キリスト教はローマ・カソリックと正教会に分裂し、イスラム教とも決定的な考え方の違いが生まれて、十字軍で争うことになる。挙げ句が、アルビ派の弾圧からの異端審問の幕開けだ。

しかも人が権力を持つ所には、必ずといっていいほど腐敗が起こる。

十一世紀初頭の法王レオ九世は、聖職売買の禁止、聖職者の妻帯禁止を掲げたが、そうした改革が必要なほど、聖職者の規律は緩んでいた。

グレゴリウス七世もバチカン改革に取り組んで、世俗権力から叙任権を奪還したり、聖職者の綱紀粛正に取り組んだりした法王だ。そうして腐敗した聖職者の授与する秘蹟《ひせき》は無効だとも説いた。

ところがこれが異端派の活動を後押しすることになったから皮肉な話さ。

堕落したカソリック聖職者よりも、聖職の位はなくとも清らかな人物の方が、洗礼や秘蹟を行うに相応《ふさわ》しい、という主張が生まれたんだ。

実は、アルビ派もそうした流れのうちにある。

他にもこの十一世紀終わりから十二世紀には、教会改革に刺激されて、腐敗した教会を批判する説教者たちが次々に現われたし、厳しい戒律と清貧を守って本来の修道院のあり方を回復させようとする修道会が様々に誕生した。

フランスで生まれたシトー会などがそうだし、クレルヴォーのベルナールという改革者も登場した。

彼らの信仰は、アルビ派のものとそうは変わらない。

アルビ派はただ、ペテロよりマリアを信じた。それだけのことに思える。だから僕はこの十字軍に関しては、とてもバチカンの肩を持つことができないんだ」

声を落として言ったロベルトに、平賀は静かに頷いた。

「分かります、ロベルト」

「それにね、バチカンが『天国の鍵《かぎ》』やペテロの代理人であることによって、無茶な理論を通すのは、よろしくないことだと思っているんだ」

「ええ、私もそう思います」

「例えばこの洞窟《どうくつ》の絵画を見る限り、僕の感想から言えば、キリストの後継者として相応しいのは、ペテロよりマグダラのマリアかも知れない」

「何故、そう思うのですか？」

「この壁画に描かれているマトロナ達や、女神像が、余りにリアルで、キリストの本当の教えは彼らこそ知っていたんじゃないかと思えてしまうんだ。現在の聖書は、ペテロよりマグダラのマリアを下に置くために、様々な綻びが生じてしまっているように感じる……。聖書でも、十字架にかけられるキリストを近くで見守ったのは、母マリア、母の姉妹マリアそしてマグダラのマリアだ。それは女神の三相を表しているように感じられるし、その時、キリストは母に対して、マグダラのマリアを、これは貴方《あなた》の子です、と言い、マグダラのマリアに対しては、母のことを、これは貴方の母ですと言っている。いかにキリストがマグダラのマリアに信頼を置いていたのかが、分かる」

平賀は、じっとロベルトの目を見ていた。

「それに、『マリアの福音書』ではね、復活したイエス・キリストが弟子たちの質問に答えて啓示を述べ与える対話と、それを受けた弟子たちの間の反応が記されている。

そしてね、救い主から福音の宣教を託された弟子達は怯《ひる》むが、マリアは使徒たちを励ましている。

中でも、ペテロはマグダラのマリアに対し、『救い主が他の女性たちにまさってあなたを愛したことを、私たちは知っています』と言って、彼女が救い主から授かった秘伝を他の人々にも話すよう求めるんだ。

そこでマリアは幻の内に見た救い主の啓示について話をするのだけど、アンデレ、ペテロはその内容を信じないのさ。それで、マリアが泣いて抗議をすると、レビ（ユダヤ教の聖職者）がペテロをたしなめて、使徒たちは宣教に出発したと記されているんだ」

平賀は黙っていたが、ロベルトは止まらなかった。

思わず感情が高ぶってしまっていた。

「キリストの母、聖母マリアを神聖視する動きは九世紀頃に始まったもので、まして聖母マリアが無原罪の存在だというのは、十九世紀になって唱えられたばかりだ。

それまでキリスト教徒たちが信じていた無原罪のマリアは、マグダラのマリアだった。

そう考える根拠は色々と残っている。

むしろ聖母マリアの無原罪の宿りの教義については、キリスト教正教会も、復古カソリック教会も、プロテスタント諸教派も、それを否定しているんだ。

正教会では聖母マリアを至聖なる存在と認めているけれど、マリアが原罪を免れたのは、神の子イエス・キリストを身籠《みご》もり産んだ後だという教義なんだ。むしろ聖母の無原罪懐胎説は異端解釈だとして、バチカンを非難しているぐらいなんだよ。

それに実は、カソリック教会の中には、正式な儀式としてではなく、個別で、聖母マリアでは無い『天母』に捧《ささ》げる儀式を執り行っているところだってあるんだ」

「そうなんですか」

「『無原罪のマリア』が、本当はキリストから七つの罪を許されたマグダラのマリアのことだと知っていて、キリストが奇跡を起こす神秘的な力、豊穣《ほうじょう》や多産や癒《い》やしの力、蘇《よみがえ》りの力といった天母のもつ女性的側面を重視したアルビ派のようなキリスト教徒も、かつては大勢存在したんだ。

アルビ派のキリスト教徒は、原罪に満ちた世界の中で、唯一人《ただ》、キリストによって原罪から解き放たれた清らかな存在であるマリアこそがキリストの高弟であり、キリストから『神の知恵』を授かったものだと考える人々だった。

僕の気持ちも、ふらついている。

もし……本当にマグダラのマリアこそがイエス・キリストの後継者だったとしたら、どう考えたらいいんだ、と」

ロベルトの言葉に、平賀は不思議そうに目を瞬《しばたた》いた。

「あの……。別に優劣をつける必要なんかないのではありませんか？　聖マリアも聖ペテロもご立派ではありませんか。聖ペテロには確かにイエス様が十字架にかけられる時まで、心の迷いがあったのかもしれませんが、その後は、一心にイエス様のご立派なことを説いて回られ、その為に殉教までなさいました。とてもご立派です。私から見れば、聖ペテロも、聖マリアも尊敬すべき方です。

それに、常々、不思議に思っていたんです。父と子と聖霊と、私達は唱えますが、聖霊のことをいくら調べても、よく分からないんですよね。でも天母がいたというのなら、分かります。父と母と子。とても分かりやすいです。行方不明だった母親が、帰って来たような喜びまで感じます。

こんな素晴らしいことを知ったのに何故、ロベルト、貴方は悩んでいるんですか？　正直分かりません」

ロベルトは、なんだか急に自分に取り憑《つ》いていた悪霊が、祓《はら》われたような気持ちになった。

そして『禁忌文書』で見た、恐らくはマグダラのマリアのものであろう教えを思い出した。

『私達は互いに等しい存在。三位一体の神である。

私達を別々に拝んではならない。それもまた不和の原因となるからだ。

かのエジプトの王と王妃がそうしたように、あなたは私達を、一つの神としてイスラエルの民に告げるがいい』

天父と天母と天子がこのように答えられたのを聞き、モーセは主を今までより一層に崇《あが》めました。

何故なら、主は神の身でありながら、その名の尊さ、その力の偉大さを、ひけらかすことなく、その栄光を覆い隠し、人の前に謙虚さを示されたからです。

イエスが、争うことを止めなさい、常に愛情深く、謙虚でありなさいというのは、神御自身がそうであられるからです。

モーセとその主が語り終えられたとき、稲妻が落ちて、大地を砕き、二つの石が地の其《そ》処《こ》から現われました。

そして炎の声が、言われました。

『見よ、見よ、これが約束である』

天子は、炎の指で、その石にイスラエルの民達が守るべき十の教えを書き記しました。

何故なら、それは人と神の契約であり、契約は子の役目であったからです。

モーセは見ました。

天子が書き記した十戒は次のようなものでした。

『貴方は、わたしをおいてほかに神があってはならない。

貴方はいかなる偶像もつくってはならない。

貴方の神、主の名をみだりに唱えてはならない。

安息日を決め、これを聖別せよ。

貴方の父、母を敬え。

殺してはならない。

姦淫《かんいん》してはならない。

盗んではならない。

隣人に関して偽証してはならない。

隣人の物を欲してはならない』

そして天子は、それぞれのイスラエルの民との間に交わすべき細かな契約事を、モーセに伝えられたのです。

これらのことを知って、貴方がたは恥じなければなりません。

今の貴方がたは主より傲慢《ごうまん》で、主のことを見ず、人のことばかりを見ています。

それは、イエスの教えに背く恥知らずな行為です。


今、目の前にいる平賀が言ったことは、まさにイエス・キリストの教えではないか。

一体、自分は何を悩んでいたんだろう……。

ロベルトは目を瞬《しばた》いた。

「大丈夫ですか、ロベルト。なんだか、ぼうっとしているみたいですが……」

「ああ、大丈夫。すっかり気分も良くなって、悩みが晴れてしまったよ」

本当にそうだった。

ロベルトは妙に可笑《おか》しくなって、ふっと笑った。

「あの、私、何かおかしなことを言いましたか？」

「いや、君ってさ、僕がぐだぐだ考えていることを、一瞬にして消し去ってくれる存在だなと思っただけだよ」

「そうなんですか？　よく分かりませんが、貴方が笑って良かったです。

ロベルト、人間に優劣がないことは、ハプログループを見ると分かるんです。あっ、ハプログループというのは、単一の一塩基多型変異をもつ共通祖先を持つような、よく似たハプロタイプの人間集団のことです。

それで見ると、現在の人類の母型ＤＮＡのハプログループは、東アフリカで八万年から十万年前に誕生したＬ３という女性なんですが、この子孫となる女性ハプログループＮとハプログループＭがほぼすべての人たちの祖先に当たるんです。

ハプログループＬ３は東アフリカでもっともよく見られます。エチオピアやアフリカの角、ソマリアのみならず、エジプト、チャド、ベルベル人などでも見られることから、おそらくアフロ・アジア語族の拡散と関連していると考えられています。

そこから枝分かれしたハプログループNに属する女性が出アフリカをして、その子孫が中央アジア、西アジア、ユーラシア、オセアニア、アメリカ大陸にまで広がっていってるんですよ。

同じくハプログループL3から生まれたハプログループMの女性の遺伝子は、同じようにアフリカを出て、西アジア、中央アジア、東南アジア、オセアニア、ユーラシア、などに広がりました。

だから世界中の人類は同じ母系集団から出て、混血しながら現在の人類の全ての元になったんです。

ね、すごいでしょう？　たった三人の母系遺伝子で、世界中の人類が埋まってしまうんです。

それこそ三相の女神ですね。いや、三人のラッキーマザーでしょうか。

あと、男系遺伝子のY染色体のハプログループから見ますと……あ」

平賀が突然、言葉を止めた。

「どうした？」

「ロベルト、ランプの炎が小さくなりました。油が切れそうです」

「よし、この部屋にもいくつかランプがある。油が入ったものを探そう」

二人は油を求めて部屋を歩き、新たな古ランプを一つ、手に入れた。

10

二人はその部屋を出て、更に奥へと進んだ。

ランプの明かりに照らされたのは、前方に見える大岩だ。どうやら道の突き当たりに来てしまったようだ。

ここまで見てきた洞窟《どうくつ》神殿の構造を考えるに、元は外へと通じていた通路を、異端審問官から守る為に大岩で封じてしまったのだろう。

だが、大岩の下に隙間があるようにも見える。

ロベルトはランプで床の近くを照らした。

その時だった。

大岩の手前十メートルの辺りに、異様なものがあるのに二人は気づいた。

床に転がった、新しい人骨だ。しかも子どもの骸骨《がいこつ》だ。それは仰向《あおむ》けに横たわり、リネンの貫頭衣を着ていた。白地にストライプ模様が入ったものだ。

そこから五メートルばかり離れた地面が浅く掘られ、横にスコップが置かれている。

死んだ子どもを埋葬しようとしていた様子である。

(しかし何故、こんな場所に……?)

掘られた地面の中にも何かがちらりと見えている。

ロベルトは屈《かが》んでランプを地面に近づけた。

すると地面の穴にも白骨化した人体が、半ば土に埋もれて横たわっていた。

「どういう事なんだ……」

ロベルトは首を捻《ひね》った。

平賀が地面にしゃがみ、骸骨にかかった土を手で除《よ》けていく。

するとその全身が現われた。

こちらの骸骨は成人の大きさで、ブルーのシャツのようなものと黒いズボンを着けている。右足にはグレーのスニーカーを履き、左足は靴下だ。

「この服装と片足の靴……。この遺体はマティアスじゃないか」

「ええ、そのようですね。左の側頭部に、小さな陥没と罅《ひび》があります。マティアスの死因は銃で撃たれたことではありませんね。側頭部を固い物で殴られ、脳内出血を起こしたのです」

「頭を固い物で殴られた？　ウィリアム・ボシェと同じか」

「そのようですね……」

「どういう事だ？　どちらもアンドレ・シュヴィニの仕業かな。しかも奴は子どもまで殺していたことになる。全くとんだ殺人鬼だ」

「ロベルト、一寸《ちょっと》ランプを貸して下さい」

平賀はランプを持って立ち上がり、子どもの骨の方を観察し始めた。

「こちらの人骨には複数の骨折が見受けられます」

「子どもへの虐待か……」

「いえ、ロベルト。子どもではありません。この骨格のバランスは大人のものです」

「何だって？」

平賀はポケットからメジャーを取り出し、骸骨を測った。

「眼窩《がんか》と下顎骨《かがくこつ》が小さく、身長は生前で百センチ程度でしょう」

「四、五歳児の身長だ」

平賀はポケットから虫眼鏡を取り出し、さらに観察を続けた。

「全身の骨の骨密度は低く、スカスカです。生前からこの人物は重度の骨粗鬆症《こつそしょうしょう》だったでしょう。

そしてスコップがあるところを見ると、誰かが二人を穴に埋めようとしていたようですね」

「だが何故、途中で埋めるのを止めたんだろう。それにその小さい人は何者なんだ？」

「分かりません」

尚《なお》も小さな骨を調べていた平賀は、遺体の下から何かを引っ張り出した。

「ロベルト、これは何だと思います？」

平賀が掲げたのは緑色の小さな杖《つえ》だった。

全体が螺旋《らせん》に捻《ね》じれた形をしており、表面に細かい細工が彫られている。頭の部分には半透明の大きな色石がついていた。

「うっ……。その……素直に感想を言えば、それは魔法の杖……に見える」

「ですよね。あっ、押しボタンがついてます。押してみます」

平賀が言った次の瞬間、杖の頭部分が鮮やかなライムグリーンに輝いた。

ロベルトはハッと息を呑《の》んだ。

「不思議な明かりが灯《とも》る緑の杖を持った、五歳児程度の……。そうか、ベートだ。その骨はベートの骨なんだ」

「ファンターヌの友人だという精霊ですか！」

平賀も驚いた声を発した。

「まさか彼が実在していたとは……。平賀、その杖を貸してくれ」

ロベルトは手に取って杖を見た。間違いない。杖の頭についているのは、本物のペリドットであった。四十カラットはあるだろう。

「何だ、一体、どういう事なんだ？」

「ロベルト、その光の中に何か見えませんか？　基板みたいな物が」

平賀は鼻が付きそうな距離でペリドットの中を見た。

「ああ、本当だ」

ロベルトが答えた時、緑の光は瞬き、光度を落とした。

「あっ、消えそうです」

平賀が残念そうに言う。

彼の手にあるランプも、ジジッと嫌な音を立てていた。

「灯油も残り少ない。謎は多いが、今は先を急ごう」

二人は不可解な遺体遺棄現場を後にして、突き当たりの大岩の前まで進んだ。

その下にはやはり隙間が開いていて、そこにびっしりと草の茂みがあった。

「ロベルト、この草の向こうは、きっと外です」

「よし、掻《か》き分けてみよう」

二人はランプを地面に置き、草を掻き分けた。が、その瞬間、奇妙な手触りを覚えて顔を見合わせた。

「おかしいですね。この草は本物ではありませんよ」

「そうだな。これは造花のようだ」

「意味は分かりませんが、先へ進んでみましょう。造花があるということは、少なくとも人の手が入った場所に出られるということですし」

二人は造花の深い茂みを掻き分けながら進んだ。

造花の層は厚かったが、ようやく手の先に当たるものがなくなる。

右手の先が向こう側へ抜けた、と思った時だ。ロベルトの左手の中で、ベートの杖がピッと電子音を立てた。

そして視界の先から光が射してきた。

二人は光を目指して、造花の草むらから抜け出した。

そうして目の前の光景に息を呑んだ。

真っ青な空が広がっていた。

空には大きな二重の虹《にじ》が架かっている。

大地は緑と色とりどりの花で溢《あふ》れていて、それが遥《はる》か遠くまで続いていた。

ところどころに生えている大きな木は、天まで高く伸びていて、枝には沢山の鳥が留まっている。

重厚な木を削って出来た滑り台と、本物の木と本物そっくりな蔦《つた》で作られたブランコ。

それからツリーハウスやハンモック。

子ども用の遊具が其処此処《そこここ》に作られている。

何より驚いたのは、そのいずれもが手の込んだ、豪華な作りであったことだ。

まるで本物の森に住む妖精《ようせい》の隠れ家に迷い込んでしまったようだ。

「見事な精霊の国です。ファンターヌの言っていたことは本当だったんですね」

平賀は瞳《ひとみ》をきらきらと輝かせた。

ロベルトはさっき二人が這《は》い出てきた茂みを振り返った。弾力のある造花のせいで、二人が通って来た穴はすっかり隠れている。

ロベルトは草の背後にある壁に手を触れた。

「鏡だ。この空間がずっと続いて広く見えるのは、四方に鏡を張っているからだ」

「視覚のトリックですね」

「ああ」

平賀とロベルトは辺りをゆっくりと歩いていった。

大木に手を触れると、それはコンクリートの手触りをしていた。

恐らくこの施設の柱なのだろう。

「天井はスクリーンでしょう。木がずっと天まで聳《そび》えて見えるのも映像です」

平賀はそう言いながら、木の枝に留まっている鳥を観察した。

「とてもよく出来ています。近くで見ても本物と見間違えるほどです」

また暫《しばら》く行くと、大きな鳥小屋が立っていて、その餌箱には雑穀が残っていた。

「生きた鳥も飼っていたようだね」

「ええ、そのようです」

木陰にはポニー程の大きさの、白いユニコーンが立っていた。

もしユニコーンが実在していればこうだっただろうと思うほど、よく出来ている。

平賀はユニコーンの身体を隅々まで観察し、顎《あご》の下の隠しスイッチを発見した。

そのボタンを押してみる。

するとユニコーンとベートの杖が、反応し合って電子音を立てた。

ユニコーンは優雅な動きでベートの杖を持つロベルトに向かって歩いて行き、すぐ側に立ち止まると、足を折って地面に座った。

「これは驚きだ。ファンターヌが乗ったユニコーンはこれだったんだ」

「動きの滑らかさといい、制御技術といい、最新のロボット技術で作られています。首の所にはハンドルがあります。これで好きな方向へ動かすことができるんでしょう」

「凄《すご》い玩具《おもちゃ》だな。子どもの乗り物ってレベルじゃないぞ」

「ロベルト、乗ってみますか？」

　平賀は本気なのか何なのか分からない口調で言った。

「いやいや、僕の体重だと壊してしまうよ。こんなに小さくて足も細い馬なんだから」

　ロベルトが首を横に振る。

「そうですよね……」

　平賀は神妙な顔をした。

「ところでこの部屋の出口は一体何処にあるんだろう」

「この様子ですと、出口の扉も自然な感じにカモフラージュされてるんでしょう。あっ、あそこでしょうか」

　フロアを見回した平賀は、造花で覆われた扉を見つけ、駆け寄った。

　その扉を開くと、まるでミキサールームのように操作パネルが並んだ部屋が現われる。

　平賀は配電盤のスイッチを全てオンにした。

　するとどうだろう。精霊の国はたちまち生き生きと動き出したのである。

　辺りに静かな音楽と、小鳥の囀《さえず》りが響いた。樹上の小鳥たちは滑らかに動きながら、歌を歌い出す。

小さな汽車が木陰から現われ、フロアをゆっくり廻《まわ》り始めた。

花畑の上の中空をひらひらと、光の精霊の群れが舞い踊り出した。

平賀は光の精霊に近付き、捕まえようとしたが、その手が空を切った。握った拳《こぶし》に、光の妖精が歪《ゆが》んで映し出される。

「これは……」

平賀が造花の茂みを掻き分けると、大きなレンズのついた箱が設置されている。

「レーザープロジェクターです。写真で見た光の精霊は、これと同じ方法で投影された、3Dの映像だったんです」

「成る程……。しかし、本当に驚きだよ。光の精霊にしてもユニコーンにしても、最新のテーマパークにも置かれていない位によく出来てる。制作者に拍手を送りたいね。子ども向けっていう手抜きがなくて、どれもセンスがいい。まさに作られた夢の国だ」

ロベルトは舌を巻いた。

「ええ。幼い子どもなら間違いなく、全てが本物に見えるでしょうね」

平賀が、ほっこりとした表情で微笑んだ。

「それにしても、これだけの施設を作るのは大層な金と手間がかかっただろう。アンドレ・シュヴィニの両親が、息子の為に作ったとしか考えられないね」

ロベルトの言葉に、平賀はコクリと頷《うなず》いた。

「ええ。私もそう思います」

「待てよ。なのにどうして、ベートがこんな杖《つえ》を持ってるんだ？　もしかしてベートは、アンドレの遊び相手に雇われた妖精役だったとか？　そして彼はたまに城を抜け出して、ファンターヌに会っていたんだ」

「一理ありますね。ロベルト、まずは出口を探しましょう」

「ああ、そうだね」

二人はそのフロアを隅々まで歩いた。

すると大きな岩の近くを通った時、ベートの杖が電子音を立てたかと思うと、岩が二つにスライドして割れ、そこに小部屋が現われたのである。

「魔法の杖は万能だな」

ロベルトは目を丸くした。

二人が小部屋に入ると、パネルがあってエレベーターのボタンがついている。

地上階と地下一、地下二、地下三、地下四階の表示があった。

「ここは地下二階らしいが、どうする？」

「そうですね、地下一階から行きましょう」

平賀はボタンを押した。

エレベーターが動き、扉が開くと、そこはドーム型のシアターであった。

配電室を探してスイッチを入れると、空一面に満天の星が現われる。

輝く星空はゆっくりと回転し始めた。

「素晴らしいです。全方位プラネタリウムです。これは大人でも飽きませんね」

平賀は嬉《うれ》しそうにはしゃいだ。

ドームの下には小型のゴンドラがあって、クレーン操作で滑らかに動かすことができた。

「あれに乗れば、星々の中を遊覧飛行できる趣向なんだね」

ロベルトはクレーンを動かしながら、ゴンドラを見上げた。

平賀は操作盤の横にフロアの見取り図があるのを発見した。

「見て下さい。見取り図がありますよ。地図によりますと……」

平賀は左右を見回し、星が描かれた紺色のドアを見つけて、それを開いた。

するとその先は洞穴になっていた。天井に電気が灯《とも》っていて、先が二手に分かれている。

二人は右手の道を進んだ。

暫く進むと扉があった。

把手《とつて》らしきものは無かったが、ベートの杖でそれに触れると、扉が開く。

その途端、さあっと冷たい外気が吹き込んできた。

視界には夕暮れに染まる森と空が広がっている。

「外だ……」

「眼下にセレ村が見えますから、方角は北です。高さは山頂付近ですね」

二人は一歩外に出、振り返ってまた驚いた。

今出て来た扉が自動的に閉まっていき、本物の岩のようになってしまったからだ。

「随分と手の込んだ仕掛けだな」

「ええ」

「このまま道まで出て宿にも戻れるけど、どうする？」

「まさかでしょう、ロベルト。中の探検を続けましょう」

平賀はそう言うと、掌《てのひら》を上向きに差し出した。ロベルトは首を傾げた。

「どうしたんだい？」

「私にもその杖、貸して下さいませんか？」

「なんだ、そういう事か」

ロベルトは笑って平賀にベートの杖を手渡した。

平賀が杖で岩に触れると、再び岩が割れる。二人はその中に入った。

洞穴を歩いて分かれ道まで戻り、その先へ進む。

すると同じ仕掛けがあって、今度は南側の岩の扉から外へ出ることが出来た。

二人はエレベーターまで戻り、地下三階へと下りた。

扉が開くと、今度は色とりどりの天幕が幾つも並んでいる。

一つを開く。そこに現われた空間は、まるで美術館であった。

トリックアートに加え、有名絵画も数多く飾られている。どれも複製画だが出来はいい。

次の天幕を開くと、そこはミニシアタールームになっている。

その次にはピアノが置かれた舞台があって、演奏会が開かれていたことが分かる。

また別の天幕の向こうは洞窟《どうくつ》の通路になっており、そこから山の内側をぐるりと一周できる作りになっていた。

その通路の所々に扉があったり、窓があったりする。

平賀は一つの扉の前で立ち止まり、杖を使ってそれを開いた。

するとすぐ目の前に大きな木があった。その向こうには、森の中にぽっかりと開いた小さな広場のような場所がある。

少し先の樹上には、ハイタカが巣を作っていた。

そこはあの、マティアスの靴が落ちていた現場であった。

11

二人は岩の扉から外へ出た。

空は濃い赤紫に染まっていた。間もなく陽が落ちるだろう。

森の木々や茂みが少しずつ黒い影へと変わっていく。

平賀は早足でマティアスの靴が落ちていた場所へ行き、姿勢を低くして辺りを見回した。

そしてハッと目を見開いた。

「ロベルト、大きなカラスを見つけました」

「何だって？」

周りを見回したが、ロベルトにはそんな物は見えない。

「こっちに来て、私の目線になって見て下さい」

ロベルトは平賀の側へ行き、平賀が見据える方を見た。

「これは……」

そこには確かに大きな黒い鳥がいた。

背の低い木と側に生い茂る茨《いばら》の茂み、そして岩とが夕日を受けて、影となって重なり合い、黒く巨大な鳥が翼を広げているかのシルエットを成していたのだ。

「これがファンターヌの見た物か。確かに、彼女が描いた絵によく似ている。やはり彼女はあの日、ここに居たんだな……」

「間違いないでしょう。マティアスはここで彼女に襲いかかったんです。そうでなければ彼女はこの目線になっていません」

平賀は怒った口調で言った。

「何てことだろうね、本当に……」

ロベルトはやるせない溜息《ためいき》を吐いた。

「そして何かが起こり、マティアスは脳出血を起こした状態で、あの岩の隠し扉から運ばれたんです」

平賀は二人が出て来た岩を指差した。

「ああ、そうだろうね。マティアスの遺体は、僕らがさっき通って来たルートを逆に辿《たど》って、あの地下二階に埋められたと考えられる」

ロベルトはそう言いながら、平賀の手にあるベートの杖を見た。

あの杖に仕込まれた電子鍵《かぎ》がなくては岩の扉を開けない以上、犯行はベート、もしくは電子鍵を持つ人物に限られる。ベートの他に邸《やしき》の当主アンドレ・シュヴィニは当然のこと、執事あたりも鍵を持っているだろう。

その中で、マティアスを運んで行った者がいるとすれば、アンドレか執事だろう。ベートの体格では、とてもマティアスを運べないだろうからだ。

思わず考え込んだロベルトの背を、平賀がトンと叩《たた》いた。

「ロベルト、私達はファンターヌが一本道をワープした方法を確認しましょう」

平賀はさっと立ち上がった。

二人は出て来た岩の扉を杖《つえ》で開き、再び洞穴へと戻った。

エレベーターへ戻り、今度は地下四階へ下りる。

その階の天井は、他の階より遥《はる》かに高かった。そして他よりも一層広いフロアには、本格的な遊園地さながらのアトラクションが並んでいる。

メリーゴーランドやコーヒーカップの乗り物が、非常灯の明かりの下にうっすらと見えた。

上階にいたユニコーンの姿は、ここにもあった。

その隣に、子ども用の甲冑《かっちゅう》が置かれている。

二人は配電盤を探し、明かりを点《つ》けた。

その時、ロベルトは足元にある工具箱に気付き、それを開いた。中には様々な工具と共に、大きな懐中電灯が入っている。

「いい物があった」

ロベルトは懐中電灯を手に持った。

二人は外への出口を捜しながら、フロアを歩き回った。するとその度、草むらからライオンが現われたり、小川の中から人魚が姿を現わしたりするのであった。

ようやく二人が出口の扉を見つけると、そこからは長い通路が真っ直ぐ延びていた。

今度は洞穴ではなく、人工的に作られたトンネルだ。機材の運び込みやメンテナンスに使うのだろう。車が通れるほど大きなトンネルがあり、作業用のエレベーターの大きな扉も見える。

トンネルの上部には、人が歩く道も作られていた。

二人は歩道を進んだ。

歩道の所々には脇道があって、やはりそこから岩の扉を通して、外の森へと出ることができる作りになっていた。

通路の突き当たりの出口を出ると、すぐ目の前には森の大きな楡《にれ》の木が見えた。

その扉の足元に、レーザープロジェクターが置かれている。

ロベルトがスイッチを入れると、楡の木の近くの中空に光の精霊が現われ、踊り始めた。

「ベートはこれをファンターヌへの合図にしていたんだな」

ロベルトの言葉に、平賀は上の空で「ええ」と頷《うなず》いた。

「つまり三年前に森で起こった出来事はこうだ。

ベートはファンターヌに合図を送り、二人はマティアスの靴の現場で待ち合わせた。

けれどその日はマティアスとブライアンも森にいて、マティアスは企《たくら》みを持ってファンターヌを追って行った。

一方、待ち合わせ場所にいたベートは、マティアスが彼女に襲いかかったのを見て、思わずマティアスを石のようなもので殴りつけた。そして気絶していたファンターヌを秘密の通路を使って楡の木まで運んだんだ。

目覚めたファンターヌは、パニック状態で再びエスクイン山を目指し、道の途中でブライアンに出会った。

その後、ベートは主人であるアンドレに自分のした殺人を打ち明け、アンドレは怒ってベートを殺した。そしてアンドレはマティアスと共にベートの遺体を地下二階へ運んで、同じ場所に埋めたんだ」

「そして何故か途中で埋めるのを止めた……んですよね」

平賀はロベルトの言葉を継いでそう言うと、難しい顔をした。

「ロベルト、少しだけ待って下さい。その答えはアンドレさん、いいえ、執事のエマーヌさ

ん に聞いた方がいいかと思うのです」

「ふむ……。君がそう言うなら、今からエレベーターで地上階へ行って、エマーヌを探すかい？」

「ええ。でもその前にまだ、二つばかり、確かめたい事があるんです」

平賀は踵《きびす》を返し、ふらりと歩き出した。

二人が地下四階の遊園地へ戻ると、平賀はそこにいるユニコーンの前で立ち止まり、虫眼鏡でじっと観察し始めた。

「見て下さい。長い赤毛があります。ファンターヌの物でしょうか？」

平賀が摘《つ》まんだ髪をロベルトは確認した。

「ああ。間違いないだろう」

平賀は頷くと、すたすたとエレベーターに乗り、地下二階のボタンを押した。

「次はどこへ行くんだい？」

「懐中電灯が入手できましたので、ウィリアム・ボシェの遺体を確認します」

「ああ、成る程ね……」

二人は再び地下二階の精霊の国に戻り、造花の草を掻《か》き分けて壁の向こうへ出た。

「ロベルト、懐中電灯をお借りしていいですか？」

「勿論《もちろん》、どうぞ」

平賀は懐中電灯を構えると、地面の穴にあるマティアスの遺体とベートの遺体、その周囲の地面をじっと観察した。

さらにはベートの服の前ボタンを開け、肋骨《ろっこつ》や腰骨、腕の骨などをじっくり確認した。

暫《しばら》くそうした後、平賀が立ち上がる。

それから二人は長い洞窟《どうくつ》を抜け、最初に二人が滑り落ちた岩場へと出た。

外はすっかり夜で、肌寒い風が吹いている。

「平賀、足元に気をつけて」

ロベルトのかけた言葉に、平賀はコクリと頷いた。

平賀は岩場を歩き、ウィリアム・ボシェの遺体の側に屈《かが》み込んだ。そして懐中電灯と虫眼鏡を使って、遺体をじっくりと観察した。

ロベルトは背後から遠巻きにそれを見守った。懐中電灯の光の輪の中に、ウィリアム・ボシェの頭頂部が浮かんでいるのが、見たくもないのに視界に入る。

「平賀、何か分かったかい？」

「まず、人間の力をもってして、このように激しく頭蓋骨《ずがいこつ》を砕くことは出来ません」

平賀はハッキリ断言した。

「じゃあ、ボシェ氏は自ら足を滑らせてこの岩場に落ち、その途中でどこかに頭をぶつけたのかな」

「いえ、そうではありません。彼の頭頂部には付着物があります」

「付着物？」

「ええ。これは恐らく隕石《いんせき》の溶融被殻でしょう」

「何だって⁈」

　ロベルトは大声で叫んでしまった。

「春祭りの日、シュヴィニ家を訪ねて追い返されたボシェ氏は、取材の為のネタを求め、城の付近にある筈《はず》の、秘密の洞窟を探し回ったのではないでしょうか。

　そうして夜も更け、そろそろ村に戻ろうとしていたその時、あの隕石の爆発が起こったのです。

　そうして爆発した隕石の欠片《かけら》の恐らく一番大きな物が彼を直撃した。そして彼の頭蓋骨をこのように砕いてしまったんです」

「何だって……？　まさかだろう。まさか、そんな恐ろしい偶然が起こるものなのか？」

　ロベルトは呆然《ぼうぜん》とした。

「遺体は嘘を吐きません。ボシェ氏の遺体がその事実を示しています。ですからロベルト、その恐ろしい偶然は、確かに起こったのです」

　平賀は確信的に言った。

「それは何というか……。ただ不幸な事故と言うだけでは片付けられないほど、度外れに不幸な事故だったんだな」

「ええ、そうですね……。私もそう思います」

二人はどちらからともなく指を組み、哀れな遺体に黙禱《もくとう》を捧《ささ》げた。

12

再びエレベーターに乗り込んだ二人は、地上階で降りた。

扉が開くと、絨毯《じゅうたん》の敷かれた廊下が真っ直ぐ続いている。

二人は廊下を歩き、突き当たりの扉に手を掛けた。

ベートの杖《つえ》がまた電子音を立て、扉が開く。

するとそこは、小城の豪華な応接室であった。

室内灯がぽつりと灯《とも》った薄暗い部屋にはテーブルとソファが四組あり、壁には代々の主《あるじ》を描いた絵画や、モローやルドンなどの作品がかかっている。

天井から大きなシャンデリアが下がり、突き当たりに階段がある。

「いきなりこんな所へ出てしまったな……。一旦《いったん》外へ出た方がいいんじゃないか？　これじゃ僕達は不法侵入者だ」

「いえ、執事のエマーヌさんを探しましょう」

平賀は動じず答えた。その時だ。

何処かから歌が聞こえて来た。

たとい人と天使のことばを話しても
愛がなければ鳴る銅鑼《どら》のよう
また預言する力を持ち
すべての知識に通じていても
山を移すほどの深い信仰をもっていても
愛がなければ無に等しい
また持っている物をすべて施し
からだを焼かれるために渡しても
愛がなければむなしい

「あの聖歌だ」

二人は顔を見合わせた。

「上の方から聞こえます」

「ああ。意外に近いな」

二人は応接室の奥の階段を登った。

預言は廃れ、異言《いげん》はやみ、知識は廃れよう、
わたしたちの知識は一部分、預言も一部分だから

完全なものがきたときには、部分的なものは廃れよう
無垢《むく》なる幼子だったとき、わたしは幼子のように話し、
幼子のように思い、幼子のように考えていた
大人になった今、幼子の頃の心を忘れた
わたしたちは、今は、鏡におぼろに映ったものを見ている
だがそのときには、顔と顔とを合わせて見ることになる
わたしは、今は一部しか知らなくとも、
そのときには、はっきり知られているように
はっきり知ることになる

その歌声は階段を登ったすぐの部屋から聞こえていた。

「この部屋ですね」

平賀はその部屋の扉をノックした。

すると中からガタンと何かを倒すような物音と、高い靴音が聞こえてきた。

いきり立ったアンドレ・シュヴィニが猟銃を構えて出て来るのでは、とロベルトは身構え、平賀を庇《かば》うように前へ出た。

扉が開いた。

その中から現われたのは、動揺を露《あら》わにし、驚愕《きょうがく》とも歓喜とも分からない表情を浮かべ

た、執事のエマーヌであった。

「エマーヌさん、これには訳があって……」

慌てて状況を説明しようとしたロベルトを平賀は制し、手に持っていたベートの杖をエマーヌの前に差し出した。

「こ、これは……！　貴方《あなた》、これは一体どこにあったんです⁉」

エマーヌは齧《かじ》り付くような勢いで平賀の両肩を揺さぶった。

二人が不法侵入者であるとも、平賀が何者かとも問うことなく、ひたすら視線を杖に釘《くぎ》付《づ》けにしているエマーヌを、ロベルトもおかしいと感じた。

「エマーヌさん、その手を離して下さい。僕を覚えてますか？」

そう声をかけると、エマーヌは初めてロベルトの存在に気づいた様子で、驚いた顔で振り返った。

「あ……貴方はバチカンの……ロベルト・ニコラス神父……。な、何故、ここに？」

「それは今からご説明します。彼は僕の同僚で、平賀・ヨゼフ神父です。平賀はフランス語が話せないので、英語を使っても構いませんか」

ロベルトの言葉に、エマーヌは「イエス」と応じた。

そして改めて平賀に英語で話しかけた。

「貴方の持っておられるその杖を、どこで手に入れたのです？　教えて下さい」

「お答えします。が、その前に私も聞きたいことがあります。この杖の持ち主は、アンドレ・シュヴィニ氏で間違いありませんね」

平賀の言葉に、ロベルトは目を見張った。

エマーヌはおろおろと視線を彷徨《さまよ》わせ、何と答えるべきか迷っている様子だ。

平賀は更に続けた。

「アンドレさんは成長ホルモン分泌不全性低身長だった、そうですよね。そして彼は現在、行方不明の筈です」

「どうして……それを……」

エマーヌは更に狼狽《ろうばい》した。

「待ってくれ、平賀。低身長って……いや、僕は実際、アンドレ氏に会ったんだ」

「ロベルト、貴方はこの邸《やしき》でエマーヌさんに紹介され、アンドレ氏と名乗る男に会った。でもその先入観のせいで、却《かえ》って事実を見失っていたんです。

素直に考えれば、話は非常に単純です。

アンドレ氏の両親が、邸の地下にあれほどの施設を何故作ったのか。それは我が子の為に違いないと、貴方は仰《おつしや》った筈です。それなら、あの施設に出入りする鍵《かぎ》のついた杖を持った人物は、アンドレ氏本人と考えるのが自然でしょう。

ベート、いえ、アンドレ氏の身長から考えて、まず間違いなく彼は先天性の遺伝子異変を持っていたと考えられます。成長ホルモン放出因子、あるいは下垂体や甲状腺《こうじょうせん》の発生に関係する転写因子などの生まれつきの異常により、成長ホルモンの分泌が阻害され、体が成長できなくなる病気です。

この病気の発生率は稀《まれ》で、小人病とは異なり、体の均整は取れているのが特徴です。そして、しばしば臓器不全や骨粗鬆症《こつそしょうしょう》等の合併症を伴います。

彼の小さな眼窩《がんか》や尖《とが》った顎《あご》も、骨の発育不良が原因です。それでアンドレ氏は妖精《ようせい》のような顔立ちになったのでしょう」

「エマーヌさん、僕が会ったアンドレ氏は、貴方が仕立てた偽者だったんですね」

ロベルトがエマーヌに向かって言うと、エマーヌは神妙な顔で頷いた。

この邸でアンドレに会った時、やたらに待たされたのは、使用人を貴族らしい外見に着飾らせていたからだ。彼の態度が奇妙だったのも、偽者なら納得がいく。アンドレの両親が養子を迎えたのも、そもそもあれだけの地下施設を作ったこともだ。

「貴方は坊ちゃまとお会いになったんですね？　坊ちゃまは何処です？」

エマーヌは最早《もはや》なりふり構わぬ様子で、平賀に詰め寄った。

「私達が会ったのはアンドレさんのご遺体です。貴方もお会いになりますか？」

「ああ……っ」

エマーヌは崩れるように床に膝《ひざ》を突き、暫《しばら》く放心していた。

そうしてゆらりと立ち上がった。

その顔からは生気が失《う》せ、一度に老け込んだように感じられた。

「神父様どうか……お願いします。私を坊ちゃまの所へ案内して下さい」

エマーヌは力なく襟を正すと、平賀とロベルトに頭を下げた。

「ええ、こちらです」

平賀が懐中電灯を受け取って、歩き出す。エマーヌとロベルトもその後に続いた。

三人はエレベーターに乗った。ロベルトが地下二階のボタンを押す。

「えっ、そこは私が隈無《くまな》く……」

エマーヌはショックを受けた様子だ。

「隈無く探したのですね」

ロベルトが言う。

「ええ。それはもう、何度も何度もです」

エレベーターが開き、三人は精霊の国に入った。

ロベルトは奥にある鏡を指差した。

「あの鏡の壁の下の方に、抜け穴があったんです。というより、あの向こうには中世の洞《どう》窟《くつ》神殿があったんです。それはご存知でしたか？」

「いいえ……」

エマーヌは力なく首を振った。

「……そうでしょうね。その神殿は秘密を守るために、大岩で塞《ふさ》いで入り口を閉ざされていたんです。

それが長い年月の間に自然にか、あるいは大掛かりな施設の工事のせいか、ズレか歪《ゆが》みが起こって、僅《わず》かな隙間が出来たんです。

普通の大人なら、そんな変化には気づかなかったでしょう。

でも、アンドレさんはここで長い時間を過ごしていた。だから偶然、あの抜け穴を発見できたんでしょうね」

三人は深い草むらの前に立った。

「では鏡の向こうへ行きましょう」

平賀が地面にしゃがみ、造花をかき分け始めた。

ロベルトとエマーヌもそれに続く。

分厚い造花の壁の向こうに顔を出すと、エマーヌは呆然《ぼうぜん》と辺りを見回した。

「こんな所が……」

平賀は懐中電灯の明かりをアンドレの方へ向けた。

小さな遺体を見たエマーヌは息を止め、腰を折って、主《あるじ》の遺体を覗《のぞ》き込んだ。

「おお……坊ちゃま……こんな所におられたのですね……。エマーヌは何度も何度も、近くを探しておりましたよ。どうしてこんな……」

エマーヌは骸《むくろ》の側で噎《むせ》び泣いた。

「アンドレさんの死因について、気になることがあるのです」

平賀が口を開いた。

「……何でございましょう」

「彼の肋骨《ろっこつ》と脚部には、治癒しかけの骨折痕《あと》がありました。アンドレさんが行方不明になった時のいきさつを、教えて頂きたいのです」

エマーヌは暫く考え、ゆっくりと頷いた。

「坊ちゃまを見つけて下さったのが、バチカンの司祭様がたであったとは……。これも天の采配《さいはい》でございましょう。宜《よろ》しゅうございます。お二方には当家の秘密をお話し致します。今からお話しすることは、私の告解でございます」

エマーヌは静かに語り始めた。

13

「アンドレ様の父上であられるオーギュスト様は、跡取りでいらっしゃいましたので、多くの縁談が持ち上がったのでございますが、ご結婚には無関心で、ご両親の頭を悩ませておいででした。

ところがある日、子爵家のご令嬢であるジョゼフィーヌ様と出会い、運命的な一目惚《ぼ》れをされたのです。

一年後、お二人は祝福に包まれ、ご成婚なさいました。

オーギュスト様とジョゼフィーヌ様は、それはそれは仲睦《なかむつ》まじく、何処へ行かれるのもご一緒で、まさに理想のご夫婦でございました。

しかし、一つだけ問題があったのです。

それはなかなか子宝に恵まれなかったことでございます。

年月が流れ、オーギュスト様もジョゼフィーヌ様もお年を召されました。ご夫婦は実子を持つことを諦《あきら》め、親戚《しんせき》から養子を貰《もら》おうという話が出始めた、その頃でございます。

ジョゼフィーヌ様の御懐妊が分かったのでございます。

オーギュスト様が五十歳、ジョゼフィーヌ様が四十二歳。

ご高齢にして授かったわが子に、ご夫妻はそれはそれは喜ばれたものでございます。

パリのお屋敷は一気に祝賀のムードに包まれ、使用人の私どもさえ、お子の誕生を心待ちにしておりました。

しかし、ジョゼフィーヌ様が妊娠四カ月を迎えた頃、医師から意外な言葉が告げられました。

お腹のお子の発育が悪いと……。

そして、忘れもしません。

パリの町が何十年かぶりの大雪で、辺り一面が積雪で真っ白に染まった二月の夜。

アンドレ様は、パリの総合病院でご誕生になったのでございます。

その時のアンドレ様の身長は二十センチ足らず、体重は九百グラム。

すぐに精密検査が行われ、告げられた病名は、先天性成長ホルモン分泌不全。

さらに先天性の骨粗鬆症で、内臓も丈夫ではなくいくつかの手術が必要で、十歳まで生きるかどうか保証は出来ないということでございました。

オーギュスト様とジョゼフィーヌ様は悲嘆に暮れました。

それでも小さなアンドレ様は懸命に生きようとなされ、度重なる治療にも耐えてこられましたが、週に一度は高熱で寝込むような状態でございました。

オーギュスト様とジョゼフィーヌ様は、アンドレ様をどのように育てようかと毎夜のように話し合っておられました。

当家では代々、行く学校も、受ける専門教育も決まっております。当主であれば様々な責務もございます。ご家族で出席する式典などもございます。

お身体も小さく、ガラスの様に脆《もろ》いアンドレ様に、それらを強いるのは酷でございます。体力的にとてもこなせる訳がありません。

学校に通わせても、注目の的になりましょうし、子ども同士のちょっとした小競り合いでも、アンドレ様にとっては命取りとなるでしょう。

お二人は悩まれた末、ご養子を迎える決意をされました。

そして、長くは生きられないのであれば、アンドレ様の生涯が幸福で満たされるように、楽園のような場所で過ごさせたいとお考えになったのです。

この小城は、シュヴィニ家の避暑用の別荘でございました。

夏になるとご親族やご友人達で訪れ、狩りなどをされるのです。

その地下に先史時代の洞窟があることも、ここの村人が城に近づきたがらないのも、オーギュスト様はご存知でした」

「それで洞窟の構造を生かして、あんな施設を作ったんですね」

平賀は納得したように頷いた。

「左様でございます。けれど流石のオーギュスト様も、このような隠し通路があるとは、ご存知なかったのでしょう。

ともあれオーギュスト様は私財を投じ、坊ちゃまが快適に楽しく過ごされる理想郷をお造りになったのです。

施設に繋《つな》がる洞窟は、全て電子ロックの扉で閉じ、不自然さが際立たないように岩の様な外観に仕上げられました。

幾ら理想郷と言えど、屋敷と地下に籠《こ》もりきりでは、お体に悪うございます。たまには、外にも出られることも必要です。しかし、村人と遭遇してしまうこともあるでしょう。そんな時は、近くの洞窟に逃げ込めるようにと考えられたのです。

二年の歳月を経て工事は完了し、アンドレ様が五歳の時、私や使用人と共に、この城に移り住んだのです」

「彼が緑の葉で編んだような服を着ていたというのは……？」

ロベルトが質問を挟んだ。

「私の考案でございます。あのような服を着ていれば、森では見分けにくく、もし村人に姿を見られても、迷信深い村人は、坊ちゃまを精霊だと思って、恐れて近寄らないだろうと考えたのです。

坊ちゃまが外に出る日、私は近くで空砲を撃ち鳴らし、森の危険な獣や、不作法な村人が恐れて山に近づかないようにして参りました」

「そういう事だったんですか……」

エマーヌは頷《うなず》き、アンドレの骸《むくろ》を愛《いと》おしげに見詰めた。

「坊ちゃまは無事に十歳を迎えられ、また一年、二年と年を重ねていかれました。

ご両親にとっても、私にとっても、それは存外の喜びの日々でございました。

多忙なスケジュールの合間を縫って、ご家族は多くの時を小城で過ごされました。

そして坊ちゃまが十五歳を迎えられた、ある日のことです。

坊ちゃまは、森で迷っていたファンターヌ嬢に出会われたのです。

『森で小さな子と会ったんだ』

そう言ったあの日の坊ちゃまの嬉《うれ》しそうな顔、今も忘れません。

無理もございませんでしょうね。ファンターヌ嬢は、ご両親や使用人以外に初めて会話をした人間だったのですから……。

しかし当然、私は坊ちゃまの身を案じ、二人が会うのをお止めしました。

ファンターヌ嬢がどのような人間か分かりませんし、乱暴な遊びに坊ちゃまを誘って、大怪我をさせるかも知れません。坊ちゃまの噂が村で広がって、嫌な思いをするかも知れません。

ですが坊ちゃまはどうしても、あの子と会うと仰《おつしや》るのです。

まだ小さな彼女は、自分のことを精霊だと思い込んでいるし、この施設に連れてきたら、
絶対に喜ぶだろうと。目隠しして連れて来れば大丈夫だと。

あまりに大胆な坊ちゃまの発言に、私は息が止まりそうでした。

兎《と》に角《かく》私は、彼女に一度会わせて頂くことが、この先も二人が会う条件だと申しました。

これでも執事の端くれでございます。人を見る目はあるつもりでしたから。

そこで私は精霊の扮装《ふんそう》をして、ユニコーンの番人になり、お二人の様子を見ていたのです。

そうして私が見たのは、坊ちゃまの輝くような笑顔と、愛らしく無垢《むく》なファンターヌ嬢。

そしてお二人がこの上なく楽しそうに遊び、笑い、話し合う姿でした。

それを見てしまったら、もうそれ以上、反対など出来ません。

ただ少しでも長く、この幸せな日々が続けばと、それだけを願いました。

坊ちゃまのファンターヌ嬢への思いは、恋愛感情などといった下卑たものではございませんでした。言うなれば、年の離れた実の妹を思う。そんなお気持ちだったのです」

エマーヌはうっすらと涙を浮かべていた。

話を聞いたロベルトと平賀さえ、二人の微笑ましい時間が続けばいいと、願わずにいられない気持ちになっていた。

「夢のような時が二年、いえ三年近く続いたでしょうか。

ファンターヌ嬢の背が坊ちゃまよりずっと大きくなった頃、坊ちゃまは悲しそうに言われました。

『もう、あの子を城に連れてくるのは止めるよ。大人になったら現実が見えて、施設の仕掛けも分かってしまうだろう。あの子の夢を壊したくないからね』と……。

勿論《もちろん》それもあったでしょうが、成長したあの子と遊ぶには、もう坊ちゃまの体力が持たなくなったのかも知れません。

坊ちゃまは何度か入院をされ、また何度かの手術を乗り越えられました。

それからの二人は森で会って、お喋《しゃべ》りをするいい友人同士になったようでございます。

ところがある日を境に、坊ちゃまの様子がおかしくなられました。

長く考え込まれたり、何を話しかけても上の空。

ある日、とうとう足を引き摺《ず》り、高熱を出してお倒れになったのです。

慌ててパリから主治医を呼びましたら、坊ちゃまの足が折れ、肋骨《ろっこつ》に罅《ひび》が入っているのがわかったのです。

すぐに治療をしてもらいましたが、医師から一ヵ月の安静を申し渡され、暫《しばら》くはベッドで寝たきりでございました」

「アンドレさんが倒れられたのは、いつの話です？」

平賀が訊《たず》ねた。

「三年前の五月二十七日でございました」

「その数日前、マティアスという村の青年が行方不明になったのはご存知ですね？」

「ええ。警察どもが大勢やってきて、がなり声を出したり、山を歩き回ったりと、それはもうけたたましい有様で。

坊ちゃまには静かにお休み頂きたいというのに、大層迷惑致しました」

エマーヌは憤慨して言った。

「アンドレさんを診察してもらった時、手や腕、肩などに異常はありませんでしたか？打撲や内出血の痕《あと》などは？」

平賀の問いに、エマーヌは不思議そうに首を横に振った。

「いいえ」

「そうですか……」

平賀は黙り込んだ。

エマーヌは話を続けた。

「ベッドの上で坊ちゃまは、ファンターヌ嬢のことをいたく気に掛けておられました。

私が使用人に調べさせますと、あの子の目が見えなくなったと……。

それを聞いた坊ちゃまは、酷《ひど》く動揺なされ、心を痛めたご様子でした。

そうして病床で、シブリアンの訓練を始められました」

「シブリアン？」

「ええ。坊ちゃまの飼っていた、青い鳥でございます」

「エマーヌさん、その鳥の話も詳しく教えて下さい。僕達が邸《やしき》を訪ねた時、聖歌が流れていた訳も」

平賀とロベルトの真剣な顔に、何か思うところがあったのか、エマーヌはすっと立ち上がった。

「それはアンドレ様のお部屋へ戻ってお話しします。その方が、よくお分かりになると思います」

エマーヌの言葉で三人は来た道を引き返した。

三人は地上に戻り、エマーヌが出て来た部屋の前に立った。

エマーヌが扉を開く。

その部屋には重厚な家具や調度品が並んでいたが、いずれも主《あるじ》の背丈に合わせた小ぶりな作りであった。

本棚には聖書や哲学書、生物学と植物学の専門書などが並んでいる。

窓の近くのスタンドに鳥籠《とりかご》が吊《つる》され、青く美しい鳥が一羽、木の枝に留まっている。

真っ青な羽と長い尾羽、青い背中をし、頭部には濃紺の羽毛がある。頭と体の大きさはムクドリほどだ。

「青い鳥だ……」

「青い鳥ですって？」

ロベルトは鳥籠に近づいて、その鳥をじっと見た。

「ええ、あの青い鳥でしょう。オナガですが、非常に綺麗《きれい》な青をしています」

平賀の言葉に、エマーヌはうっすらと微笑んだ。

「当家の主が代々愛玩《あいがん》し、繁殖させてきたものの一羽でございます。

昔のセレ村にはオナガが沢山いたと聞いております。その中で特に美しいものを選別して捕獲し、交配させて、より青いオナガを作ってきたのです。

坊ちゃまの十八歳の誕生日を祝って、オーギュスト様が贈られたオナガに、坊ちゃまはシブリアンと名を付け、大層可愛がっておられました。

シブリアンも坊ちゃまには大変懐いておりました。とても頭が良く、人の言葉をよく覚える鳥でございます」

そう言うと、エマーヌは一枚のＣＤをかけた。

たとい人と天使のことばを話しても
愛がなければ鳴る銅鑼《どら》のよう
また預言する力を持ち
すべての知識に通じていても
山を移すほどの深い信仰をもっていても
愛がなければ無に等しい

また持っている物をすべて施し
からだを焼かれるために渡しても
愛がなければむなしい

するとシブリアンは体を揺すってリズムを取る様な仕種《しぐさ》をした。
そして、曲が流れるのに合わせて歌い始めた。

愛は心広く、情けあつく
愛はねたまず、高ぶらない
礼にそむかず、利を求めず
憤らず、うらみを抱かず
不正を喜ばず、真実を喜び
すべてを包み、すべてを信じ
すべてを希望し、すべて耐え忍ぶ
愛はいつまでも絶えることがない……

ソプラノで歌うその声は、奇跡の動画に録《と》られたのと同じだ。
曲が終わると、シブリアンは歌うのを止めた。

そしてその口から聖母の言葉が発せられた。

「人の子よ、今この時、貴方《あなた》がたの罪の全てが贖《あがな》われました
私はそれを伝えるため、祝福をしに来ました
私に祈ることによって、全ては清められました
誰しもが犯した罪に戦《おのの》く必要はありません
明日《あした》から善に生きれば、主は全ての人々の傍らにおられます」

エマーヌは手にしていた向日葵《ひまわり》の種をシブリアンに与えた。

シブリアンはその褒美を嘴《くちばし》で受け取ると、嬉《うれ》しそうに羽を震わせた。

それを見たロベルトはふと思った。

かつて聖マリー教会にやって来た青い鳥が聖歌を歌ったという伝承は、ジェヴォーダンの獣が出没したのと同時期の出来事だったと。

当時、エスクイン山の森が荒廃し、オナガ達は食べ物を求めて里に下りてきた。その中には聖歌を習い覚えることで、村人から餌を貰《もら》ったオナガがいたのかも知れない。

「この聖歌と言葉を教えたのは、アンドレさんだったんですね」

「ええ。この村には聖歌を歌うオナガがいたとオーギュスト様から教わり、ファンターヌ嬢に鳥が歌うのを見せて喜ばせたいと、幾度も曲を流して覚え込ませたのです。

ですが、そうしている間に、坊ちゃまはベッドに伏せられました。

そうして病床で、シブリアンに新たな言葉を教える訓練を始められたのです。

それが先程のマリア様の御言葉です。

シブリアンがようやく全てを覚えると、坊ちゃまはシブリアンをファンターヌ嬢の部屋の窓辺に放ち、歌を聞かせてやって欲しいと、私にお願いされたのです。

坊ちゃまなりに、ファンターヌ嬢をお慰めしようと思ったのでしょう。

私はそれを何度か試みましたが、シブリアンは鳥籠から外に出てもすぐに舞い戻って来てしまいます。うまくファンターヌ嬢のいる窓辺に留まってくれても、歌を歌うことはしませんでした。

そうするうちに一ヵ月が経ち、坊ちゃまの足のギプスや包帯は外れました。

しかし高熱は引かず、身体の怠《だる》さが治らないご様子でした。

検査を受けますと、腎臓《じんぞう》が弱っているとのことでございました。

それで私が慌てて入院の手配をしていた時のことです。

朝、坊ちゃまの姿がベッドから消えていたのです。

ああ……。

全ては私の罪です。

私が、迂闊《うかつ》にも病床の坊ちゃまから目を離してしまったせいなのです。

邸の何処を探しても、地下の施設を隅々まで探しても、坊ちゃまの姿を見つけることは出来ませんでした。

　これだけ探しても見つからないのは……と、不吉な予感を覚えることもありました。

　しかし、万が一にでも生きていらっしゃることを願っておりました。

　ジョゼフィーヌ様は、そのショックがおありだったのでしょう。体調を悪くされて、三年前から療養生活をしております。

　オーギュスト様もジョゼフィーヌ様も、生きていても、たとえ死んでいても、アンドレ様を見つけて欲しいと願われました。

　勿論《もちろん》、私も同じ気持ちで、ここに残って探し続けてきたのです。

　それがよもや、あのような場所で、お亡くなりになっているとは……。

　坊ちゃまはご聡明《そうめい》で、お優しい方でした。病気でさえなければ、ご立派な当主になられたでしょうに……」

　エマーヌは、悔しそうに唇を噛《か》みしめた。

「エマーヌさん。春祭りの夜、シブリアンを放ったのは貴方だったんですね」

　納得したように言った平賀に、エマーヌは首を横に振った。

「いいえ、あれは事故でした」

「事故といいますと?」

「坊ちゃまがいなくなってからも、シブリアンに餌をやり、歌を聞かせるのが私の日課でございました。

あの春祭りの夜もいつものように鳥籠を開け、餌をやろうとした、その時です。窓の外が突然、眩《まばゆ》く光ったのです。

エズーカ山の山頂の辺りで、何かが爆発したようでした。

私は驚き、山火事でも起きたのではと、慌てて窓を開けました。

その時、私の肘《ひじ》が鳥籠に当たり、驚いたシブリアンは羽ばたいて、窓の外へ飛んで行ってしまったのです」

「何ですって……」

平賀とロベルトは思わず顔を見合わせた。

「私は坊ちゃまの鳥を逃がしてしまったと、いたく慌ててしまいました。

ですが、坊ちゃまがずっと聞かせて育てていた聖歌を聞けば戻って来るかも知れないと、この部屋の窓を開け、聖歌を流し続けたのです。

それが功を奏したらしく、翌日の昼過ぎに、シブリアンは戻って参りました。

聖歌をうまく歌った時、坊ちゃまがシブリアンを一層可愛がっていたのを覚えていたのでしょう。

ああ。いつか坊ちゃまとの約束を果たし、ファンターヌ嬢にこの歌声を聞かせてあげられれば良いのですが……。

それが今の私にとって、たった一つの望みです。

坊ちゃまを一人で逝かせてしまった、私の罪の償いとして……」

エマーヌは悲しげに俯《うつむ》いた。

「エマーヌさん、春祭りの奇跡をご存知ないのですか？」

ロベルトが訊《たず》ねる。

「何でしょうか、それは？」

エマーヌは不思議そうに問い返した。

「アンドレさんと貴方の願いは既に叶《かな》っていたのです。奇跡は起こったんですよ」

平賀は厳かな声で答えた。

エピローグ　主は全ての人々の傍らに

春祭りの夜に起こった謎の発光が、隕石《いんせき》によるものだったこと。

邸《やしき》から飛び出したシブリアンは、あの後、ファンターヌの前に現われ、アンドレが教えた通りの言葉を告げていたこと。

そして、事実、ファンターヌの目が奇跡的に癒《い》やされたこと。

それらを村人達は聖母の奇跡と信じ、バチカンから二人を呼んだこと。

二人が告げた事実を、エマーヌは驚愕《きょうがく》の顔で聞いていた。

「それにしても坊ちゃまは何故、あんな場所におられたのでしょう？　それに、貴方がたがどうして坊ちゃまのご遺体を発見できたのです？」

エマーヌは不思議そうに訊ねた。

「僕達があの場所に辿《たど》り着いたのは、ただの偶然でした。春祭りの日、邸を訪ねたウィリアム・ボシェ氏のことを覚えておられますか？」

ロベルトはボシェが持っていた本をエマーヌに差し出しながら、話を続けた。

「この本を読んだ彼は、エスクイン山の何処かに洞窟《どうくつ》神殿が隠されていると目星を付けて、あの春祭りの夜も、山を歩き回っていたんです」

ロベルトはボシェの死因と、自分達が彼を発見した経緯を説明した。

「何ということでしょう。それでは今も、崖《がけ》の岩場にボシェ氏のご遺体が？」

エマーヌの言葉に、ロベルトは頷《うなず》いた。

「ボシェ氏のことは、急いで警察に通報しなければ……。しかし、そうなると坊ちゃまのご遺体のことや、邸の地下施設のことも公になってしまいます。

私にはどうするべきか判断ができません。オーギュスト様にご相談しなければ」

エマーヌは慌てて言い、部屋を出て行こうとした。

その時、平賀が真剣な顔をエマーヌに向けた。

「エマーヌさん、私はもう一度、あの洞窟神殿に行かねばならないのです」

「……と、仰《おつしや》いますと？」

エマーヌが不思議そうに振り返る。

「そ、それは……」

言葉に詰まった平賀に代わって、ロベルトが口を開いた。

「その理由はですね、僕達は明日にもバチカンに帰りますので、その前に、アンドレさんのご冥福《めいふく》を祈らせて頂きたいからです」

ロベルトの言葉に、エマーヌは頷いた。

「ええ……。そういうことでしたら是非、お願い致します」

エマーヌが主《あるじ》に電話を掛けるために席を外すと、平賀はロベルトをじっと見た。

「ロベルト、私が何をしたいのか、お分かりなんですか？」

「お互い何を考えているのか、歩きながら話そうじゃないか」

二人は地下施設に向かいながら、話を続けた。

「平賀。僕が真実に気づいたのは、君がアンドレ氏の手や腕、肩に異常はなかったかと聞いた時だ。エマーヌさんは、異常が無かったと答えた。

僕はマティアス・ベルモンを撲殺した犯人を、てっきりベートだと思っていた。ファンターヌ嬢がマティアスに襲われていたのを見て、咄嗟《とっさ》に行動したんだと。

けど、彼が重度の骨粗鬆症《こつそしょうしょう》で、ガラスのように脆《もろ》い骨の持ち主だとしたら、その衝撃で彼の腕や肩は折れていた筈《はず》だ。そうだろう？」

ロベルトの言葉に、平賀は頷いた。

「ええ。それに、マティアス青年の死因は側頭部の打撲でした。マティアス青年がファンターヌ嬢に襲いかかり、ベート、いえアンドレ氏が彼女を助けようとして、咄嗟に青年の頭部に殴りかかったとしたら、青年の傷は後頭部にある方が自然です。

あの現場の状況から見て、南西の空にバズブの影があり、岩の隠し扉はそれより南側にありました。南の隠し扉から出て来たアンドレ氏が、マティアス青年の左側頭部を殴る為には、わざわざ彼の左側に回り込まねばならず、そうすれば青年に気づかれる可能性が高かったでしょう。

そうして二人が揉《も》み合いになったとすれば、アンドレ氏が相手の側頭部を咄嗟に殴る状況も有り得たでしょう。

ところが、もしそうだとすれば、アンドレ氏の全身には打撲の痕《あと》がなくてはならず、まして青年を殴りつけたなら、彼の肩や腕には骨折が起こった筈です。

ですから、あの日起こった事実はこうなんです。

マティアス青年がファンターヌ嬢に襲いかかり、パニック状態になったファンターヌ嬢が、思わず手にした石でマティアス青年の側頭部を殴りつけた。

普通なら頭に怪我をして、怯《ひる》む程度ですんだところが、運悪く、打ち所が悪かったのです。マティアス青年は眼底出血を起こし、ぐったりとした……。それがまた余計に、ファンターヌ嬢をパニックに追い込んだ。そこにアンドレ氏が現われたんです」

「ああ……。あれは事故だったろうし、ファンターヌ嬢の正当防衛だった」

ロベルトには、その場面が目に見えるかのようだった。

夕暮れの森の中。

誰より大切な少女に会う為、待ち合わせ場所にやって来たアンドレが見たものは、その少女に襲いかかる暴漢と、必死に抵抗する少女の姿だった。

そしてぐったりした青年と、呆然《ぼうぜん》とする少女。

全ては一瞬のことだったろう。本当は何が起こったかすら、十二歳のファンターヌにはよく分からなかったに違いない。

「バズブが……バズブが……」

放心状態で呟《つぶや》く少女を、アンドレは庇《かば》うように抱きしめた。

そして彼女の服についた汚れを払い、血で染まった手を拭《ふ》いてやった。

「見られた……見られた……」

ファンターヌはその時、暴行被害を受けたという強い恐怖もさることながら、自分の醜い姿をアンドレに見られてしまったショックに戦《おのの》いたのではないだろうか。

心から慕い、結婚したいと願うほど大切に思っていたベートに、醜い自分や無力な自分を見られてしまった。そして誰にも穢《けが》されたくない二人の時間を穢されてしまった。

そんな絶望感が彼女に急性ストレス症状と、麻痺《まひ》心的外傷体験の想起不能――すなわち記憶喪失を引き起こさせたのだ。

絶望にうちひしがれた彼女を見たアンドレは、彼女の髪や服の乱れを整えながら、全てを忘れるようにと、言い聞かせたに違いない。

『これは夢だ。全部、悪い夢なんだよ。

忘れておしまい、ファンターヌ。

君は何も悪くないんだ……』

「極度のパニック状態から、失神してしまったファンターヌ嬢を、アンドレ氏はユニコーンに乗せて楡《にれ》の木まで運びました。

そうして現場に戻ってくると、マティアスは死亡していたんです。アンドレ氏はひとまず遺体を隠す為、隠し扉の中まで引き摺《ず》っていった。そうして邸へ戻ったのでしょう。

あの日の彼が怪我も骨折もせずに済んだ理由は、それしか考えられません。

それから起こった事実は、アンドレ氏が物思いに耽《ふけ》るようになり、三日後、足と肋骨《ろっこつ》を骨折してベッドに伏せったということです」

平賀の言葉に、ロベルトは頷いた。

「ああ。アンドレ氏はファンターヌを守る為にどうすればいいか、思い悩んだだろう。

ファンターヌの行動が正当防衛だと分かっていても、それを証言する為には自分が法廷に立たなくてはいけない。そうすれば、自分の正体がバレてしまう。

それに第一、ファンターヌにあの時の恐怖を思い出させることになる。

だからアンドレ氏は、自分一人の胸に全てをしまい、事実を葬ることにした。

そうして三日をかけて、彼しか知らない洞窟神殿に遺体を運んだんだ」

「ええ。それによって彼の身体に負担がかかり、足と肋骨の疲労骨折が生じたのです」

二人は、小さなアンドレが、動かなくなったマティアスを必死に運ぶ様を想像した。

それは想像するだけでも痛々しい姿だった。

ロベルトは大きく長い溜息《ためいき》をついた。

「そして無理をしたアンドレ氏は、寝込んでしまうことになったわけだね。そして、エマーヌさんに、ファンターヌの様子を見に行かせた……」

「ええ、そして彼女が視力を失ったことを知り、シブリアンに赦《ゆる》しの言葉を調教したのです。それをファンターヌ嬢に聞かせたいと切に願ったのは、彼女には罪がないことを伝えたかった為でしょう」

平賀がそう言った時、二人は精霊の国の鏡の前へと到った。

二人は造花をかきわけ、アンドレの遺体の許《もと》に辿《たど》り着いた。

「彼の遺骨には、複数の骨折が見受けられます。一度、治癒したものとは違う、新たな骨折です。彼はマティアスの遺体を埋める過程で、何度も骨折していたのです」

平賀が言った。

「死体遺棄は犯罪だ。けど、もしもアンドレ氏がエマーヌさんに助けを求めれば、エマーヌさんは喜んで手を貸しただろう。しかし、そうなれば、エマーヌさんも法を犯してしまうことになる。

だから君は……完全犯罪を実行することに決めたんだね。全てを一人で背負って」

ロベルトはアンドレの遺骨に向かって、優しく言った。

「そうして貴方《あなた》が命をかけて埋めようとした真実を、掘り返したのは私です」

平賀は指を組み、アンドレの遺骨に向かって呟いた。

そしてロベルトを振り返った。

「ロベルト、私の行動を止めないで下さい」

平賀は決意した顔で言って立ち上がり、少し離れた場所にあったマティアスの遺体に土をかけ始めた。

ロベルトがその側にやって来て、無言で手伝い始める。

平賀は彼の手を押し留《とど》めた。

「やめて下さい。貴方まで罪を犯す必要はありません」

「何を言ってるんだ、平賀。これはただの原状回復だ。それに、誰一人傷つけない為に、こうする方がいいと僕が決めたんだ。

これが罪だというなら、君と一緒に僕も背負う。もし罰が下るなら、君一人に受けさせられるものか」

迷いのないロベルトの言葉に、平賀は小さく頷《うなず》いた。

二人がマティアスの遺骸《いがい》を埋め終わるのに、大した時間はかからなかった。

十字架を手にした二人は、マティアスの魂が天国へ召されるように祈った。

主の聖人は来たりてマティアス・ベルモンを助け、
主の天使は出《い》でてマティアス・ベルモンを迎え、

マティアス・ベルモンの霊魂を受け取りて
いと高きにまします天主の御前に献《ささ》げ給わんことを
マティアス・ベルモンの招き給えるキリストは
マティアス・ベルモンを受け取り、
天使は天国にマティアス・ベルモンを導き給わんことを

主の天使はマティアス・ベルモンの霊魂を受け取りて
いと高きにまします天主の御前に献げ給え
主よ、永遠の安息をマティアス・ベルモンに与え、
絶えざる光を彼の上に照らし給え
主あわれみ給え。キリストあわれみ給え
主あわれみ給え

天にましますわれらの父よ、
願わくは、御名《みな》の尊まれんことを、御国の来たらんことを、
御旨の天に行わるる如く地にも行われんことを
われらの日用の糧を、今日われらに与え給え
われらが人に赦す如く、われらの罪を赦し給え

われらを試みに引き給わざれ、
われらを悪より救い給え。アーメン

主よ、永遠の安息をマティアス・ベルモンに与え
絶えざる光をマティアス・ベルモンの上に照らし給え
マティアス・ベルモンの安らかに憩わんことを
アーメン
主よ、わが祈りを聴き容《い》れ給え
わが叫びを御前にいたらしめ給え

祈願いたします
主よ、世を去りたるこの霊魂を主の御手に委《まか》せ奉る
マティアス・ベルモンが世にありし間、弱きによりて犯したる罪を、
大いなる御あわれみもて赦し給え
われらの主キリストによりて願い奉る
アーメン

そうして二人は次に、アンドレ・シュヴィニの遺骸の側に跪《ひざまず》いた。

ロベルトが改めて見ると、彼の遺骸はまるで何かを掴《つか》もうとするかのように、右手を前に伸ばしていた。

その先に出口がある訳でも、何がある訳でもない。

そこには虚空が広がるばかりだ。

彼が最後に何を思ったのかは知る由もなかった。

ただこの青年の魂が安らかに眠ることを願い、ロベルトと平賀はその小さな遺骸に手を合わせた。

＊　＊　＊

アンドレは、全身を襲ってくる麻酔のような怠《だる》さを感じていた。

目は霞《かす》み、もう視界は利かなかった。


僕はここで死ぬのだろうね……

ごめんよ、ファンターヌ……

これ以上、君に何もして上げられない……

せめてシブリアンが、君のところへ行ってくれたら良かったのだけれど……

細い息を吐いたアンドレの目に、微《かす》かな光が見えた。
アンドレは不思議に思って、その方向に目をやった。
すると、どうだろう。
そこには青い鳥がいるではないか。

シブリアン……？
お前なのかい？
ごめんよ、もうお前のこともかまって上げられないね
向日葵《ひまわり》の種も持ってないんだ……
でもシブリアン、僕の願いを聞いてくれないか……
お願いだから、ファンターヌのところに行って、彼女を救ってやっておくれ……
お前は僕と違って、飛べるんだから……

アンドレは、最後の力を振り絞って、少しずつ這《は》いながら鳥に手を伸ばした。
その時、シブリアンの姿がみるみる大きくなり、優しげな婦人の姿に変化した。
婦人の背後には、美しい花畑が広がっている。

私は、慈愛の母

全ての罪を許し、包むもの
そうして希望を運ぶものです
貴方の願い、聞き遂げましょう

婦人は手を差し出して、アンドレの手を包んだ。温かく、柔らかく、優しく、とても心地の良い感触だ。アンドレは不思議に澄んだ気持ちになって、微笑んだ。

嗚呼《ああ》……マリア様……

参考資料

『聖書』新共同訳　日本聖書協会
『ヴィクトリア・エドワード朝時代の社会精神史　英国心霊主義の抬頭』著・ジャネット・オッペンハイム　訳・和田芳久　工作舎
『世界の文字の図典　普及版』編・世界の文字研究会　吉川弘文館
『バビロニア　われらの文明の始まり』著・ジャン・ボッテロ　監修・松本健　訳・南條郁子　創元社
『ローマ教皇　キリストの代理者・二千年の系譜』著・フランチェスコ・シオヴァロ　ジェラール・ベシエール　監修・鈴木宣明　訳・後藤淳一　創元社
『メソポタミア文明』著・ジャン・ボッテロ　マリ＝ジョゼフ・ステーヴ　監修・矢島文夫　訳・高野優　創元社
『ゾロアスター教史　古代アーリア・中世ペルシア・現代インド』著・青木健　刀水書房
『古代メソポタミアの神々　世界最古の「王と神の饗宴」』著・岡田明子　小林登志子　監修・三笠宮崇仁　集英社
『世界神話事典』編・大林太良　伊藤清司　吉田敦彦　松村一男　角川選書
『神秘主義事典』編・ペーター・ディンツェルバッハー　訳・植田兼義　教文館

『世界の奇書 総解説』自由国民社
『秘密結社の謎バイブル』著・ジョエル・レヴィ 訳・瓜本美穂 ガイアブックス
『ナグ・ハマディ写本 初期キリスト教の正統と異端』著・エレーヌ・ペイゲルス 訳・荒井献 湯本和子 白水社
『幻想の中世〈1〉ゴシック美術における古代と異国趣味』著・ユルギス・バルトルシャイティス 訳・西野嘉章 平凡社ライブラリー
『青い鳥』著・メーテルリンク 訳・堀口大學 新潮文庫
『チルチルの青春』原作・メーテルリンク 翻案・画・中村麻美 あすなろ書房
『詩集 温室』著・モーリス・メーテルランク 訳・杉本秀太郎 雪華社
『青い花』著・ノヴァーリス 訳・青山隆夫 岩波文庫
『黒い聖母と悪魔の謎』著・馬杉宗夫 講談社学術文庫
『ヴァチカン・ガイド 美術館と市国』監修・訳・石鍋真澄 訳・石鍋真理子 篠塚千恵子 金原由紀子 ミュージアム図書
『フランス「ケルト」紀行 ブルターニュを歩く』著・武部好伸 彩流社
『フランス民話の世界』編訳・樋口淳 樋口仁枝 白水社
『吟遊詩人たちの南フランス サンザシの花が愛を語るとき』著・W・S・マーウィン 訳・北沢格 早川書房
『ケルト人 蘇るヨーロッパ〈幻の民〉』著・クリスチアーヌ・エリュエール 監修・鶴岡真弓

訳・田辺希久子　湯川史子　松田廸子　創元社
『異端の肖像』著・澁澤龍彦　河出文庫
『秘密結社の手帖』著・澁澤龍彦　河出文庫
『カタリ派　中世ヨーロッパ最大の異端』著・アンヌ・ブルノン　監修・池上俊一　訳・山田美明　創元社
『中世の異端者たち』著・甚野尚志　山川出版社
『異端者の群れ　カタリ派とアルビジョア十字軍』著・渡邊昌美　八坂書房
『黒い聖母崇拝の博物誌』著・イアン・ベッグ　訳・林睦子　三交社
『ショックウェーブ　非線形現象のなぞ』著・高山和喜　オーム社
「小隕石突入時における誘起衝撃波圧の数値解析」丸山諒（東北大・工）孫明宇（東北大・流体研）論文
「チェリャビンスク隕石の現地調査報告」高橋典嗣　吉川真　報告書

愛知工業大学教授・工学博士　北川一敬先生から、アドバイスを受け、いろいろとお話を伺うことが出来ました。

北川一敬先生、本著へのご協力、真に有り難うございます。

本書は文庫書き下ろしです。

バチカン奇跡調査官《きせきちょうさかん》　ジェヴォーダンの鐘《かね》
藤木《ふじき》　稟《りん》

角川ホラー文庫　20876

平成30年4月25日　初版発行
令和7年5月30日　6版発行

発行者――山下直久
発　行――株式会社KADOKAWA
〒102-8177　東京都千代田区富士見2-13-3
電話 0570-002-301（ナビダイヤル）
印刷所――株式会社KADOKAWA
製本所――株式会社KADOKAWA
装幀者――田島照久

ISBN978-4-04-105975-3 C0193

角川文庫発刊に際して

角川源義

第二次世界大戦の敗北は、軍事力の敗北であった以上に、私たちの若い文化力の敗退であった。私たちの文化が戦争に対して如何に無力であり、単なるあだ花に過ぎなかったかを、私たちは身を以て体験し痛感した。西洋近代文化の摂取にとって、明治以後八十年の歳月は決して短かすぎたとは言えない。にもかかわらず、近代文化の伝統を確立し、自由な批判と柔軟な良識に富む文化層として自らを形成することに私たちは失敗して来た。そしてこれは、各層への文化の普及滲透を任務とする出版人の責任でもあった。

一九四五年以来、私たちは再び振出しに戻り、第一歩から踏み出すことを余儀なくされた。これは大きな不幸ではあるが、反面、これまでの混沌・未熟・歪曲の中にあった我が国の文化に秩序と確たる基礎を齎らすためには絶好の機会でもある。角川書店は、このような祖国の文化的危機にあたり、微力をも顧みず再建の礎石たるべき抱負と決意とをもって出発したが、ここに創立以来の念願を果すべく角川文庫を発刊する。これまで刊行されたあらゆる全集叢書文庫類の長所と短所とを検討し、古今東西の不朽の典籍を、良心的編集のもとに、廉価に、そして書架にふさわしい美本として、多くのひとびとに提供しようとする。しかし私たちは徒らに百科全書的な知識のジレッタントを作ることを目的とせず、あくまで祖国の文化に秩序と再建への道を示し、この文庫を角川書店の栄ある事業として、今後永久に継続発展せしめ、学芸と教養との殿堂として大成せんことを期したい。多くの読書子の愛情ある忠言と支持とによって、この希望と抱負とを完遂せしめられんことを願う。

一九四九年五月三日

陀《だ》吉《き》尼《に》の紡ぐ糸

探偵・朱雀十五の事件簿1

藤木 稟

美貌の天才・朱雀の華麗なる謎解き！

昭和9年、浅草。神隠しの因縁まつわる「触れずの銀杏」の下で発見された男の死体。だがその直後、死体が消えてしまう。神隠しか、それとも……？　一方、取材で吉原を訪れた新聞記者の柏木は、自衛組織の頭を務める盲目の青年・朱雀十五と出会う。女と見紛う美貌のエリートだが慇懃無礼な毒舌家の朱雀に振り回される柏木。だが朱雀はやがて、事件に隠された奇怪な真相を鮮やかに解き明かしていく。朱雀十五シリーズ、ついに開幕！

角川ホラー文庫

ISBN 978-4-04-100348-0